フェティシズムの箱

桑原隆行 著

大学教育出版

フェティシズムの箱

目次

五感の快楽……3

タンゴ　4

夏の恋　11

『レクスプレス』誌の映画記事　17

奪われた唇——トリュフォー映画に関する二、三の事　32

お勧め商品ガイド　48

恋物語……57

一二三四号室の夜間飛行　58

踊る肉体　66

サドの城　83

恋する女　97

異国趣味の諸相……119

楽園　120

作家とその娘に関する一挿話　128

仮装パーティーの男女　135

写真の男　145
ピエール・ロチと三人の女　154
思い出と幻想の家　170

言葉とレトリックの愛撫　183
至福の泡　184
名前の偏愛　189
窓から詩が見える　195
ジャガイモ好きの兎　216
配達されるゴシップ　239

あとがき　246

フェティシズムの箱

その箱は玩物《フェティシュ》箱、
常に水夫たちが、そして時々は兵隊たちが持っている
あの全く神聖な箱の一つだった。(ピエール・ロチ『騎兵物語』)

《Cette boîte était la boîte aux fétiches,
une de ces boîtes absolument sacrées,
comme en ont toujours les matelots, et quelquefois les soldats.》
(Pierre Loti, *Le Roman d'un spahi*)

五感の快楽

4 タンゴ

　ぼくがパリで昼食に食べたのはスパゲッティが一番多い。どんなに料理の下手な人間でも、一週間の内四、五回も同じものを作っていれば上手になるよなあ、それは。基本的な具はハム**jambon**（そう言えば*Jambon Jambon*というスペイン映画を観た）、キノコ、タマネギ**oignon**（**Ce n'est pas mes oignons.**「知ったことじゃない」、この表現をテルトル広場のしつこい画家と口論になった時にうまく使えていたら、難なく退散できたのに）。これにズッキーニが加わることもあるし、ピクルスを刻んで入れるのも悪くない。帰国する先生にいただいた梅干しを利用した梅、紫蘇スパゲッティ、これは美味かった。数滴たらした醤油の香りが懐かしく、嬉し涙がぼくの住んでいたアヴィセンヌ館の廊下に流れ出し大騒ぎになった。

　パリ滞在中大いにお世話になったワインにも敬意を表しておくべきだろう。（レストランで飲んだものは別にして）自分で買って飲んだワインでは百四十フラン（二千八百円）が最高額だ。ニコラの人が絶品と太鼓判を押してくれたけれど本当だった。モーツァルトのクラリネット協奏曲のようにまろやかな味が舌に広がり、美しい旋律が喉を通りすぎていく。ブラームスはクラリネットの音を「愛する女の声」に譬えているけれど、この時のサン＝テミリオンの赤い液体は甘美な女の声のように口中を愛撫していった。

　十八世紀の作家マリヴォーの『成上り百姓』の中に、主人公が誤認逮捕され牢屋入りになる場面がある。我が身の不運に茫然自失、意気消沈していた彼は差し入れの食事をとっているうちに少し元気が戻った自分に気づく。《on ne saurait être bien triste pendant que l'estomac digère.》「食べている間は悲しみを忘れる」というようなことだけれど、食物の精神的効果に関する主人公のこの考察から、食事の場に陰気な話は持ち出すな、食事の時は陽気に楽しく、という類の教訓を導き出すこともできるだろう。それでも、同じマリヴォーの『二重の心変わり』の中で、アルルカンが「一人で笑ってもちっとも楽しくない」と嘆いているように、一人きりの食事はどうしても味気ない。だから、この場を借りて、在仏中ぼくと食事の機会を伴にしてくれたすべての人たち、知らずにぼくの孤独を慰めてくれていたすべての人たちに感謝しておきます。

画家のポール・ゴーギャンはデンマーク人の妻に宛てた手紙の中で、シーツ、毛布、枕カバーを送ってくれるように再三再四頼んでいる。そしてパリに届く荷物に要求したものが入っていないと、落胆といらだちの口調で催促を繰り返す。「知っての通り、寝具を買うとなるとどれほど高くつくことか。」金銭的不如意にあるゴーギャンには、送ってもらうしか手はない。取り合えず寝袋に寝ていると書いている時もあれば、マルチニック島で病気になった折りには「草布団」に臥せっている、と書き送ったりもしている。寝具のことを話題にせずにいられないこの種の性癖は、高い枕じゃないと眠れないと牢獄から夫人宛てに訴え続けたサド侯爵を思い出させたりもする（三島由紀夫の『サド侯爵夫人』をモンマルトルの裏通りにあるモーベル・ガラブリュ劇場で観た）。

さて、家族から離れパリで単身生活を送る四十男の睡眠を妨げたのは、車の騒音だ。外環状道路の近くなので、交通が終日途絶えることがない。それでも、いつしか慣れてしまっている自分に気がつく。このまま帰国まで続くかと思われた平穏は七月に入って突然乱された。大挙して押し寄せたイベリア半島の国民（女子学生一団）の傍若無人ぶりは止まるところを知らなかった。トイレに入ったまま下品な大声で話し続ける。シャワー室と部屋の入り口から互いにがなりたてる。過ぎたことだ、こうしたあなた方の恥を満天下に暴露するのは止めておこう。これ見よがしにドアを乱暴に閉めること、ヒールが十センチもあるサンダルを響かせ深夜廊下を走ったこと、台所を汚しゴキブリを招き寄せるのに貢献したこと、こうした所業の数々を書き連ねることは差し控えよう。それから、あなた方にとってはバルコニーと廊下が同義語らしく、バルコニーは他人の部屋を横目に見ながら利用する通路と理解されていたらしいこと、これも口外するまい。あなた方の退去する日は、悪夢から解放されたかのように、他の全住人が喜びを隠しきれないように見えた。退館をこれほど待ち望まれ歓迎されるというのも珍しい。

　これは、集団だとどれほど破廉恥で粗野な振る舞いが可能かという顕著な一例でもある。ひるがえって考えると、日本人の集団も程度の差はあれ他人の迷惑に無頓着な行動を繰り返し、悪評を蒙り、顰蹙《ひんしゅく》を買っているとも言えるのだ。いずれにしても、ある国民に対するイメージというのは、ある突出した一面や、ある時の限られた印象によって決定づけられてしまいがちだ。ぼくの場合、モール人の末裔たち・カルメンの子孫たち＝野蛮な連中という図式が抜きがたく残るだろう（一人一人は違うと理性は教えてくれるけれど、いかんともしようがない）。日本人に関してはどうかと言うと、メガネをかけ、ところ構わず写真を撮りまくる人たちという今や古典と化した観のあるこのイメージは、パリで観た映画の中で嫌になるほど目にした。ポランスキーの『ローズマリーの赤ちゃん』（一九六八）にも、その手の日本人が登場していることに今回初めて気がついた。観光都市パリを映像で紹介するスポット広告を観る機会があったけれど、観光名所とそこを見物する観光客の姿を次々映していく中にことさらのように、日本人がカメラを構えているシーンが挿入されている（他の外国人でも全然かまわないのだ。編集段階で日本人＝カメラという伝統的イメージによる規制・干渉が働いたとも言える）。パリ市の広告にしてからがこうなるのだ。あるいはパリ市の宣伝だからこそ、と言うべきか。新しいところでは『蝶々狩り』*La chasse aux papillons*という映画（一九九二）に、フランスの城館の買い取り交渉に訪れる日本人グループが描かれていた。怒った女主人が「私の生きている間は売らない」と叫ぶと、「死ぬまで待ちます」と答えて彼女を唖然とさせるのだ。海外でも不動産売買に狂奔する日本人、確かにこれは現代的な一面だ。それでも映画の中での彼らの無表情は、従来からある何を考えているか分からない日本人、感情が表に出ない能面のような日本人という固定した見方を踏襲しているように思える。さらに、将来自分たちの所有になるであろう城館を背景にともかくも記念写真という場面に到っては何をか言わんや。

シテ島のとあるレストラン（名前も住所も秘す）に行った折、我々が日本人とみるや女主人がこの店は日本人に買い取られ、十月から経営者が替わるのだという話をしてくれた。やる気をなくしたのか、料理の味も満足と言えるレベルには及ばなかったが、これは考えすぎかもしれない。金満国日本という生の現実をこんな風に意識させられるのだ。不況の声が風の便りにパリにも聞こえてきたけれど、それでも円高が加速していったのはどういうからくりになっているのだろう。いずれにせよ、その恩恵に存分に与ったのは幸運だった。レンヌ通り近くのパン屋さんでよく梨入りパン **chausson au poire** を買っていたメガネの男は、両替した当日は嬉しくて乾しスモモ入りパン **chausson au pruneau** も奮発しようという気になったものだ。チャップリン、フランス語ではシャプラン **Chaplin** の名曲「ライムライト」には *Deux petits chaussons* というフランス語題名が付けられている。ここでの **chausson** はバレーシューズの意味になる。スペイン・レストランのメニューに **petit chausson farci** というのが載っていた。レゥニオン諸島——どこにあるか、すぐに思い浮かべられるだろうか——料理では **aubergine farci** というのがあった。注文して実物を胃袋に供しているうちに **farci** というのが何かを詰めたものであることが理解される。ピーマンの挽き肉詰めなどを連想してもらえればいい。**aubergine** は「ナス」だけれど、**aubépine** は「サンザシ」。大学都市の中にはいっぱい植えられており——教えてもらって初めて知った——知らずにプルースト文学の世界のそばを歩いていたわけだ。アルベルチーヌは出てこなかったけれど、夏の暑い日にはトップレス **monokini** の女性が日光浴している姿がその生垣越しに見られることもある。

参考までに円高推移の具体例を挙げておく。一九九二年十月七日、十二万円両替して受け取ったのが四六二六フラン、十月二十八日、十二万円が四九一四フラン。十一月六日、二十万円＝八一九六フラン。十二月十五日、二十万円＝八五五四フラン。以下、一九九三年になって同じ二十万円が次のように推移する。九〇八六フラン（三月三日）、九三三二フラン（四月八日）、九四六九フラン（五月十九日）。六月はメモが失せているので正確ではないけれど、九七五〇フランぐらい。七月二十一日、十九万円が九七八八フラン。二十万円で二十四万円分使える、そんな感じなのだ。（今日のレストランでは食前酒にキール・ロワイヤル、合計が六百フランぐらいになってもいいか、そうあることじゃないしなあ）。

「朝から晩まで宿屋の部屋に一人きり。完全な沈黙の中にいる。意見を交わせる相手もいない。」こうしたゴーギャンの孤独を慰めてくれるのは家族の写真だった。「写真を見ると安心します。」それにも増して、彼の精神的支えは手紙だったように思える。「お前の手紙一通に対して私の方がどれほどの回数手紙を書いたか、分かっているのか。」妻メットからの手紙を期待する余り、返信の少なさにこのような不満を洩らすこともある。しかし、ゴーギャンが意識していたかどうかは別にして、心境、日々の事柄を自分がフランス語で書き送ることの方がはるかに重要なのだ。結局のところ、フランス語という言葉の問題に行き着くのだが、この母国語が自分であること《イダンティテ》を保証し、離れている家族と彼を結びつける絆《きずな》になっている。だから、妻が用いるフランス語にも敏感で、デンマーク語の言い回しに引きずられる余り「綴りの間違いをたくさん」仕出かしていると指摘し、彼女がフランス語を段々忘れ不正確な書き方が目立ってくるのを嘆く。さらに言葉の問題ということに関して言えば、彼女は翻訳の仕事を試みていたらしいのだが、これに対するゴーギャンの意見は興味深い。「隠語を説明しようとするのは止めるように。隠語はデンマーク語の同じような語で訳す方がいい。」

「彼女と出会ったのはエトルタの海岸でのことだった。」（モーパッサン『アデュー』。）一九九三年六月二七日のエトルタは快晴だった。鼻孔は早くも潮風の匂いを感知した（子供用百科事典の記述を引用しておく。「匂いが鼻の奥に達すると、脳は微細神経からの情報を受け取り、その匂いを識別する。」《Quand l'odeur atteint le fond du nez, des petits nerfs en informent le cerveau, qui l'identifie.》さらに、nezがワイン用語で、アロマとブーケの総称をも意味することはニコラのパンフレットで知った）。遊歩道に通じる階段を何段か登ると視界一面にエトルタの海、印象派の画家たちが絵に描いたあの風景が広がる。浜は砂ではなく小石の浜plage des galets。場所はノルマンディーでもあるし、このガレという単語は即座にgaletteという単語を脳裏に浮上させる。そう、ガレット（ソバ粉のクレープ）を食べずして、同時にシドル（りんご酒）を飲まずしてノルマンディーは語れません、などと我知らず呟いてしまうのだ。食欲を刺激され口中を唾液でいっぱいにしながら（確か、サルドゥーの歌の中に出てきたので覚えたのだけれどgala＝祝祭という単語もある）。モーパッサンの小説のように、エトルタの海岸で女性と出会い懇《ねんご》ろな関係になるというような幸運はぼくには訪れなかった。だから、ぼくの思いをエトルタへと運ぶのは女性との思い出ではなくて、海岸で拾ってきた何の変哲もない白く丸い（今、我が家の机の上に置かれてある）三個の小石なのだ。

もう帰国する日も近いんだな、という意識は実に些細な日常の事柄から誘発される。毎月買っていた定期券《カルト・オランジュ》も、この八月で終わりなんだ。R・E・RのB線で大学都市《シテ・ユニヴェルシテール》に戻る際、一つ手前のダンフェール・ロシュローを過ぎると不意に車窓にモンスーリ公園の木々の緑と青空が広がり、心には幸福感が広がる。そうなんだ、パリの青空を目にできるのもあと少しなんだなあ。毎水曜日に「パリスコープ」を買ってパラパラめくって、面白そうな映画をふらりと観に行けたあの何とも言えない自由な気持ち、これともオサラバか。緑の小瓶のハイネッケンを飲みながら（パリで一番多く喉元を落下したビールはハイネッケンかもしれない）、おもむろにその日の日本の新聞を読み、サシミ定食やクシカツ定食を食べたあの店に足を向けることももうなくなるわけか。（内心の声が、日本に帰ればもっと美味しいお刺身も串カツも食べられるじゃない、と慰めてくれても駄目。途中ニコラでワインを仕入れるとか、本屋に立ち寄るとか、帰りにダンフェール・ロシュローまで歩いてトマトやリンゴを買うとか、こうした食べに行くことに付随した様々な事が全部出来なくなる、と考えると妙に淋しくなるのだ。)

モリエールの芝居『スカパンの悪巧み』の中で、恋心を吐露して飽きることのないオクターヴにうんざりして、召使いのシルヴェストルがこう言う。「その話をはしょってくれなきゃ、今日中には終わりませんよ。」ぼくの話もそろそろ切り上げるべき時だろう。パトリス・ルコントの映画『タンゴ』に、タンゴには「何か運命的なところ」があるというような台詞《せりふ》が出てくる。妻とその浮気相手を、飛行機を使って殺す場面が痛快だった。流れていた音楽も気に入り、この映画音楽のCDを手始めにタンゴのCDを少し買い集めた。その後、シャンソンやジャズを聞くようになり、帰国前の数か月はもっぱらバッハとヴィヴァルディーを聞いていた。ルーアンからの汽車で一緒になったおばあさんはお葬式の帰りだった。ピストル自殺で死を選んだお孫さんのことでまだ興奮していたのだろう、ぼく相手に家族のことや自分の生活などをパリに着くまでずっとしゃべり続けた。

『タンゴ』には女優のミウミウ **Miou Miou** (『バルスーズ』での不感症が治り「感じたわよ!」と叫びながら、河畔の並木道を駆けてくるシーンが思い出される)が出ていた。そう、パリ滞在中の出来事はすべて運命だったのだ。そう考えると、瑣末な取るに足りないことも特別な光に包まれて思い出されてくるのだ。(ゴーギャンからの引用はテープからフランス語を聞き取って日本語に訳したものなので、少々違っているかもしれない。モリエールの『嫌々ながら医者にされ』で、樵のスガナレルはたっぷり報酬をもらえると分かった途端、むりやり医者にされることに同意する。「文句なしに医者ですよ。とんと忘れていましたが、思い出しました。」実はぼくも教師だった。後期授業も近い現在一九九三年、九月一三日、一年間忘れていた教師という身分を否応なしに思い出さざるを得ない。)

夏の恋

その日、運命が思いがけない幸福を連れてきた。

さて、教師のぼくには「夏の恋」なんて言葉は似付かわしくないと、内心せせら笑っている学生も多いかもしれない。まあ、勝手に笑っていればいいさ。それにしても、四十半ばの教師にとって、恋は本当に無縁の事柄なのだろうか。

ぼくのことはさておき、少なくともシラノ・ド・ベルジュラックは恋と無縁ではない。ただ、彼のロクサーヌに対する恋は一方通行で、相思相愛amour partagéというわけにはいかなかった。それに、自分の恋心に気付いてもらうのが十五年後とは、いかにも悲しい。しかし、悲しいと思う一方でシラノは、クリスチアンのために代筆してやった恋文が功を奏して、二人の恋が成就《じょうじゅ》していく経緯を背後に隠れたまま、ほくそ笑みながら観察していたとも言える。自らの手で運命を作りだす神のような満足感を覚えながら。いずれにしても、ロクサーヌが真相を知るのは、辺りを覆い始めてきた夕闇の中で聞くシラノの声で記憶を蘇らせることによってなのだ。「今の声は、クリスチアンとの結婚式の日にわたしが窓下に聴いた声だわ。あなただったのね、あの時の声は。」

それにしても聡子の声は、この冬の夜《よる》の中に、六月の杏子《あんず》のように、程よく重たく温かく熟《う》れてきこえた。（三島由紀夫

『春の雪』）

あの亡妻の透明な声は、その性格の偽りのなさの、そのままの表現である。そう感じると、あのヨーロッパにいる方の彼女の、日本の女性にはない深い声は、あのやはり日本の女性の持たない、奥深い官能性の象徴である。ぼくは彼女の声を何かの拍子に、耳もとに甦らす時、不意に官能の嵐に全身が襲われるのを覚えるのだ。（中村真一郎『時間の迷路』）

ぼくが抱擁する腕に力をいれると堪えきれない風情《ふぜい》であなたが洩らす慎ましやかな吐息、欲望のゆるやかな点火につれて目とともに潤んでくるあなたの声、腕枕するぼくの耳にあなたが快楽の余韻に火照った顔を近付けてささやく声の愛撫。

あなたが手首につけた愛用の香水を嗅がせてくれてから、ぼくのなかに香水に対する関心が生まれたのです。だから、以下の香りにまつわるいくつかの話題は、香りの世界に誘《いざな》ってくれたあなたに一番に読んでほしい。まず、次のようなシーンを想像してみました。

マルタのサクソフォンが奏でるダンサブルな曲「セントラル・パーク・サウス」が聞こえてくると、あなたは軽く体を揺らし、踊り始めた。そりゃないぜ、でも脱帽。こんなに踊りが上手いことを、今の今までおくびにも出さないでいたなんて。まあ、いいさ。曲が終わりに近づいて、あなたが疲れちゃったと言いながらぼくに飛びついてきた時、体温であたためられた香水と汗の混じった匂いを嗅ぎ、やわらかな胸の感触を味わうという幸運に恵まれたので。その幸運を捉まえておこうと思った時には、あなたは春風のようにするりと両腕の先から逃げ出してしまっていたけれど。

『なまいきシャルロット』というフランス映画の中に、十三歳のシャルロットが年下の女友だちルルに「あなたって、いい匂い」と言われる場面がある。これに対して彼女は「わたしの匂いじゃないわ、この香水よ。つけてみる?」と、ルルのお腹につけてあげる。最後の方で、彼女はこの香水（白地のパッケージでそこに瓶と同じ形の少し歪んだ青い月が浮かんでいて、中に「ブルー・ムーン」と書かれてある）をプレゼントする。香水は周囲の者に対するシャルロットの苛立ち、背伸びしたい気持ち、自由や逃避への憧れの象徴とも思える。

モーパッサンの作品には香りが横溢《おういつ》している。（確か、彼の作品における「匂い」を論じた研究書があったはずだ。）登場人物も読者も自然が発散する官能的な匂いに欲望を刺激され、酔わされる。「蝿の大群が二人の頭上をぶんぶん飛び回り、空中にやわらかなうなりが絶えず聞こえていた。そして太陽が、そよとの風もない昼の燦々たる太陽が、花咲く長い丘陵に降り注ぎ、この花の森から強烈な芳香《ほうこう》、広大な香りの息吹、あの花々の汗を発散させていた。」（『父』）

『香水の世界』（*L'Univers des Parfums*, Solar, 1995）には古代から現代までの香水瓶が写真入りで紹介されているのだが、その美しい色や形を眺めていると瓶からたちのぼってくる匂いに包まれる幻想にしばし捉えられるほどだ。気付いてみると、膝の間に後ろ向きのあなたを抱いて二人でその本を眺めながら、あなたの首筋から匂いたつ香水の芳香を嗅いでいるのだった。この本が伝える香水の歴史によれば、十九世紀に工芸技術や産業の発展に呼応して香水は大きな変化の時を迎える。そして、ジョゼフィーヌとかウジェニー皇后のような時の権力者夫人の香水愛好が自然な宣伝となり、大衆の間でも消費が増していく。十九世紀末には、フランスの香水産業は輸出で収入の三分の一を得るまでになる。さて二十世紀の今日、香水がフランス人の日常生活に広く浸透していることは、例えば『レクスプレス』誌のような週刊誌にも香水の広告が氾濫しているのを見れば容易に想像がつく。（今、ぼくは裸の男女が抱擁しているジヴァンシーの広告を眺めている。男が女の首にキスする一方で、女は目を閉じ左手を男の首に右手を背中にあてて顔をのけぞらせている。下部を金色が縁取る黒の蓋の付いた、ワイン色を思わせる瓶が右下隅に置かれ、女の肘を隠している。）

それは妖精の通過のようだった。あとにはあなたの肌の匂いと、例の軽いヘリオトロープの香りが、狭い部屋のなかに微かに漂っていて、確かにあなたが一瞬前までは、ここにいた、と信じられないぼくを納得させていた。（中村真一郎『仮夏風の軽やかな愛撫に反応して、四本のステンレス棒からなる「チャイム」が洩らしたかわいた音が聞こえた時、ぼくはあなたのピアスの音を思い出した。なめらかな首の線をなぞったり、顎のやさしい骨を銜《くわ》えたりしながら唇が上昇していくとき、ぼくのメガネにあなたのピアスが触れて聞こえるかわいた音。快楽の結晶のような澄み切ったそのピアスの音は、開幕を告げる序曲だった。そう言えば、いつだったか床に片方のピアスが落ちていたことがあったけれど、あの日のことを覚えているだろうか。

ぼくの唇がなだらかに移動して、お気に入りの地点で数秒間停滞していると、時々不意に耳に歯の攻撃を加えてくるところを見ると、あなたは「ポーの一族」だったのですね。噛み痕にいつまでも残る鈍い痛みに甘美な喜びを感じている自分を見いだして、ぼくは少し驚く。（苦痛と快楽の共存、共犯関係。これこそまさにサドの作品世界のキーワード。）たぶん、ぼくは歯の奇襲の後に慰謝のようにプレゼントされる、耳の細い通路に巧みに侵入してくる鎮痛剤のようなあなたの舌の感触が好きなのです。（たぶん、おそらく、きっと。）

クリスチアンは毎度シラノの詩的才能の恩恵を蒙っている不甲斐ない状況から脱却しようと、一人でロクサーヌに恋を語る。しかし、「好きです」と「口づけを」という台詞《せりふ》を芸もなく繰り返すだけでそれ以上に発展しないこの試みは、彼女の冷笑と叱責を招くだけだ。何しろ、女友だちのサロンで「恋愛地図」**La Carte du Tendre** の講義を受け（今だったらカルチャースクールに通っているようなものだ）、恋愛マニュアルの（悪）影響を蒙っている手強い彼女には、キスひとつにしても比喩をちりばめて表現してみせなければ満足してもらえないのだ。バルコニーで初めてロクサーヌと接吻をかわした時、言葉の才があればクリスチアンだって言ってみたかったはずなのだ、次のように。

朝と云っても、しらしらあけの空に向って、露台へ出て、薄荷の入った水を含むように、黎明《れいめい》の空気を相手の唇の端に感じて、それから又、夜《よ》すがらの熱のこもった口腔《こうこう》の熱さを舌でまさぐって、いつまでつづけていても倦《あ》きるということのない接吻を久々にした。（三島由紀夫『朝の純愛』）

俥の動揺が、次の瞬間に、合わさった唇を引き離そうとした。そこで自然に、彼の唇は、その接した唇のところを要《かなめ》にして、すべての動揺に抗らおうという身構えになった。接した唇の要のまわりに、非常に大きな、匂いやかな、見えない扇が徐々にひらかれるのを清顕は感じた。（三島由紀夫『春の雪』）

唇がひとたび接したときにはじまるなだらかな甘い流通は勲を愕かした。唇の接点で世界が慄えていた。その接点から自分の肉がみるみる変質して、たとしえもなく温かく円滑なものに漬けられてゆく思いは、槙子の唾を嚥《の》んだと感じたとき、一つの頂点に達した。（三島由紀夫『奔馬』）

　サドの『閨房哲学あるいは背徳教師』の中で、ウジェニーに「快楽の崇高なる作法」を教授するサン・タンジュ夫人とドルマンセはレッスンが段階を踏んで進展するたびに、理論と実践の一体化を強調する。「わたしたちの生徒に実践の奥義のいくつかは授けました。理論も忘れないようにしましょう。」「実践の後に少し理論が続かなくては。それが彼女を完璧な生徒にする方法だわ。」さて、キス上手のあなたはもっぱら実践を担当してくれたので、ぼくの方は次のようにキスを理論づけしてみました。

　相反するものの共存。口紅の好ましい抵抗感と溶解。唇の閉鎖と解除。舌先の侵入と逃走。唾液の湧出と吸入。歯が噛む痛みと唇や舌のやわらかく甘い愛撫。こんな思索に導かれたのも、あなたの自在なキスのおかげです。あなたというこれ以上望みえないような格好の指南役に恵まれたぼくは果たして、（サン・タンジュ夫人とドルマンセにとってのウジェニーのように）あなたの教えを着実に消化していく忠実な生徒だったろうか。

　その日、運命が思いがけない幸福を運んできた。そして、ぼくは今までの人生はあなたに出会うための準備期間、迂回《うかい》、長い休暇だったのだと、初めて気付いたのです。（シラノは閑暇《かんか》を惜しんでいつも恋文を書くのに余念がない。

彼は言う。「ぼくは、時々、存在しない女性、存在しないけれどそれでも夜ぼくが夢に見、愛するぼくを愛してくれる女性に手紙を書いて楽しむ。」今回の文章を書いている時のぼくは、臆面もなく現代のシラノになった気分だった。もちろん、剣さばき同様颯爽《さっそう》華麗《かれい》な彼の言葉の使い方には到底及びもつかないわけで、現代版亜流シラノといったところだったけれど。共通点があるとすれば、彼の手紙もぼくの文章も「架空の恋人」に宛てて書かれている点だ。ところで、シラノは「架空の恋人」と言っているけれど、ロクサーヌを念頭に置いていることは明らかだ。そうなると、ぼくが「あなた」と呼んできたあなたも現実に存在する誰かということになるのだが。)

『レクスプレス』誌の映画記事

映画館の暗闇でスクリーンに見入るという濃密な快楽の時間を共有してくれた「ぼくのヴィーナスにしてミューズ」に、映画に関するこの小論を捧げる。

アシェット社が出している「簡単読本」*Lectute Facile* シリーズの中の一冊『フランス映画、今』*Le cinéma français aujourd'hui*（映画『インドシナ』の夕景に佇むカトリーヌ・ドヌーヴの後ろ姿が表紙を飾る素敵なテクスト）の第三章は「ヌーヴェル・ヴァーグ」紹介に当てられている。その初めの部分で、一九五八年のフランスに「従来とは別の新しいやり方での映画作りを決意した新世代の監督たちが出現」して、映画史上のこの重大な出来事を『レクスプレス』誌が「ヌーヴェル・ヴァーグ」と呼んだ、と解説されている。（その代表的な監督フランソワ・トリュフォーはあるインタヴューで、「ヌーヴェル・ヴァーグ」という共通の名前で括られ、自分たちも同じことをしていると思っていたけれど、実際はみんな違う別々のやり方を実践していたのだ、と当時を振り返っている。ここで詳しく述べる余裕はないので、トリュフォー監督、あるいはこのインタヴューに関しては別の機会に譲る。）物事は名付けられた時から確固として存在し始める、と考えることもできる。そういう意味で、「ヌーヴェル・ヴァーグ」の存在を保証した『レクスプレス』の役割はどの映画史の本の中でも、程度の差こそあれ言及されている、と推測できる。

さて、この小論の目的は『レクスプレス』誌を映画記事を中心にして簡単に紹介することと、この週刊誌が独占インタヴューと銘打って載せたカトリーヌ・ドヌーヴの発言を一部、要約・呈示することにある。

ヌーヴェル・ヴァーグ命名の栄誉を担っているだけあって、『レクスプレス』誌は映画を始め、演劇、文学など文化欄が非常に充実している。毎号、全体頁数は一〇〇前後で、そのうち文化欄が約三分の一を占めている。（『国際版レクスプレス』は頁数が六〇から七〇程度になるが、文化欄の占める割合に変化はない。）映画に関して言うと、俳優や監督についての特集記事や独占インタヴュー、テーマ別解説・批評、（数か月先の）封切り予定作品に関する一括紹介、（どの映画にするべきか迷い多き人にある種の指針を与えてくれる）週間映画案内（passionnément, beaucoup, un peu, pas du tout の四段階評価がなされている）など、内容は豊富にして多岐に渡っている。これらに加えて、カンヌ映画祭ともなると毎年興味深い特集が掲載されるし、毎号巻末を印象深く締め括る「ポルトレ」欄に取り上げられる映画人の人物像はどれもが魅力に富んでいる。

参考までに監督、俳優、テーマの順に具体例を目につくままに列挙してみよう（対象となるのは一九九五年二月から一九九六年九月までの『レクスプレス』誌）。

ベルトラン・ブリエ、マーチン・スコセッシ、ケン・ローチ、マチュー・カソヴィッツ（郊外に住む低所得者層や移民たちの問題はフランスが抱える深刻な問題の一つだけれど、その危険でホットな問題を描いた映画『憎しみ』）、ロバート・ロドリゲス（映画『フロム・ダスク・ティル・ドーン』[1]）グザヴィエ・ボーヴワ、オリヴァー・ストーン、スパイク・リー、テリー・ギリアム、エリア・カザン、シリル・コラール、ベルトラン・タベルニエ、ロバート・アルトマン、黒沢明、アレクサンドル・アストリュク（映画を文学と同等の芸術だと主張した、ヌーヴェル・ヴァーグの古典的理論「カメラ＝万年筆」の提唱者）、スチーブン・ソダーバーグ、ジム・ジャームッシュ、アルモドヴァール、ポランスキー、アルノー・デプルシャン、ベルトルッチ、クリント・イーストウッド、ウェイン・ワン（彼の映画『スモーク』の脚本を担当したポール・オースターへのインタヴューも載っている）、ウォン・カーウァイ、パトリス・ルコント、ミケランジェロ・アントニオーニ、アンゲロプロス。

ジョズィアーニ・バラスコ、ロバート・イングランド（ホラー映画「フレディー」シリーズ）、ダニー・デヴィッド、グレタ・ガルボ、ジョニー・デップ、ジョナサン・プライス、エマ・トンプソン、ヴィクトリア・アブリル（アルモドヴァール監督のお気に入り actrice fétiche。最近では *Le Gazon maudit* でジョズィアーニ・バラスコと同性愛を演じている）、ダスティン・ホフマン、ダニエル・オトゥーユ、パスカル・デュケーヌ、アニー・ジラルド、ファブリス・ルッキーニ、アネット・ベニング、ジョン・トラボルタ（『パルプ・フィクション』、『ブロークン・アロー』、『ゲット・ショーティ』での活躍に注目）、アラン・ドロン、ジュリエット・ビノッシュ、マストロヤンニ、マッシモ・トロイージ、フィリップ・ノワレ、ジャンヌ・モロー、カトリーヌ・ドヌーヴ。

「灰色の細胞が足りない馬鹿たち」の氾濫（『フォレスト・ガンプ』、『ダンブとダンバー』、『ネル』など、純粋な心と少し空虚な頭を持つ人物を主人公にした一連の映画の登場を、アメリカ社会やアメリカ人の精神構造の変化として分析している）。アメリカの最新の暗黒映画特集。フランス、アルデーシュ県における巡回映画の試み。『トイ・ストーリー』に見るコンピューター映画の成功。ベルリンの壁崩壊後、自己の存在理由を見いだし難くなった００７。「読む映画」（シネ・ロマンからノヴェリザション。当たりをとった映画を基に三週間で書き上げられ、販売ルートに乗せられる「小説化」本についての考察）。計算外の細部が与える快楽（デルフィーヌ・セイリグの声、キム・ノヴァクの臍、スー・ライオンの足指など）。『ポカホンタス』に見る歴史無視とディズニー映画の安全志向。「フランス映画の三派」（特定の監督を中心に形成されたグループや、同じ学院や舞台の出身者たちが集まった一派に属する俳優たちの簡潔な紹介と見取図）。マルグリット・デュラスの映画作品について（彼女の追悼記念特集の中の一つとして映画を取り上げたジャン＝ピエール・デュフレーニュ氏は「言葉＝カメラ」と題した記事で次のように書いている。「デュラスの映画は骨格に音を、肉体に去ってきた場所を、皮膚に皮膚を持つ。この知的女性は肉体そのものなのだ」）。ミケランジェロ・アントニオーニ監督映画の女性像。

ここからは、先に列挙した中からいくつか取り上げ、もう少し詳しく見ていきたい。まずはアントニオーニ監督から。彼の映画*Par-delà les nuages*（日本題名は『愛のめぐりあい』）の特集記事がたくさんの写真入りで掲載されたのは「九五年九月一四日号」で、その後、「九六年一月一八日号」にアルド・タソヌ氏の先述したテーマ記事「アントニオーニの女性像」が載った。タソヌ氏はアントニオーニの女性理解を育った環境で説明する。

三人のおばと二十人ばかりの従姉妹と彼女らの女友だちという、奇妙なほど女性で溢れている環境で育ったミケランジェロは早くから女性たちに対する深い知識を獲得していた。

さらに、氏が指摘するアントニオーニの女性たちの特徴を挙げると、まずその秘密性と謎めいた魅力ということになる。確かに『愛のめぐりあい』を思い出してみても、イネス・サストレもソフィー・マルソーもイレーヌ・ジャコブも定かならぬ未知の雰囲気を漂わせている。次に、相手の恋愛感情とはかなさに翻弄され、犠牲となった痛みがもたらす恋愛不信、逃避。不安に苛まれているかのような絶えざる動きと移動、そして物への偏愛。

物が彼女らのお気に入りの話し相手なのだ。彼女らは雨音や、金属線が旗竿にあたって奏でる微かな夜間音楽（『レクリプス』、一九六二）に聴き入り、まるで物のなかに溶け入ろうとするかのように、それらの物を愛撫する。

そして、ぼくが一番関心を覚えたのは、食事の場面が皆無である点に言及している部分だ。イタリアを代表するもう一人の監督フェリーニの映画にはあれほど食行為が詰め込まれているというのに、アントニオーニではその逆。これは刺激的な発見だった。（ところで、フェリーニと言えばすぐ思い浮かぶのは『アマルコルド』の美しい映像と、樹上の気違いかな。この精神病患者が樹の上から「女が欲しい」と何度も何度も叫ぶ、その哀切極まりない声。おかしくも哀しい声が場面を渡っていく。）

アントニオーニの作品には食事の場面、料理が一つとしてないことにお気付きだろうか。彼の登場人物たちはどうやら余りに現実ばなれしており、自分たちの内面の問題にはまり込んでいるので、食物を摂る必要など感じもしないように見える。

『愛のめぐりあい』のホテルの食堂で男女が会話を交わす場面でも、先客の女のテーブルに皿が並べてあるのが見えるけれど、料理が何かは分からない。しばらく窓辺で話した後、男も同席して二人は向かい合わせになるのだが、食事のシーンは映像化されることなく、すぐ別の場面に切り替わる(2)。

画面に登場している時間の長さとは無関係に、ただ顔を見せたり、ちょっとした会話を交わしたりするだけで、夏の残照のようにいつまでも印象に残る役者がいる。『愛のめぐりあい』では(3)、何といっても極め付きはジャンヌ・モローとマルチェロ・マストロヤンニの二人だろう。セザンヌ流の写生に固執するマストロヤンニに対するからかいから始まる両者のやりとりから、大袈裟な言い方をすれば人生の一面を感得することさえできるのだ。今から、一九九六年七月二五日号の「ポルトレ」欄で取り上げられているジャンヌ・モローの人物像を見ていこう。(執筆者はパスカル・デュポン氏。)

無知を露呈するようで恥ずかしいのだけれど、この記事を通じて彼女が最初コメディー・フランセーズの座員《パンショネール》として上演目録の内、二十二の芝居を演じていることを知った。ジャンヌ・モローによれば、彼女には日本の仏教のお坊さんと結婚して京都近郊のお寺に住むフランス人の女友だちがいるという。そこでの映画撮影の計画もあるとの、嬉しい話もしている。インタヴュー記事はもちろん、人間像を伝えるこうした類の記事に紹介されている発言を読む楽しみは、活字とはいえ何となくその人の肉声を聴いているような思いに浸れることだ。デュポン氏は彼女の話し振りを次のようにイメージ豊かに描き出す。

ジャンヌの雄弁な沈黙。不意に、彼女の声は低い響きを帯びて、彼女の吸う煙草の煙のように長い渦を巻いて引き伸ばされる。ジャズの楽譜を書くように、彼女は自分の人生を語っていく。一見混沌たる言葉やイメージの向こうに、絶えず主題を捉まえたまま。文章が熱く高速で回転し、はかない思い出を捉まえる。すると、速度が変わる。

彼女は休んでいるのが嫌で、いつも活動していたいらしい。映画撮影中も自分の分が終了したからといっても、「リラックス」とは無縁である。スタジオセットで進行中の事は全て観察する。これは、映画の全体性を把握することが自分の役を演じる手助けになるという、彼女の考えから来ている。また、二十二年間所有していた家を売却した彼女が、もう別の家を購入することはないと断言するのも、仕事で世界を飛び回る女優業生活と一か所に落ち着いていられない自分の性分をよく理解しているからだ。「何故なら、家に止まっている時間がないから。人生の生き方はいくつもあるけれど、概して、列車の通過を眺めているか、列車に乗り込むかのどちらかね。」ジード、ジュネ、コクトー、ベルイマン、ウェルズ、ルイ・マル、トリュフォーなど、今は亡き時代の最良の作家や映画監督たちとの交遊があった彼女は、人間の死というものに触れて次のように言っている。「私にとって、その人々のことを忘却したとき初めて、彼らが死んだことになるのです。」新作でジャンヌ・モローは、ジャン・レノ、ヴァネッサ・パラディと共にスクリーンに登場する(4)。マストロヤンニについては、テオ・アンゲロプロス監督のインタヴュー記事(一九九五年九月一四日号、インタヴュアーはソフィー・グラサン)に触れた後で話題にしていこう。巨大なレーニン像を載せた船がドナウ河を渡っていく、映画『ユリシーズの瞳』の場面写真がこの記事の頁を飾っている。監督はハーヴェイ・カイテル演じる現代版ユリシーズさながらの役を、最初はダニエル・デイ=ルイスかアル・パチーノにと考えていたと打ち明けている。しかし、『ピアノ・レッスン』でのハーヴェイの演技に感動していたアンゲロプロス監督は彼と面会し、意欲を感じ取り、彼に決定する。

アテネに着いたとき、ハーヴェイはどれもが『オディセウス』に関する本を山のように抱えていて、その事にぼくは苛立った。おまけに、彼はこう訊いてきた。「ところで、テオ、いたるところを旅するあいつは、支払いはどうしているんだ。クレジット・カードを使ってるのか。」彼を殺してやりたかったよ。ついには、彼は映画の中に滑り込み、そして映画によって彼の人生が変わったのさ。

アンゲロプロスは気象条件を映像化するのが巧みだ。それも、その条件下に置かれた人間たちの息遣いや感情が観る側に伝わってくるやり方で。『旅芸人の記録』で、芸人一家が雪の野原で楽しげに踊るシーンは流れていた音楽と共に、今でも印象深く思い出される。『ユリシーズの瞳』でもまた雪、そして霧。タクシーでの雪山越えと立ち往生、冷たく白い息。視界を閉ざす霧中での発砲と殺戮(5)。『蜂の旅人』の朝霧と春の色。蜜蜂を連れて春の花を求めて旅する養蜂家の男と、彼の前に春風の到来のように現れる娘。つまりは、アンゲロプロスの映画では登場人物が季節と一緒に歩んでいくのであり、観客は彼らの喜び悲しみを共有する旅の同伴者なのだ。

『蜂の旅人』の主人公を演じるのがマストロヤンニ。解説に代えて、いくつかのシーンを呈示して読者の想像力に供したい。そうすることで、筆者もまた思い出を味わうことができる。(一)途中のドライブ・インで娘を降ろす約束を自ら反故《ほご》にしてしまうマストロヤンニ。向かい側の斜面に座って、拾ってくれそうな別の車を頼りなげに待つ彼女を見かねて、彼は結局、食事はどうだと呼び返してしまうのだ。ジューク・ボックスの音楽に合わせて踊る娘の後ろ姿をカメラは映すのだけれど、その若くしなやかな肢体を見つめる男の視線から放射される欲望が濃厚に感じられる気がぼくはする。(二)彼は若者たちと談笑する娘を目撃し、激情に駆られてトラックごとレストランのガラスを破って突入する。娘は、抑制され平静に見えた男の心の水面が突然波打ち、底から噴出してきた嫉妬と熱情に感応してトラックに乗り込む(6)。(三)さびれた映画館の舞台の上、空白のスクリーンの前で働き蜂と女王蜂のように愛し合う男と娘。後は、蜜蜂の巣箱を置いた花の丘で迎える男の死。

マストロヤンニに関してはロバート・アルトマンの映画『プレタポルテ』の紹介記事(一九九五年三月九日号、記者はジャン＝ピエール・デュフレイニュ)に、ソフィア・ローレンとベンチに座っている場面写真(彼女の巨大な帽子ときたら！）を見ることができる。そして、一九九六年五月一六日号では彼の舞台と映画での活躍振りが、「マストロヤンニの二重生活」というタイトルで解説されている（記者はソフィー・グラサン）。映画の方は『欺く目』***L'oeil qui ment***（ぼくは観ていないけれど、どういうわけかパリで買ったCDのサウンド・トラック盤を持っている。風船を持った男が空を飛んでいたりするカヴァー写真が使われているので、幻想的で不思議な映画だと想像できる）の監督ラウル・ルイスの作品『三つの生と一つの死』に出演。この中でマストロヤンニは四役を演じているという(7)。付け加えておくと、この監督はカトリーヌ・ドヌーヴとミッシェル・ピッコリを起用して、『犯罪の系図』***Généalogies d'un crime***という映画の撮影に取りかかっている(8)。

フィリップ・ノワレも筆者の好きな役者の一人だけれど、嬉しいことに一九九六年二月二九日号の「ポルトレ」欄で彼が取り上げられているので（執筆者はジェローム・ガルサン）、この場に少し登場してもらおう。フィリップ・ノワレは「自分の大きな鼻、垂れた頬、スパニエル犬のような潤んだ目、生まれ付きの肥満」にずうっと深いコンプレックスを感じていて、自己の肉体そのもの、肉体の表面に現れた外見と折り合いをつけることができなかった、と告白している。しかし、時が魔法のように良い方向に作用する。ガルサン氏の冒頭の文章を引用しよう。

男たちの場合、時が人間を丸くし、かつての不調和に突然魅力を付与し、白毛に威光を、目尻の皺に気品を、呑気さに分別を加えるのだが、この時とともにフィリップ・ノワレはやっと自分の肉体に馴染むことができたのだ。

年齢と外見との歩み寄り、和解というべきか、いずれにせよ彼は上手く年齢を重ねたのだ。以下に挙げる出演作（とは言っても、ぼくが観た映画だけということになるけれど）が、そのことを証明している。いずれの役も魅力的で素敵ではないか。タヴェルニエ監督の映画***La vie et rien d'autre***（日本題名はどうなっていたかな。確か、フランス語とはかけ離れたタイトルになっていたと思う）でサビーヌ・アゼマと共演して演じていた恋に不器用な司令官役(9)。『ニュー・シネマ・パラダイス』での、カットを余儀なくされた大量のキスシーン(10)のフィルムをつなぎ合わせて保存していた映画技師。『タンゴ』での、浮気妻を飛行機から墜落させて殺した男に無罪を言い渡す判事。『イル・ポスティーノ』では詩人パブロ・ネルーダ役。彼にメタフォールというものを教わり、郵便配達夫マリオは言葉の美しさと力に意識的になっていく。パトリス・ルコント『大喝采』での、ジャン・ロシュフォール、ジャン＝ピエール・マリエルと共に演じる意気軒高たる大衆演劇役者。（本来はハゲ頭が特異な風貌となっているミシェル・ブランの鬘姿も妙におかしく、捨てがたい。）

フィリップ・ノワレは役者という職業、倫理を教えてくれた人物としてジャン・ヴィラールの名前を挙げて感謝の念を表明し、この生涯の理想目標に出来るだけ近付きたいという意欲を披瀝している。（ジャンヌ・モローはコメディー・フランセーズと絶縁状態にあった時に、ヴィラールの申し出で憧れのジェラール・フィリップとアヴィニョンの舞台で共演することができた。その後、徐々に彼女は映画界へと転身を図っていくのだけれど、こうして俳優たちの口から彼の名前がよく出てくる事実から、国立民衆劇場Ｔ・Ｎ・Ｐの座長を務めたこのジャン・ヴィラールという男の影響力の大きさを推測することができる。）さて、ノワレの衣装選びは趣味の域を脱して、一種の情熱、快楽になっている。

衣装が大好きな彼は、病的なほど入念に自分自身で衣装選びをする。ノワレにとって役柄は新たなワードローブ、絶え間ない変身の機会なのだ。

かくして、彼は『イル・ポスティーノ』*Le Facteur*では亡命詩人にふさわしい「南米の軽く、ゆったりとして、明るい材質の服装」を選ぶこととなる。ドヌーヴのインタヴュー記事に移る前の締め括りとして、この『イル・ポスティーノ』に言及しておきたい。映画の中では、ネルーダ役を演じるフィリップ・ノワレも素敵だったけれど、詩人の言葉に目を輝かせる朴訥《ぼくとつ》な郵便配達夫マリオも素敵だった。隠喩の虜となったマリオは、「君の微笑みが蝶のように顔に広がる」とか「君の笑いはまるでバラ、鋭い槍、あふれ出る水、君の笑いは突然襲う銀の波」のような隠喩で、彼が思いを寄せるベアトリーチェのハートを虜にするのだ。彼女が夜ベッドの上でその隠喩を思い出して、身もだえするほどに(11)。マリオを演じたマッシモ・トロイージは病を圧《お》して映画に参加していたのだが、撮影完了を待っていたかのように四一歳の生涯を閉じた。彼の追悼記事が載っている(一九九六年四月一八日号、執筆者はフロランス・マンデル)。記事のタイトル「郵便配達はもうベルを鳴らさない」は、映画ファンにはすぐ『郵便配達は二度ベルを鳴らす』をもじったものであることが理解されるし、『イル・ポスティーノ』を観た人には自ずと、郵便配達夫マリオ＝マッシモ・トロイージの死を含意していると了解される。(めくばせを投げる書き手とその意味を即座に察知する読み手との共犯関係。さらには、共通の映画体験を持つ者同士の暗示や一言に互いに反応しあえる嬉しい共犯関係。)

最後はカトリーヌ・ドヌーヴに登場してもらおう。彼女の最新作 ***Les voleurs***(「泥棒たち」という意味だけれど、日本題名は何故か『夜の子供たち』)を中心にしたインタヴュー記事は一九九六年八月八日号に掲載されていて、マルティーヌ・ド・ラボディとジェローム・ガルサンの共同インタヴューになっている。言葉が伝えてくる発言者の存在の核というか密やかな部分を読むのは、まさに肌触り、触感を享受するようなエロティックな愉しみである。そのためにフランス語の発言をそのまま付して、ドヌーヴさんの言葉の手触りのようなものを味わっていただければいいのだが、ここでは省略せざるを得ない。(すべてを翻訳する余裕はない。興味深く思われる発言を選んで紹介することにする。インタヴュアーの質問は大幅に簡略化した。)

・アンドレ・テシネ監督作品への出演は今回が四作目。段々難しい役柄を要求されているように見えるのですが。
――アンドレは私を大変危険な企てに巻き込むことはあっても、決して馬鹿げた滑稽な企てに巻き込んだりすることはないことを確信しています。彼はどこか破壊主義者で、その点で私も彼に似ています。
・「彼女はぼくが物語を書くことのできる白紙だ」というテシネの発言について。

――俳優は白紙であらねばなりません。男優や有名女優にとって、一番やっかいなのは今までの他の役を忘れること、新たな撮影の度ごとに真っ白なままで臨むことです。毎回、成功しているかどうか確信は持てませんが、そうあるように努力しています。

・女性の同性愛者を演じたことについて。

――最初は不安でしたが、一瞬たりと止めようとは思いませんでした。［……］それに私にとって、マリーはホモセクシャルとは言えません。彼女が熱烈に愛した人が女性だっただけのことなのです。明白な台詞が二つあります。映画の中ではジュリエットの恋人役ですがダニエル・オトゥーユに宛てたものが一つ。「私は女性が好きなのじゃなくて、マリーが好きなの。」もう一つはジュリエットに対する台詞。「男性に求めていたものすべてを私はあなたの中に見つけたの。」

・マリーとジュリエットの入浴シーン(12)。

――やさしくて、悩ましい、とても美しい場面です。欲望と愛に関する。観客は裸体を見るわけではなくて、感じ取るのです(13)。

・あなたにとって、マリーという人間の一番感動的な部分。

――ジュリエットが立ち去った後、マリーは正直に言っています。「彼女を待つことはしない。彼女は私の人生に満ちている。この人生を取り替えるつもりはない。」推測するに、マリーにあっては悲しみの消失の方が悲しみの存在よりもつらいのです。空虚な絶望にはもはや何の意味もないのですから。

・ジュリエットに対する激しい愛ゆえのマリーの自殺。

――彼女は絶望から自殺するのではなくて、供犠、自己犠牲を果たすのです。フランソワ・トリュフォーの『隣の女』におけるファニー・アルダンとジェラール・ドパルデューの「君なしでも生きていけないし、君と共にでも生きていけない」の雰囲気の中にいるのです。すべてに終止符を打つ以外、解決法はないのです。

・**演出家の方がシナリオより重要ですか。**

――もちろん。「ほら、こいつは素晴らしいシナリオだよ」という理屈を持ち出されても、それには実質的な意味はありません。何よりも知るべきは、誰がそのシナリオを映画化するかです。何故なら、ゴダール、ブリエ、テシネでは同じ作品になることなどないから。

・**老いの問題。**

――知っての通り、女性にとって老いるのは難しいことです(14)。女優にとってはなおさら。目の回りに隈ができ、白髪が増え始めても、ドロンは二十年前と同じぐらい魅力的です。男性は年齢の跡が見えても魅力的だと思ってもらえる。これが女性なら憐れに思われる。テレビで昔の映画が再放送されるから、それにスクリーンで老いるのはとても辛いことなの。舞台はそれほど残酷じゃない。それでも、私は老人ホームに行くように舞台に行って、最後を迎えたいとは思わない。

・**舞台に立たない理由。**

――今日、舞台で演じないのは重大な欠陥と言ってもいいのは、分かっています。

・**敬愛するダニエル・ダリューも舞台に立っていますが。**

――いつも繰り返していることですが、彼女は私が老いることをあまり恐れなくて済むようにしてくれる唯一の女性です。彼女は老婦人なんかじゃありません。魅力的な声といい、若い女性のような歩き方といい、あの並ぶもののない優美といい、彼女のことを望ましく思います。

・**新人俳優たちを励ましていますね。**

――私は俳優たちが好きなのです。それでも、私は今日この職業に身を投じるのは狂気の沙汰だと考えています。この職業は一年の半分、自らの運命に委ねられるということなのです。仕事がなければ、俳優は存在しないも同然なのです。待つ不安の中で暮らすんですよ。

・あなたのお子さんたち、クリスチアン君とキアラさんも俳優の道を選びましたけれど。

――思い止まらせようとやることはやったんですよ。特に息子には。娘は私と同じく大の映画ファンで、演じてみたいという気持ちが浮かんだのです。父親と一緒に出演したルイスの映画での彼女は素敵だと思います。

・『夜の子どもたち』でのあなたについて、娘さんの意見は。

――母親がああいった役を演じるのを観て大変感激していました。映画の最後に非常に印象付けられたようです。

・この役があなたの映画人生の転機だと思いますか。

――全然そうは思いません。この幸運を利用するつもりはありません。転機ということに関して言えば、遅すぎます。私は最後の直線距離にいるのです。おそらく時々翼を方向転換させることがあるにしても。でも、私はこんな具合に変わっていかなくてはならないと言って、屁理屈を並べたりすることはもうありません。映画を一つ付け加えるために映画をやっているわけではないのです。テシネに戻って言うと、私は覚えています。私たちの前の映画『わたしの好きな季節』*Ma saison préférée* の中で、弟役を演じたダニエル・オトゥーユが言っています。「君は動き回ってばかりいる。でも大事なのは、自分の人生に意味を与えることだ。」私もこの考えに賛成です。自分の人生においても出来るだけ実行しています。

《注》

（1）この日のことを覚えているだろうか。翌日は二人でメタフォールに心打たれて素敵な時間を過ごしたのだったけれど。

（2）平日の昼過ぎの館内はせめてスクリーン上だけでも愛にめぐりあいたいと願ったのか、老人客が十数人散らばっているだけで閑散としていた。そんな中、父娘という異質のカップルは優雅な気分で映画鑑賞を愉しみ、終了後はスパゲッティを食べた。それに、前日は中華料理だ、フランス料理だと胃袋をパンク寸前にするほど食の快楽に耽溺していた彼らは、食に無縁のアントニオーニ映画の登場人物と対照の妙を成す観客だったわけだ。

（3）（生意気で大好きな娘が主張するように）黒服のジャン・レノも確かに素敵ではある。地下鉄ホームのドラマー、潜水自慢、掃除屋のヴィクトール、ミルク好きの殺し屋の彼が前々から気に入っている筆者は、その意見に賛同するのにやぶさかではないつもりだ。

（4）福岡で上映されたら、一緒に観に行こうか。

（5）腰が痛いお尻が痛い、と耳打ちしながら三時間ものこの大作を観終えた時はある種の満足感を覚えた。達成感と言った方がいいかな、何しろ最後まで残った観客は三人で、その内二人はぼくとあなただったのだから。ぼくらだけの貸し切り同然の映画館。主演のハーヴェイ・カイテルの魅力を、タランティーノの『レザヴォア・ドッグス』や『パルプ・フィクション』を通じて早くからぼくに教えてくれていたあなたとの、素敵な思い出だ。

（6）中年男は海風に愛撫されながら、砂浜に座っていた。隣には蜜蜂のような女性がいた。男は二人で観てきたばかりの『蜂の旅人』を思い出しながら、実際親子ほどの年齢差のある男女の恋があってもいい、ぼくらだって何の不思議もありはしないと妙に自分を納得させていた。いつも冷静でありたいと思いながら、男も不意にマストロヤンニのように（彼のように格好良くないけれど）嫉妬に捉えられた姿を露呈してしまうのだ。時に顔を覗かせるこうした中年男の無分別に寛容でいてほしい。あなたのキスと言葉の愛撫で、すぐに安心し平静に戻るのだから。

（7）福岡で上映されたら、一緒に観にいこうね。

（8）『昼顔』が好きな女王様は、この二人を見ることができるのなら、いつもの奴隷をお供に映画館に足を運んでもいいかな、と考えています。暗闇になると条件反射みたいに愛撫したがる癖も大目に見てあげましょう。

（9）映画の最後で流れるノワレのナレーションを一部引用しておく。「あなたが私に言ってと挑んできた『愛しています』という三つの言葉を囁くだけでよかったのに私は黙ってしまったのでした。今日、私は一日に百回も『愛しています』と、有らん限りの力で叫ぶのです、この言葉が私たちを隔てる膨大な距離を越えて届くようにと願いながら。愛しています」（*L'avant-scène cinéma* 一九九〇年一月、第三八八号参照。）

（10）ぼくらのキスシーンをフィルムに定着させることはできないだろうから、せめて記憶の印画紙に焼き付けておきたい。

（11）朝早く慌ただしく部屋を立ち去ったあなたを茫然と見送った後で、ぼくは少し悄然たる気持ちで映画館の椅子に座って上映を待っていた。場内が暗くなり始まったと思ったら、あなたは不意に妖精のように現われて隣に腰掛けた。悲しみから、喜びへの急転換。あなただけのイル・ポスティーノ（郵便配達夫）になって、時にはメタフォールであなたをワインのように酔わせたいです。今度、ぼくの本『フェティシズムの箱』をプレゼントするよ。旅の思い出や快楽の記憶に浸ってほしい。

（12）よくじゃれあったりもしているし、何度か一緒に密室に閉じこもる機会もあったのに、考えてみると私のボス・ガエル君とまだ入浴したことがないわねえ。（有能な秘書の独白）

（13）好きな女性の衣服の下に何もつけていない無防備な裸体があるという事実。その事実の所有者にして、その大胆さの誘発者が唯一自分だけであることの満足感と最高に秘密めいた快楽。

(14) 女王様の美しさは時の影響を受けることなどない、と奴隷は信じていたい。女王様の宝石箱の鍵であることの快楽をいつまでも味わっていたいです。

奪われた唇——トリュフォー映画に関する二、三の事

『黒衣の花嫁』をプレゼントしてくれた、二つの小さな黒を纏う美しい雪うさぎさんに。

一九八五年のカンヌ映画祭の時に、故トリュフォー映画の出演者が一堂に会して撮った写真がある（参照。Annette Insdorf, *François Truffaut. Les films de sa vie*, Découvertes Gallimard, 1996.）。前年十月二十一日、脳腫瘍で亡くなった監督に弔意を表するために集まったこれらの面々を眺めていると、映画の様々な場面が彷彿としてくる。前列左にジャンヌ・モロー（『ジュールとジム』、『黒衣の花嫁』）、その隣にファニー・アルダン（『隣の女』、『日曜日が待ち遠しい！』）、彼女の後方にシャルル・デネー（『黒衣の花嫁』、『女好きの男』）。中央から右に向かってジェラール・ドパルデュー（『終電車』、『隣の女』）、ジャン＝ピエール・レオー（『夫婦家庭』、『逃げ去る恋』などの一連のドワネル物）、アンリ・ガルサン（『隣の女』）。この三人の背後にシャルル・アズナヴール（『ピアニストを撃て』）、ジャン＝クロード・ブリアリ（『黒衣の花嫁』）、ジャン＝ピエール・オーモン（『アメリカの夜』）。後列中央では、カトリーヌ・ドヌーヴ（『暗くなるまでこの恋を』、『終電車』）の美しさが一層冴え渡っている。彼女の右側にはベルナデット・ラフォン（『私のように美しい娘』）やデルフィーヌ・セイリグ（『奪われた唇』）。左側にはジャックリーヌ・ビセット（『アメリカの夜』）、等々。これらの俳優たちのどこかにトリュフォー自身の姿が浮かんでくるような気がする。というのも、彼自身、『アメリカの夜』、『緑色の部屋』に出演しているのだから。

監督の死後、ジャンヌ・モローが『ヴォーグ』誌に載せた回想を紹介しておきたい。

初めてあなたに会った時、あなたは遠くから近付いてきた。小さな人影がカンヌ映画祭会場の廊下を下りながら、私の方に進んできた。手強い映画批評家だ、とルイ・マルが私に耳打ちした。私たちは『死刑台のエレベーター』を撮り終えたばかりだった。

あなたの内気に強く印象付けられていた私はそれでもあえて注目させてもらった、あなたが爪を噛むこと、広い額と栗色の凶暴な目を持っていることに。私には即座にあなたの影響力が分かった。それで、私たちは電話番号を教えあった。

こうして私たちの友情の物語が始まった。（Annette Insdorf, 前掲書）

ぼくは本書所載の『「レクスプレス」誌の映画記事』に次のように書いた。「その代表的な監督フランソワ・トリュフォーはあるインタヴューで、「ヌーヴェル・ヴァーグ」という共通の名前で括られ、自分たちも同じことをしていると思っていたけれど、実際はみんな違う別々のやり方を実践していたのだ、と当時を振り返っている。ここで詳しく述べる余裕はないので、トリュフォー監督、あるいはこのインタヴューに関しては別の機会に譲る。」この小論はその約束を果たす場を提供してくれることになる。筆者は好きなもの、関心の対象、愛する相手についてしか語る気がしないし、語れない。だから、トリュフォー映画が喚起する思い出を語るのは、自ずと彼に対するある種の敬意の表明となる。

＊　＊　＊

まずは、読者に共犯のめくばせを投げかけておこう。言うまでもなく、筆者がタイトルに用いた「奪われた唇」は一九六八年の映画 *Baisers volés* を意識してのことだ(1)。トリュフォーの場合は、シャルル・トレネのシャンソン *Que reste-t-il de nos amours* の歌詞が念頭にあったのは確実だろう。「若い頃の一枚の古びた写真」、「ラヴレター」、「デート」、「色褪せた幸福」、「風になびく髪」、「奪われた唇」、「小さな村」、「古い鐘楼」、「囁き交わした優しい言葉」、「純粋な愛撫」、「誓いの言葉」など、思い出の数々(2)。このように過ぎし恋の名残が列挙されていく歌詞の中に、映画の題名と同じ言葉を発見できるからだ。それにまさに、このシャンソンが映画の挿入歌として用いられているのだから。インタヴュー（参照。Truffaut par Truffaut, *Mémoires d'un cinéaste*, 2 cassettes Radio France, 1990. 以後、トリュフォーに関して、インタヴューとか対談と言う場合は、このカセットテープに吹き込まれた対談を意味する）に答えてトリュフォーは、彼のトレネ愛好が戦争末期とともに始まったと言っている。その頃突然二、三か月、映画の配給が皆無という堪え難い期間があり(3)、その間映画館はミュージック・ホールとして利用されていたのだという。その時の出演者の中に、時代の雰囲気に合った *Douce France* を歌うトレネもいた。トリュフォーはトレネを「幸せな芸人」と評する。

彼はそこにいて歌うことが嬉しいのだ、だから当然、目の前の観客の顔が無意識の模倣によって明るくなり、彼に己自身の満足の笑みを投げ返してくるのを見るのが嬉しいのだ。（François Truffaut, *Le plaisir des yeux*, Flammarion, 1987. 以後、特に指摘がない限り、引用はすべてこの本からのものだと理解して欲しい。）

幸福な気分が聞き手を幸福感で包み、聞き手の幸福感が今度は自分に浸透して一層自身の幸せが増す、そんな歌手。トレネの歌に幸福の伝播力、感染力(4)を感じ取ると同時に、トリュフォーは歌詞とメロディーとの類い稀な一致、自然に無意識に耳に聞こえてくるその滑らかな調和を指摘する。こうしてトレネのシャンソンを愛する理由が説明されるのだけれど、それはまさに監督の映画制作の理想とも読める。

ジョン・フォードの映画作品同様、彼の歌は形式と内容という古くからの論争を無意味なものにする。というのも、それらは形式であると同時に内容なのだから。

さて、トリュフォーがトレネの特質を列挙している中に、「簡単なことを好んで複雑にしたりはしない詩人」（**un rimeur qui ne va pas chercher midi à quatorze heures**）という表現がある。これと同じ表現が『隣の女』でも、一ひねり加えて凝った形で使われている。ベルナールがジューヴ夫人にマチルドのことを説明している部分。《enfin elle fait partie de ces femmes qui n'en finissent pas de chercher midi à quatorze heures》こういう思いがけない発見は嬉しい。知らずに何気なく観ていた映画の中で、若い頃のある俳優を見つけたり、思いがけない役柄で出ている俳優に気付いたりする時のように(5)。

トリュフォー映画には『ピアニストを撃て』、『黒衣の花嫁』、『暗くなるまでこの恋を』、『私のように美しい娘』、『日曜日が待ち遠しい！』など、サスペンスの色合いが濃厚な作品がある。これらはヒッチコック流の映画テクニックの実践、サスペンスの妙手ヒッチコックへの賛美でもある。というのも、彼はヒッチコックを論じて、生涯変わることのない称賛、尊敬の気持ちを披瀝しているのだから。例えば、彼はヒッチコック死亡の際の沈黙について質問されて、大要次のように答えている。「彼の死をコメントしたくなかった。動転する出来事だったし、言葉と実際の気持ちとの間には大きな開きがあるので。」

トリュフォーはサスペンスというものを次のように説明する。

サスペンスというのは普通思われているように強烈な題材を扱うことではなくて、正確には、持続の膨張、期待の増幅、私たちの心臓の鼓動をちょっと余計に強め、早めてくれるすべてのものの強調なのだ。

「遅さと速さ、前触れと衝撃、期待と省略の独自の用い方」がヒッチコックのサスペンスの基本を成している、とトリュフォーは言う。彼はヒッチコック映画の中にある視覚に訴えるものによるサスペンスだけでなく、「対話によるサスペンス」をも指摘している。また、カメラの目を特定の登場人物の視線に固定、合致させる方式についても指摘している。このやり方は観客がその登場人物の恐怖や安堵といった感情に同調、移入するのを容易にする。さらに映像表現と文学表現、つまりは映画作品と文学作品の同一視。観客（＝読者）が自らの目で見る（＝読む）ことができるように映画（＝小説）を提示すること。こうしたヒッチコック理解の仕方はトリュフォーが望み、心がける仕方でもあるだろう(6)。

一個の「視点」に従って物語を語るというテクニックはヘンリー・ジェームズやマルセル・プルースト以来小説家たちには馴染みのものであるが、映画監督たちからは驚くほど無視されている。オスカーをごっそり集める監督たちからさえも。それに対して『連鎖』、『裏窓』、『サイコ』は世界中の一般観客を熱狂させながら、批評の側や映画祭のいかなる審査員からも一顧だにされないとは。

トリュフォーによれば、ヒッチコック映画に影響を受けた新世代のアメリカの監督たちが、部分的に一時的にヒッチコック的な映画を実現できたとしても、彼らには決定的な何かが欠けている。それは、「感受性、恐怖感、興奮性、カメラで撮影する様々な衝撃に対する深く本質的な認識」。内面感情が伴わない表面的なテクニックだけの利用を彼は警戒し、自戒する。

トリュフォーはインタヴューで恋愛物語好きを告白している。それも「犯罪、推理物と重ね合わせた形の恋愛物」が好きだと言っている。先にヒッチコック色が強い作品として列挙した彼のいくつかの映画は、サスペンスと恋愛の結びつき、その可能性追求の具体的成果なのだ。

カメラを通して女優を見てきたトリュフォーは文章でも、愛情を込め的確に女優たちの印象を描き出す（フランソワ・トリュフォー、前掲書参照）。「高潔、熱意、暗黙の同意、人間の弱さに対する理解、ジャンヌ・モローが演じる時これらすべてをスクリーン上に読み取ることができる。」読者は『黒衣の花嫁』の復讐を決行していく彼女の表情や言葉、墓地で黒のヴェールの下から暴かれる彼女の顔などを思い出す。「フランス人女優ベルナデット・ラフォンのことを考える時、私は動いている人物、活力の、つまりは生の象徴を思い浮かべる。」『私のように美しい娘』の中で、セクシーな美しさを振りまき、男たちを翻弄し、「運命の賭け」に勝利していく彼女の姿そのものだ(7)。（フランスのラヂィオ番組の四十年をテープで振り返る『ラヂィオ・メモワール』。このカセット・テープの説明・進行役をベルナデット・ラフォンが務めている。二巻目の最後に収録されている「公然錯乱罪裁判所(8)」という番組の被告は彼女である。罪状は「未成年者誘拐未遂」、「放蕩教唆」、「反・社会規範主義」。さもありなん。）勝ち誇ったようにテレビ・インタヴューに答える彼女を刑務所内で呆然と見つめるアンドレ・デュソリエと、バルコニーでタイプを打つ秘書が映し出される。同時にシャンソン ***J'attendrai*** が皮肉に空しく（あるいは少しの希望を感じさせつつ）流れて、映画は終わる。

＊　＊　＊

『野生の少年』、『アデルの恋』、『緑の部屋』は主人公が「固定観念」の虜になっている「同一系列」の作品だ、とトリュフォーは自作を説明する。「人の心を捕らえる話」を映像化しようとした「同一の試み」だと、解説する。対談相手のクロード＝ジャン・フィリップの言葉を使えば、登場人物らはモリエール劇の主人公のようにその「頑固さ」で観客を惹き付ける（恐らく自分自身も頑固だ、とトリュフォーは答えている）。その上、トリュフォーは自分は映画でも人生でも「激しさ」を求める、と発言している。

『隣の女』も同様に、右の三作品を特徴づけるキーワードで要約できるだろう。再会したマチルドとベルナールの間に激しく恋が再燃する。愛し合いながらも傷つけ憎み合わずにはいられず、死をもってしか、消滅し得ない強情で一途な情熱。彼らは恋愛の魔に見入られ、絡め取られたのだ。ジューヴ夫人が映画の最後で言う《**Ni avec toi, ni sans toi**》という言葉が二人の恋愛の呪縛性、宿命性、悲劇性を言い表している。映画評を一つ紹介しておく（筆者はジエラール・レンヌ）。

　彼らのそれぞれの配偶者には何一つ嫌な所はない。少しずつ彼らを毒していくのは周囲の人間でも、社会でも、法律でもなくて、彼らの恋愛情熱そのものなのだ。彼らは一緒だと誇り合うし、離れていると堪え難い欲求不満に苦しむのだ。

（フランソワ・トリュフォー『隣の女』、大木充、ジャン＝ノエル・ボロ著、駿河台出版社、一九九二年。）

エルヴェ・ダルメは彼らの制御不能な性的欲望、共有している強い快楽が暗示によって示されている、と言う。「この呪われたカップルを結び付ける激しい性的快感は物によって想起される。すなわちマチルドのハンカチや破れたドレスによって(9)」(Hervé Dalmais, *Truffaut*, Rivages, 1995.) いくつかの台詞を紹介しておきたい。「でも、偶然が代わりに決めてくれたので、私はこの偶然に満足しているわ」（マチルド）。「もう一つお願いしたいの、時々名前を呼んで」（マチルド）。「彼女に逢った途端、二人の間は決定的なことになる、と僕は感じた」（フィリップ）。「あなたが私の前でその仕草をするのを見たかったの」（マチルド）。「違うんだ、君に頼んでいるのは今夜フィリップと出発しないで欲しい、でなければ旅行を数日遅らせて欲しいということなんだ」（ベルナール）。「それでも、嫉妬せずにはいられないの、彼女やあなたに、とりわけ、あなたの苦しみに対して」（アルレット）。「シャンソンだけを聴いているの、真実が歌われているから」（マチルド）。

トリュフォーの記事によれば、ファニー・アルダン発見の功績はニナ・コンパネェーズに帰す。舞台で『ポリュークト』、『エステル』、『黄金の頭』などに出演したとはいえ、一般にはまだ知名度が高くはなかったアルダンを、コンパネェーズが自作のテレビドラマ『海辺の貴婦人たち』の主役に抜擢したのだ。無謀とも見えた賭けの結果は、番組の成功で吉と出る。トリュフォーは書いている。テレビ画面に映る彼女を見た時、「大きな口、大きな黒い目、三角顔」に魅惑されたと(10)。同時に彼は彼女の多くの特質を見抜く。

しかし、私はすぐにファニー・アルダンの中に、自分の映画の主役たちに一番私が期待する長所を見て取り、高く評価した。すなわち、活力、懸命さ、熱中、ユーモア、激しさ。しかし、秤の他方の皿に秘密好き、荒々しい一面、一つまみの残酷、そして、とりわけ何か感動的な所。

こんな風に好きな女優（女性）の美点を愛情込めて描くトリュフォーの文章は美しい。（彼女の演技に入る前の、静かな笑みを浮かべて集中する態度、スタッフに当たり散らしたりしない人間的な落ち着いた性格をも監督は称賛している。）それにしても、彼が看取した様々な特質は、ファニー・アルダンが『隣の女』と『日曜日が待ち遠しい！』で演じたマチルドとバルバラに見事に反映されているではないか。

対談でのトリュフォーによれば、映画だけが唯一の動画であった頃、映画はその使命を多様性と変化に置いていた。テレビが一時間で、膨大で多様な情報を提供する現在、最良の映画は上手く集中化に成功した映画、最低限の要素、少ない登場人物で観客の関心を最後まで惹き付けることのできる映画だ。こういう趣旨の発言をしているのだけれど、これは『隣の女』に当てはまると思えるのだが。（さらに、彼のこういう意図、考えを念頭に置いて彼の他の映画を観ると、納得のいく点も多い。）

＊　　＊　　＊

カトリーヌ・ドヌーヴさんのインタヴュー記事の一部を引用したい（本書所載の『「レクスプレス」誌の映画記事』参照）。舞台に立たない理由を訊かれて、彼女は答えている。「今日、舞台で演じないのは重大な欠陥と言ってもいいのは、分かっています。」彼女がこんな風に思う必要などないのだ。スクリーンの中で見事に舞台女優を演じて見せてくれているではないか。その映画『終電車』は様々な賞に輝くトリュフォーのよく知られた映画の一つだけれど、「戦時中の一人の気丈な女の肖像と演劇への賛辞」という言葉で要約できる。さらに、映画技法という点に関して言うと、トリュフォーが「入れ子構造」と名付ける技法が活用されている。『アメリカの夜』が撮影中の映画、映画の撮影場面を描いた映画だとすれば、『終電車』は上演中の芝居、芝居の舞台裏を映した映画なのだ。

この方法がルノワールやルビッチと反響する形で、『終電車』の構造を成している。映画では戦争真只中で芝居が演じられ、現実と幻想が区別できないほどに縺れ合っている。（エルヴェ・ダルメ、前掲書）

『終電車』のシナリオの序で、トリュフォーは打ち明け話を披露してくれている。ドヌーヴ自身も、演劇における発声法や観客席に向かってゆっくり鮮明な声を届かせる仕方をこなせるか不安を感じていたと。それでも彼女は完璧に演じ切ったと彼は賛嘆している。彼女の声で恋情告白がなされるのを聴くだけでも、観客は満足するかもしれない。「一日として、あなたのことを考えない日はなかった。」「あなたを思って鼓動が早まるのを感じるのが、私にとって重要な唯一のことなの。(11)」彼女の美しさに異議を唱える人は少ないと思う。極端なことを言うと、トリュフォーも認めているようにスクリーンに映し出されるドヌーヴの美しさを目にするだけでも十分なのだ。加えて、見事な演技や素敵な映画を見せてもらったら、観客の幸福感は限りない。

カトリーヌ・ドヌーヴは実際この上なく美しいので、彼女が主役の映画は物語を語らずに済ませることができるほどだ。観客は単にカトリーヌを見るだけで幸せを感じ、こうして熟視できることで入場券代の元は取れる、と私は確信している。

さらに、トリュフォーが女優カトリーヌ・ドヌーヴの中に見ている特徴をキーワード風に列挙すると、「中立性」、「気取りのなさ」、「落ち着き」、「慎み」、「抑制」、「両犠牲」、「秘密めいた、謎めいたところ」、「厳しい眼差し」、「観察する目」、「平静」、「余裕」等々。彼はドヌーヴをあらゆる花を活けることのできる花瓶に譬えているのだが、彼女の中立的で無色透明な顔に観客は好きなように、あらゆる感情を投影することができるのだ。彼女の慎みのある抑制の効いた態度・表情は、神秘的な雰囲気を醸し出す。彼女の平静と余裕は各場面の密度を増す。トリュフォーが言うには、「神話」の域に達するようなグレタ・ガルボ、マレーネ・ディートリッヒ、カロル・ロンバール、グレース・ケリーのような女優たちには、みんな共通して厳かなところがある。ドヌーヴの正体不明の謎めいた様子は、彼女の冷やかな眼差し(12)から来ている。この一見冷徹な眼差しは、内面を覗かれないための防衛反応なのだ。

カトリーヌが恐れるのは見つめられることではなくて、むしろ見抜かれるままでいることなのだ。彼女は観察者の視点を採用することで、この困難を回避する。ルイ＝フェルディナン・セリーヌが考えるように、人が窃視狂と露出狂に分かれるとすれば、カトリーヌは「窃視狂」だ。それゆえに、彼女は大部分の先輩女優たちよりも人生の近くにいるのだ。

ドパルデューが他の女の手相を観てやったり軽口をたたいているのを、少し離れた場所から見つめている場面を始め、『終電車』でもドヌーヴの熱い内面(13)を隠す氷の眼差しは遺憾なく発揮されている。(カトリーヌ・ドヌーヴの乳房。ぼくは淡い桜色が頂点を飾る緊密な白い陶器の半球(14)を想像してみる。路上で上半身を露出させたドヌーヴの美しい胸を見たドライバーが驚き慌て、運転を誤る『暗くなるまでこの恋を』の場面を思い出して欲しい。)

＊　＊　＊

『視線の快楽』*Le plaisir des yeux* の「エピローグ」には「私が一番幸せな人間である理由」という副題がついている。その中でトリュフォーは監督業の愉しみ、職業意識・規範などを語っている。彼は監督の名前だけが一人歩きするのを警戒する。たとえば、ジャーナリストが今や観客が映画館に足を運ぶのは某監督の映画を観るためなのだと言って、ゴダール、ブニュエル、ベルイマンやトリュフォーの名前を挙げる。観る側の何となく面白そうという勘や印象、好みの俳優が出演するからという理由に先行して、監督の名前が観客動員数の決定要因となる。このような事態はあまり好ましいことではない、とトリュフォーは考える。フランス解放以後、大量の（インタヴューで彼は **excessivement et un peu arbitrairement** という言葉を使っている）アメリカ映画が輸入、上映される。生涯続く映画愛好が始まるこの時期、トリュフォー少年は映画館入口に貼ってある写真を見て、観たい映画を選んでいた。映画選択は「題名とポスターと写真の間の漠然とした化学作用に応じて」なされていた、とインタヴューでは答えている。

しかし、十年来、映画を撮る度に私は、監督の名前など気にせず入口で写真を見て映画を選ぶような散歩者たちの好奇心(15)を呼び起こしたい、という希望を持って撮っている。

散歩者が面白そうなショーウインドーの前でしばし足を止めてみるように、トリュフォーの映画について語ってきた。今回、あまり取り上げることが出来なかった『ジュールとジム』やアントワーヌ・ドワネル物について、いつか触れる機会があればいいのだが。トリュフォーは監督がしてはならない最も罪深い譲歩は、自分の好きでもない俳優をカメラの前に立たせることだ、という趣旨の発言をしている。ぼくも好きな物についてしか語りたくない。トリュフォーはまた、『アデルの恋』に関して「繰り返しによる感動」を目指したと説明している。ぼくも好きな物を何度も繰り返し描き感動させられたらと願う(16)。

《注》

(1) タイトルの後半部「トリュフォー映画に関する二、三の事」はゴダールの『彼女について知っている二、三の事柄』をもじったものである。これは、映画ファンには無用の講釈ではあるけれど。しかし、トリュフォーがこのゴダール作品のプロデュースを担当した事実を考慮すれば、このタイトルも少しは意味があるかもしれない。

『奪われた唇』をはじめ、『柔らかい肌』、『私のように美しい娘』、『緑色の部屋』、『逃げ去る恋』など、トリュフォー映画の題名は筆者を夢想と回想に誘う。男の唇は眠る娘の唇に軽く触れると一気に移動して、シーツから出た足を捕らえる。歯が五本の指の下の固い足裏を噛み、唇と舌が土踏まずの柔らかさをなぞる。美しい娘の脚と腿が描く曲線が上昇するに応じて、肌の熱さも増していくのを男の手は知っている。熱い領域を好む手がゆっくりと上昇を開始するのを娘は知っている。途中で娘は薄目を開けて言うだろう、じゃがいもさん、朝からまた何を悪さをしているのと。

「……湯上がりの顕子は美しかった。目の張りつめた光りは潤み、心持ち反《そ》り返った訴えるような形の唇《くちびる》には、こころをそそるもどかしさがあった。昇はその唇に軽く触れたまま、じっとしていた。顕子はいつかのように、接吻《せっぷん》する前に、あらぬところを見つめたりはしなかった。昇はさきほどから顕子の接吻が、半年前の接吻の味わいと、すこしも似ていないのにおどろいた。／この髪、この額、この耳、と思いながら、昇の唇は確かめた。それらの物質的な細部はそのままだったが、顕子は少しも似ていなかった。美しい細身の体はつつましくしていたが、昇の項《うなじ》に回しているその指には、溺《おぼ》れかけて救われた人の手のような、怖ろしい力があった。」

(三島由紀夫『沈める滝』)

(2) トレネが歌うように結局、恋の思い出は一見平凡ないくつかの言葉に集約されるのかもしれない。リュクサンブール公園の木陰のベンチに座ったカップルは、樹間を渡る夏風を心地よく感じながら、優雅に過ぎていく午後の時間を楽しむ。私たちって恋人同士みたいね、と膝枕のまま男の顔を見上げながら娘が言う。

『奪われた唇』で、親密な一夜を過ごしたアントワーヌとクリスチーヌが筆談しながら朝食を摂る場面、陽光の中、二人腕を組んで公園を歩み去る場面。ここにはシンプルだけれど誰もが願う幸福のイメージが提示されている。幸せと快楽を分かち会える相手との食事と散歩。（蛙のアントワーヌは女王様と戯れるのが大好き。）

「待つという愉しさを男にはじめて教えてくれたのも、今パリにいるあの混血の愛人だった。彼女は約束の出会いの、繰り返しによる刺激の減少というブント心理現象を回避するために、故意に時間をずらして、男の心のなかに苛立たしさを生まれさせ、そうして堪えうる限度まで、その苛立たしさが上昇した時、不意に立ち現れて、予定通り顔を見せるという平凡な事柄を、奇跡的な事件に変化させてみせるという魔法を行っては、彼を喜ばせたものだ。そうしたことが何度か行われたあいだに、予定の時間にはぐらかされて苛立つ、あるいは不安になる、という感情が、一種の遊戯化され儀式化され、形式となって、待ちくたびれている自分を、男はその役を舞台で演じている俳優のような気分で、心理的な計算をしながら傍らから眺めて愉しんでいることに気付いていたのだった。」（中村真一郎『魂の暴力』）。ぼくのうさぎさんは、この不意打ち効果を心得ていて、よく不意の喜びでぼくを驚かせてくれるねえ。

（3）映画狂を自認するトリュフォーにとって、映画を観る機会を奪われているのは確かに愉悦の喪失でもあっただろう。次のような事実を想起してほしい。砲兵隊勤務についていた彼は休暇でパリに戻った時、映画の悦楽に再び捉えられ兵営に復帰せず不服従の罪に問われたことがある。軍務期間中にトリュフォーは耳を傷める。この聴覚障害は『アメリカの夜』のフェランに投影されている。

（4）（トリュフォーも大好きだった）サシャ・ギトリ『父の言う通りだった』*Mon père avait raison* のアドルフのように、余計なことに心煩わすことなく人生を肯定的に楽しめればいいけれど。彼は言っている。「絶対、苛々しては駄目だ。苛々した連中は何一ついいことがない。」

（5）いくつか例を挙げておく。パトリス・ルコント『タンゴ』のリシャール・ボーランジェ。彼は『終電車』に諜報局の立ち入り調査官として登場している。『タンゴ』で彼に殺された浮気妻ミシェール・ラロックに再会したければ、『ペダル・ドゥース』を観ればいい。『終電車』のフィリップ役アンリ・ガルサンは、『百一夜』ではスターのサイン集めを趣味とする執事。デュラスの『インディア・ソング』の副領事ミシェル・ロンスダールは『黒衣の花嫁』ではジャンヌ・モローに殺される。『奪われた唇』では靴屋の社長。その社長の奥さん役は『インディア・ソング』と『去年、マリエンバードで』の、あのデルフィーヌ・セイリグ。彼女はジャン・ピエール・レオーの部屋に入ってきて、「あなたの手紙への返事はこの私自身よ」と素敵な声で囁くのだ。アラン・レネ『メロ』のアンドレ・デュソリエは、眼鏡をかけていて分かりにくいけれど『私のように美しい娘』の社会心理学者役。『私のように美しい娘』のベルナデット・ラフォンは『なまいきシャルロット』にも登場する。

（6）トリュフォーが非常に文学好きの、文学的な監督であることは、彼の映画作品の中に様々な形で見て取ることができる。『奪われた唇』でアントワーヌが読んで、手紙に引用するバルザックの『谷間の百合』、『暗くなるまでこの恋を』のルイ・マテが手にしている、これもバルザックの『あら皮』。『終電車』の最初の方で劇場の看板か何かが映し出されている場面に、モーパッサンの『ベラミ』のタイトルが見えるのだけれど、気付いているだろうか。こういった形での文学作品の利用、それから小説の脚本化（『ジュールとジム』、『黒衣の花嫁』、『華氏４５１』、『暗くなるまでこの恋を』などの場合）の時も、トリュフォーにとって大切なのは、作品の雰囲気・精神を生かすことなのだ。「映像による書き換え」、「表現の仕方」の問題なのだ。（彼は古典的な脚本の大家オーランシュとボストを批評した。詳しい説明は省略せざるを得ないけれども、それは瑣末な忠実、罪深い省略、無意味な追加によって、彼らが文学作品の精神・命を損ない、台無しにしたからなのだ。）これに加えて、トリュフォーの映画の台詞の文学性、文学的な味わいを指摘することができる。『隣の女』からいくつか引用しておく（分析の結果ではなくて、感じで選んでいるので人によっては異論があるかもしれない）。

《Il arrive qu'une maison soit le personnage principal d'une histoire mais cette fois il s'agit de deux maisons, séparées par une rue de village.》《Je suis pas tombée de la fenêtre, je me suis jetée dans le vide comme un paquet de linge sale.》《Bon alors, cette robe que je suis apparemment la seule à ne pas trouver scandaleuse, bien entendu Mathilde la portera en votre absence, Philippe?》《Depuis notre marriage et notre euh... installation ici, Mathilde et moi avons été dans l'impssibilité d'effectuer ce ... rituel voyage de noces qui fera de nous des époux à part entière.》《Vous me connaissez suffisamment pour savoir que... je déteste me mêler de ce qui ne me regarde pas, mais il faut que je vous parle de Mathilde...》

さらに、映像や台詞によって物語を暗示したり読み取らせたり、想像させるという機能も文学的だと考えれば『隣の女』のいくつかの点が思い浮かぶだろう。ジューヴ夫人の過去の恋愛、マチルドがトイレで耳にする男たちの隣の女との浮気に関する噂話、彼女が頼まれた絵本の赤い血の色をめぐるロランとの会話、ベルナールとアルレットが観た夫が殺人を偽装する映画の話、等々。すべてがマチルドとベルナールの恋愛にオーヴァー・ラップしている。

（7）彼女は「私のキッスは最高の味わい、抜群のテクニック」と歌っているけれど、あなたのような美しい娘のキスもぼくにとってはこの歌の通り。これも映画の台詞だけれど「シャンパンはお酒じゃなくて、大人のレモナード」。これからも二人で大人のレモナードを飲む機会が何度もあればいいなあ。ところで、ぼくの美しい娘は快楽に捉えられたとき、全身がシャンパンの泡のように弾ける。

（8）フランス語では「Le tribunal des flagrants délires」。「現行犯」flagrant délit をもじった題名であることは明らかだ。類似したその音や綴りのせいで意味の取り違えが起こりやすい単語を「パロニム」Paronymes と呼ぶ。言葉遊びや格言などで利用されることがある。例えば次のように。《Qui vole un oeuf, vole un boeuf./ Qui s'excuse, s'accuse./Qui se ressemble, s'assemble./Bouche de miel, bouche de fief.》(Cf., *Vocabulaire*, Le Robert & Nathan, 1995.)

　ウサギさんは夏の間のトランクス剥奪の罪で起訴された。原告兼裁判長のドナシアン蛙は自ら訴えを即座に却下する。眠りウサギがちゃっかり身につけたトランクスを、彼女から奪い返すのを自ら楽しんでいた上に、余勢を駆って快楽の烙印を捺すという暴挙に及んだから。というのが却下理由である。

(9)物が及ぼす性的喚起力については、愛する相手に恵まれた男女には少なからず覚えがあるだろう。耳を飾る緑玉、指の肉から二ミリはみ出した爪、ラヴレターの文字、額縁に監禁された写真の足、下着の小さな布切れ。

(10)「数本の竜胆を摘み終えた聡子は急激に立上って、あらぬ方《かた》を見ながら従って来る清顕の前に立ちふさがった。清顕には、ついぞ敢て見なかった聡子の形のよい鼻と、美しい大きな目が、近すぎる距離に、幻のようにおぼろげに浮んだ。／『私がもし急にいなくなってしまったら、清様、どうなさる?』／と聡子は抑えた声で口迅《くちど》に言った。」「拒みながら彼の胸のなかで目を閉じた聡子の美しさは喩《たと》えん方《かた》もなかった。微妙な線ばかりで形づくられたその顔は、端正でいながら何かしらな放恣《ほうし》ものに充ちていた。その唇の片端が、こころもち持ち上がったのが、歔欷《きょき》のためか微笑のためか、彼は夕明かりの中にたしかめようと焦ったが、今は彼女の鼻翼のかげりまでが、夕闇のすばやい兆《きざし》のように思われた。清顕は髪に半ば隠れている聡子の耳を見た。耳朶にはほのかな紅《べに》があったが、耳は実に精緻《せいち》な形をしていて、一つの夢のなかの、ごく小さな仏像を奥に納めた小さな珊瑚《さんご》の龕《がん》のようだった。」(三島由紀夫『春の雪』)

　今、思い返してみるのだけれど、最初あなたの唇に魅了されたのは確かだ。上唇と下唇が作る線と形が理想的な美しさに思えた。特に、下唇の厚みは心地よさそうで、唇を触れれば反発するように軽く押し返しつつ、微妙に柔らかく誘い込むと予想された。予想通りだったことを、あなたは後で何度も確かめさせてくれた。あなたがいなくなってしまったら、どうなってしまうんだろうね。空虚。愛し合った思い出。

「何度、同じ言葉を繰りかえさせるのだ。君のこの脣《くちびる》の形が、初めて君を見た瞬間に、ぼくの背骨に電流のようなものを走らせ、そしてぼくはもう、君のことが頭から離れなくなってしまったのだ。／そうやって、あなたの指が私の脣のうえを、化粧刷毛《ばけ》よりも微《かす》かにそっと撫《な》でると、わたしは自分の身体《からだ》がとろけて行ってしまいそうになるの……」(中村真一郎『女体幻想』)

(11)『終電車』ではシャンソン「サン=ジャンの私の恋人」*Mon amant de Saint-Jean* が使われている。「ただ一度のキスで私の心はとりこになった」、「どうしたら夢中にならずにいられるというの、大胆な腕で抱きしめられて」、こうした恋の歌が流れる。それにしても、恋の台詞は驚くほど単純明快だけれど、それで構わないのだ。誰に囁かれるかが問題なのだ。『隣の女』で、入院中のマチルドはベルナールに次のように言っているけれど、これは映画の中でよくシャンソンを利用するトリュフォー自身の考えでもあるだろう。「シャンソンだけを聴いているの、真実が歌われているから。馬鹿げていればいるほど、真実をついているの。それにシャンソンは馬鹿げてなんかいないわ。」気恥ずかしいほどロマンチックで月並みにもかかわらず、あるいはそうだからこそ、例えばエディット・ピアフの恋の歌は心を打つ。人は単純な真実を喜ぶのだ。

(12) 冴えた美貌、秘密を隠す冷たい目のカトリーヌ・ドヌーヴは、ブニュエルの映画『昼顔』や『哀しみのトリスターナ』でも生彩を放っている。

(13)「それにしても、何度も思い起されるあの電話の肉声は彼の身内に残って、時たまの夢の内容にも変化が生じた。顕子の白い屍《しかばね》の幻は、蘇《よみがえ》るようなけぶりを見せたのである。手を触れると、なまなましい温か味が感じられ、それが燠《おき》のようにやがて尽きた。」「顕子のつぶっていた目がかすかに見ひらくその眼差が、昇を戦慄《せんりつ》させた。その目は決して昇を見ず、彼女自身のなかに生まれた歓《よろこ》びしか見ていなかった。その眼尻《まなじり》の繊細な溝《みぞ》をつたわる涙を昇は飲んだ。顕子は昇の名を呼んだが、こんな深い呼声は、昇の手の届かない遠方から、呼びかけてくるとしか思われなかった。」(三島由紀夫『沈める滝』)

どうしてこんなに手が熱いの。まるで欲望が熱になって、手の皮膚から沁みだしてくるみたい。でも、私はこの熱に愛撫されるのが好き。私の全身にこの熱が漣《さざなみ》のように拡がっていき、私の熱と一つに解け合う戦慄の時を、私は息をひそめて待つ。

(14)「今の姫の一糸纏《まと》わぬ裸をすみずみまで眺め、あの小さい平たい胸が今はいかに色づいて、巣からのぞく巣鳥のように頭をもたげ、桃色の乳首が不服そうに尖《とが》り、褐色の腋が折り畳んだほのかな影を含み、腕の内側に敏感な洲《す》のような部分が露《あら》われ、未明の光のなかですでにすべての成熟の用意ができあがったところを点検して、幼い姫の肉体との比較に心をおののかせたい、というだけのことなのだ。」(三島由紀夫『暁の寺』)

(15) その男を見かけたのは、オペラ座通りに抜ける短い通りでだった。外に出ようとしていた男は二人の姿に気付くと、慌てて木のドアの背後に全裸を隠した。また出るつもりかしら、ドアの隙間から眼で窺っているよ。夏の夜は色々変な人が出現するね。あーぁ、閉まっちゃった、見たかったのに。あんなのは放っておけばいいさ。ゆっくり散歩して帰ろう。今度はあなたがラコストの淫蕩な太陽の熱と城跡に漂うサド侯爵の放埒な霊気を浴びた身体を、ぼくだけに見せる番。

(16) トリュフォーは未知も既知も同じように享受できると言っている。初めての新作映画を観るのも、すでに知っている映画を観るのも、どちらも楽しいと。観たことのある映画をまた観る愉しみは、一層よく知ることができるからだ。父親が娘の既知の肉体を何度も愛して飽きないのは、一層よく知りたいからだ。既知だと思っていた箇所に微細な未知を発見するのが愉しいからだ。映画や他のことを口実にして娘のことを何度も描くのは、トリュフォーのように「繰り返しによる感動」を味わいたいからだし、味わってほしいからだ。熟知したコースの愛撫が思いがけない刺激的な反応を誘発したり、迂回路が知られざる快楽の発見につながったりする。娘の背後は裸のヴィーナスさながらの美しさ。父親の欲望を見抜いている娘は言う、「背中にキスして」。

お勧め商品ガイド

一九九五年　控えめな開花

●グローヴァー・ワシントンjunior『Next Exit』（ソニー）、**『Anthology of Grover Washington Jr.』**（エレクトラ）

上手い形容の言葉が見つからないのですが、音の快楽に浸るのに絶好のCD。あなたの耳に歌いかけ、極上のワインのように精神と肉体を柔らかく愛撫して、気持ちのいい酔い心地に誘うサクソフォン。

●手塚治虫『ブラックジャック』（秋田文庫）

ピノコの言葉使いを真似て言うと、「物語《ものがたり》のあらゆゆ方法がつまってゆのさ。本当《ほんちょ》におもしゅろいらもん、アッチョンブリケ。」（羨望を掻き立てるために言うのだけれど、ぼくはフランス語版『ブラックジャック』を持っている。）

●塩野七生『男たちへ』、『再び男たちへ』（文春文庫）

この二作品につけられたサブタイトルを引用するのが、一番簡単にして要を得た説明になるだろう。すなわち「フツウの男をフツウでない男にするための五十四章」、「フツウであることに満足できなくなった男のための六十三章」。空虚な頭とだれきった精神で人生をおくらないようにするためには、男女ともにお勧めの本。

●戸塚真弓『パリ住み方の記』（講談社文庫）、**小林善彦『フランスの知恵と発想』**（白水社）、**犬養道子『日本人が外に出るとき』**（中央公論社）

外国語の勉強だけでは物足りない人に、外国に関するもう少し鮮明なイメージを得たいと願っている人に。

一九九六年　パリの階段のある通り

●MALTA『エミッション』（ビクター・エンタテインメント）

サクソフォンを聴くのならマルタのどのCDもお勧め。選択に困って『エミッション』を挙げたのは、今一番よく聴いているのがこのCDだという理由からです。「スカイ・ウォーカー」、「プレリュード・イン・サマー」、「ミスティック・シィー」のような一編の短編小説を思わせる曲名のつけ方も好きで、ある女性のことを思い浮かべたりしながら、ぼくは聴いたりするのだけれど。

●ダニエル・シュミット『季節のはざまで』

映画の観方には方式があるわけではない。個人によって感想が違って当然だし、印象に残る部分も人によって別々ということも大いにあり得る。特定の俳優、監督に肩入れした観方だって許されるわけで、そういう意味ではエリック・ロメール作品のおなじみの女優アリエル・ドンバールが出演しているという一点だけでこの映画を勧めて、あとは沈黙してもいいかもしれない。あえて付け加えるとすれば、子供時代の思い出が醸し出す懐かしさと幸福感、幸せな日々が永遠に過ぎ去ってしまったという哀しみ。

●池田理代子『オルフェウスの窓』（集英社文庫）

池田理代子さんというとすぐ『ベルサイユのばら』を思い浮かべる読者が多いと思うので、ここでは意表をついてこの『オルフェウスの窓』を勧めます。ダーヴィドが「厳しいお顔もいいけれど素直な表情は一段とすてきですよマリア・バルバラさん」と言ってキスする場面を探してみてください。（まだ見せてくれたことのない表情もあるのだろうけれど、あなたの表情はどれも素敵です。固い表情が、陽を浴びて溶けていく氷のように少しずつやわらかくなっていくのが好きです。）

●鹿島　茂『パリの王様たち』（文藝春秋社）

「ユゴー、デュマ、バルザック、三大文豪大物くらべ」という副題がついている。一九世紀フランスに生きたこの三人の作家たちの生き方は何しろスケールが大きい。彼らの作品はもちろんそうだけれど、彼らの人生もそれに負けず劣らず面白い。

一九九七年　南仏の風

●**渡辺貞夫『アース・ステップ』**（ファンハウス）

楽器には何かしらエロティックなところがある。サクソフォンの場合、金属の冷淡が息を吹き込まれて官能の温もりに変わっていったり、キスのように唇と舌に微妙に反応して、封印されていた沈黙が音の開花となって空気を振動させたりするのが、ぼくは好きかな。一番良いのは好きな女性の表情をイメージしながら、その声を聴くように渡辺貞夫さんのアルト・サックスを聴いて、耳の快楽を味わってもらうことです。

●**リドリー・スコット『テルマとルイーズ』**（松竹ホームビデオ）

キャストを挙げておく。スーザン・サランドン、ジーナ・デイヴィス、ブラッド・ピット、ハーベイ・カイテル。ビデオに付いているコピーを引用すると「俺達に明日はない、九〇年代版」ということになる。キーワードは「逃走」と「女性同士の人間愛」。ぼくならラストの鮮やかな飛翔を見たくて、もう一度ビデオを回すかもしれない。

●**魔夜峰央《まやみねお》『ラシャーヌ』**（白泉社文庫）

「破壊的美少年」に少なからず関心がお有りの方、妖しげな眼差しに見つめられるとゾクッと快感を覚える人、息子ラシャーヌにいつもしてやられる父親ハッサン氏や「中年」と言われると「うがー」と過剰反応してイジケルおじ様が可愛いと思う女性、ふられて終わる結末がお好みだったりそれに我が身を重ね合わせて微かな溜息を洩らす男性、伝書鳩ならぬ「伝書蛙」を見たいという好奇心の持ち主。斯様な人たちがこの漫画の理想的な読者になれるでしょう。

●**澁澤龍彦『サド侯爵の生涯』**（中公文庫）

提案。ラコストの城跡に立ち、サドの淫蕩で過剰な想像力に想いを馳せつつ、南仏の風に愛撫された唇を接触させあうというのはどうだろう。それから、丘を下り、ゆっくり散歩しながら美味しそうなレストランを探し、遅めの昼食に舌鼓を打つというのも素敵かな。後は、満腹を和らげるためにお昼寝。（本当にお昼寝だけで済むのと、あなたは言うかもしれない。済まなくてもいいじゃない。快楽追求はサドの地にふさわしい行為なのだから。）

一九九八年　魅惑する肢体

●**本田俊之『サックス・ホリック』**（東芝ＥＭＩ）

本田俊之さんのサクソフォンはそれと知らなくとも、映画やテレビ・ドラマの中で何度となく耳にしているはずです。幸福感を増幅させ、寂しさにはそっと寄り添い慰撫してくれる楽器。自分を主人公にした素敵な情景で聞こえる、金属の心地よく温もった音の流麗を想像してほしい。シャルル・ド・ゴール空港で出迎えの相手が見当たらず不安げな男。永遠に待ち続けるかのように立ち尽くす男の脇を、見覚えのある赤いショールがよぎる。再会を喜びあう男女の抱擁とキス。

●**フランソワ・トリュフォー『私のように美しい娘』**（ポニーキャニオン）

キャストを挙げておく。ベルナデット・ラフォン、アンドレ・デュソリエ、シャルル・デネル、クロード・ブラッスール、ギー・マルシャン、フィリップ・レオタール。全体的、部分的、誇大、微小を問わず、どういう形であれ監督の偏愛が映像に反映されていて、観客の眼差しを惹き付けるような映画。物、衣服、肉体などの特定部分に対する特別の愛着つまりは監督のフェティシズムが隠見する映画。告白しておくと、こういう映画（それと、ぼくのフェティシズムを見抜いて巧妙にくすぐり刺激する、あなたのように美しい娘）が好きです。

●**魔夜峰央《まやみねお》『パタリロ！』**（白泉社文庫）

今年も魔夜峰央先生にご登場願おう。「常春の国マリネラ」で始まる偉大なる開き直りのワンパターンの出だし、「つぶれ大福」顔のパタリロが時々見せるキリッとした眼差し、美少年キラーのバンコラン、バンコランの愛人マライヒ、タマネギ部隊、ゴキブリ走法とクック・ロービン音頭、飛び猫。こういった宣伝文句に僅かでも好奇心の針が動いた人なら、この漫画との愉快で親密なお付き合いが期待できます。

●**レジーヌ・ドフォルジュ『マリー・サラへの愛のために』**

女性から女性へのラヴレター。その匂い立つ妖しい官能性、秘めやかな愛撫の感触をフランス語で味わってください。カセットテープで、自作を朗読するドフォルジュさんの声を聴くのも読書に劣らぬ快楽です。（声は恋情を持続させる大切な要素だなあ。九千キロの距離を越えて空間を貫いて届けられる好きな相手の声。電話で語り合ったいくつもの楽しい計画や遠出の約束が実現されるように、祈願しなさい。）

一九九九年　夏風と性幻想

●本田雅人『グローイン』（ビクター・エンタテインメント）

夏のリュクサンブール公園。緑陰のベンチに座った男女が頬を寄せて、愛し合った後の少し気怠い午後の時間を愉しんでいる。彼らのヴァカンスは食と睡眠と愛の交歓と散歩で過ぎていく。八曲目「アフタヌーン」のソプラノ・サックスを聴いていると、このようなシンプルで優雅で幸福なイメージが浮んできたりするのです。

●トッド・ブロウニング『フリークス』

恋をもてあそぶ不実な美女は、異形の者たちの復讐を受けなくてはならない。異形の者たちの残酷と崇高をビデオで堪能した後は、次のような本を読むといいかもしれない。ヤン・ボンデソン『陳列棚のフリークス』（青土社）、谷崎潤一郎『潤一郎ラビリンスⅦ怪奇幻想倶楽部』（中公文庫）。さらに次のDVDに手を伸ばしてみるのも風変わりな体験かもしれない。ヴェルナー・ヘルツォーク『小人の饗宴』（東北新社）。

●内田春菊『水物語』（光文社コミックス）

性愛に興味のない人、女あるいは男にだらしなくならない自信がある人、恋愛に耽溺する気力のない不能力者、こうした人たちはこの漫画を読む必要はありません。内田春菊さんの作品が教えてくれるのは、好きな女との快楽のためなら、男がどれほどずるくて卑劣で情けなくなれるかということなのですから。彼女の小説『キオミ』（角川文庫）、『彼が泣いた夜』（角川書店）なども併せて読むといいでしょう。（教訓。どんなに駄目な性格でも、女は場合によっては許容する。ただし、卑屈は除いて。男の卑屈は恋愛における最大にして唯一の悪徳です。花村萬月さんも、卑屈な男だけは全ての女から唾棄されると言っております。）

●中村真一郎『女体幻想』（新潮文庫）

四国のとある町の古本屋で、何冊か中村真一郎さんの本を見つけたことがある。見つけたという言い方は正確ではなくて、本当はその時の美しい連れが目敏く見つけてくれたのだ。黙って私が買ってお父さんに高く売りつければよかったと、その娘はぼくを可愛らしく脅したりしたのだった。この『女体幻想』に描かれているものに負けず劣らず、あるいはそれ以上に美しい乳房や背中や髪や臍をもっていたその娘は、父親に至妙の快楽を与えてくれたのだったけれど。

二〇〇〇年　島の悦楽的な闇

●アイク・ケベック『ソウル・サンバ』（東芝ＥＭＩ）、ポール・デスモンド『ボッサ・アンチグア』（ＢＭＧビクター）

サクソフォンが奏でる優雅な倦怠、心地よい気怠さをお楽しみください。結局、ぼくはサクソフォンの音を通じて、物語を想像するのが好きなんだ。例えば、次のように。うっすらと空が白み始める頃まで情熱的に愛し合った男女が、コーヒーの香りが立ち昇る室内（タヒチの水上コテージということにしよう）で夜明けのダンスに身を任せている。アイク・ケベックのテナー・サックスが微睡《まどろ》みと目覚めの間を漂う空気のように男女を撫でていく。白いレースのカーテン越しに光がやさしく入り込むシャンベリー（ということにしよう、あのサドも逮捕を逃れるために身を隠していたことがあるし）のホテルの一室で親密な男女が午後の紅茶を愉しんでいる。どこからか、ポール・デスモンドのまるでクラリネットのようにやわらかなアルト・サックスの音が聞こえてくる気がする。紅茶の後で、二人は中断したお昼寝を再開するのかもしれない。

●フィリップ・アレル『視線のエロス』

この映画が教えてくれるのは、妻子持ちの男と若い女の恋というありふれたテーマも、描き方に工夫を凝らせば新鮮に見えるということです。カメラは男の視線とだけ一体化して、相手の女も、それ以外の全ても男の一方的な視線だけで捉えられています。それにしても、シナリオを読むと分かるのだけれど、この男女は三日に一回はデートしている。恋の果実を味わうには熱心な誘いかけ、こまめな電話、相手の逡巡を断ち切る反論と誘惑の雄弁が必要みたいです。

●弘兼憲史『黄昏流星群』（小学館）

男女とも、いつまでも恋あるいは恋の幻想に浸っていたいのです。まず一番に弘兼さんの描く美しい女性が好きだし、もちろん、その物語も好きで、よく彼の漫画は読みます。作中の女性たちに自分の好きな女性の肉体を投影して、妄想に耽る時間を享受してみてはいかがでしょう。

●小池真理子『ノスタルジア』（双葉社）

小説を読む愉しみは、さりげなく隠された文章の甘美な罠に落ちることです。あるいは、懐かしく心震える思い出を喚起してくれる部分を不意に発見してしまうことです。例えば、この作品の中に『うさぎや』というふぐ料理屋が出てきます。他の人には何の変哲もない言葉ですが、これがぼくに掻き立てる数えきれない多くの記憶やイメージは全て、ぼくに小池真理子さんのことを教えてくれた美しい女性につながっているのです。この何気ない言葉は、その快楽の共犯者に向かって、一層ぼくの恋情を増幅する呪縛装置なのです。さらに、呼び覚まされた思い出は中島みゆきさんの「ノスタルジア」という同名の曲の独特の歌い振りを連想させたり、次のような作中の一節と感応しあうことになるだろう。「まるでそうされることを待っていたかのように、俊之は繭子の身体を抱き止めた。果てしのない、無間地獄のようだった禁欲が、その時、一斉に解き放たれた感があった。［中略］肉体が扇のように開かれていった。頬が火照り、外気温がかなり下がっていたはずなのに、全身が汗ばんだ。扇はどんどん開いていく。とめどがない。」

二〇〇一年　海に開かれた街

●ハリー・アレン『アイ・ウォウント・ダンス』（BMJジャパン）

ボサ・ノヴァとサクソフォンは何と相性がいいのだろう。ハリー・アレンのテナー・サックスが奏でる美しく優雅な倦怠に微睡《まどろ》みながら、南国の夢に浸るのは至福の時間です。フランス人作家ピエール・ロチとタヒチ娘ラフュのように相性のいい男女が繰り返し夢見る、水上コテージでの午睡は永遠なる愉楽の象徴。

●クロード・ソーテ『僕と一緒に幾日か』（東北新社）

俳優陣を列挙しておく。ダニエル・オトゥーユ、サンドリーヌ・ボネール、ジャン＝ピエール・マリエル、ドミニク・ブラン、ダニエル・ダリュー。十八世紀フランス文学の作家マリヴォーに『恋の不意打ち』という作品があるけれど、好きな相手を手に入れるには、不意の驚きと喜びを仕掛けることも必要です。

●一条ゆかり『正しい恋愛のススメ』（集英社）

大抵の場合、一個人が恋愛において経験できることはごく僅かなことでしかない。だから、想像の世界に遊んで刺激を受けたり、恋する肉体を享受する妄想に耽る時間を味わいたくて、恋愛物語を消費する読者の数は絶えることがないのです。出張ホストを仕事にするこの漫画の主人公は、常連の美貌の客が恋人の母親であることを知ります。十九世紀フランス女性作家ジョルジュ・サンドの恋愛生活や、モーパッサンの小説『ベラミ』に見られるように一人の男と母娘との恋の確執というテーマは、古くからあるテーマの一つです。現代版の変奏をお楽しみください。

●村上　龍『はじめての夜二度目の夜最後の夜』（集英社文庫）

妙にその作品に親近感、好感を覚えることが多くて調べてみると、作者がぼくと同年齢、つまり一九五二年生まれであることが分かったりすることがあります。その偶然が嬉しくて、益々贔屓《ひいき》に拍車がかかったりするのです。ぼくにとって小池真理子さんと村上龍さんはその代表的な二人です。この小説を呼んで、村上龍さんの食の快楽と味覚の描き方を堪能してください。食の快楽から性の快楽に滑らかに移行する二人で過ごす夜が、切実に欲しくなるはずです。ぼくの記憶にはパリ、ホテル・リッツのレストランでの甘美な一夜の思い出が秘匿されているのですが。

二〇〇二年　妄想する年齢

●小田和正『ルッキング・バック』、『ルッキング・バック２』（ファンハウス）

年齢によって柔らかく穏やかな魅力が加わり、落ち着いた味わい深い美しさを帯びた歌声が耳に優しい。「誰もいない冬

の海を歩く　二人が好き／あんなふうに君に会えた　あの夏の日が好き／追いかけた夢が好き　突然の手紙が好き／その愛のために流れた　すべての時が好き」　ぼくは回想の年齢になりました。あなたに甘美な思い出と心躍る夢を残してあげられたら嬉しいです。小田さんの曲を聴きながら、ぼくの『フェティシズムの箱』を読んでもらえたらなあ。

●ベルトラン・ブリエ『私の男』（アップリング・DVD・コレクション）

監督のベルトラン・ブリエが『バルスーズ』を始め、『美しすぎて』、『タキシード』などで、衝撃的な愛と性、極端で非常識な人物関係を描いてきた注目に値する映像作家であることは、ここでは触れない。唯一触れておきたいのは、ぼくにとって魅力的な一場面のことだ。娼婦（アヌーク・グランベール）の「男」になった元浮浪者（ジェラール・ランヴァン）が、さっぱりと男前にきめた服装でパリの爽やかな明るい光溢れる中に出てくるシーン。この時に伝わってくる男の幸福感と爽快感は、生まれた街の海の香りがするようなあなたとデートする時のぼくの気持ちと通じ合うのです。

●吉田秋生『ラヴァーズ・キス』（小学館）

まず、タイトルが魅力的です。（『彼女たちの関係』という映画の中で、姉ベアトリス・ダルに口紅をつけない理由を訊かれて、妹アンヌ・パリローが「キスするのに邪魔だから」と答えていた。けれど、ぼくには、あなたの口紅は少しも邪魔ではありません。唇を覆うその色の微妙な抵抗感は、キスを一層刺激的なものにするだろうから。）次に、舞台になっている鎌倉の海が良い。あなたが育った西九州の街の海を一緒に眺めたい気持ちが募りました。それから、章の題名の一つに、「あなたが欲しい」という意味のフランス語が使われていることに惹かれました。（エリック・サティーの曲名を連想させるのです。）

●川上弘美『センセイの鞄』（平凡社）

帰省中（久しぶりのぼくの故郷は一面の雪でした）、川上弘美さんの『センセイの鞄』を読み終えました。センセイも相手の教え子も、ぼくやあなたより大分年上の設定だけれど、つい重ね合わせて読みました。自分に都合がいいように。まるで物音が雪に吸収されたかのように静謐な空気が満ちた東北の小都市の田舎の家で、静かで穏やかな恋物語を読んでいたら、こういうしみじみした恋愛をしたいと切望した次第です。また、メールを書きます。自分の魅力に気付いていないSさん、今度二人でお散歩とおしゃべりはいかがですか。その内、正式にデートを申し込みます。それでは、また。

恋物語

二三四号室の夜間飛行

二つの恋物語、あるいは年齢違いの恋。

始まりは「遭いに行く」と言う電話だった。「何故」と問う女に、男は「お互いを知るために」と答える。あるいは、恋の序曲は電話に先行する何通もの手紙の頃から静かに進行していたのかもしれない。何しろそれらは、女が後に書くように、悲しいほどに美しい手紙だったのだから。「手紙こそがあなたの詩作品だったのです。あなたの手紙は美しい、私の生涯で最も美しいものです、あなたの手紙は美しいことに苦しんでいる、と私には思えました。」雨と風の天候不順の夏。トルゥーヴィルに付いた長距離バスから一人の男が降り立つ。

エレガントな男の姿がバルコニーで待つ女の視界に入ってくる。男が持っていたニス塗りの光沢のある布製の一種の中国日傘と、黒のカンバス地の小バッグ。やがて、密やかなノックの音が聞こえる。「ノックの音はとても微かだった、まるであなたの周りで、このホテルと街の中で、海岸と海で、海辺の夏の朝ホテルのすべての部屋で、すべての人が眠っているかのように。」女は何度かの躊躇《ためら》いの後で静かにドアを開け、訪問客を入室させる。一九八〇年、夏。こうして、逡巡の後の静謐《せいひつ》にして決然たるドアの開閉から、二十七歳の男ヤン・アンドレア・スタイナーと六十五歳の女マルグリット・デュラスとの物語が始まる。

> 耀子のノックがきこえる。耳にそそがれた酒を味わうように、誠の耳はこの音ないに酔った。（三島由紀夫『青の時代』）

木槌の音が芝居の開幕を告げるように、もう一つの素敵な恋物語はノックの音で幕が上がる。この恋の当事者は父親と娘。若い娘の登場は、「無菌室」の父親には外界の楽しい清新な風のように思えた。その日以後、何度となく彼はやさしいノックの音を心待ちにしている自分を発見して、自分の恋心を認めざるを得なくなる。

モリエールの『タルチュフ』の中で、女中ドリーヌはマリアンヌとヴァレールの二人を見て、「恋人同士っていつまでおしゃべりしても決して飽きないのね」と呆れ返る。ドリーヌの言葉を少し真似て言うと、幸せな恋人同士は共有した事実に依拠して思い出の細部を取り上げ、飽きることなく幸せな気分に浸ろうとする。静電気が走ったキス、夕闇に包まれた砂浜に点在するカップルたちの影、カーテン越しのやわらかな外光に光る唇に糸引く快楽、隣のテーブルの蘊蓄男《うんちくおとこ》、一枚の薄い透明な香りのヴェールだけに覆われた黒の領域、という具合に。共犯意識の確認が幸せの確認に連動する。二人の初めての夏は食と睡眠と快楽以外には何もないし、必要もない原始人さながらの生活だった、と彼らは回想することになる。後に父親は、ピアノの光る黒面に映った愛し合う二人の放恣《ほうし》な姿を何度も思い出す。

> 雨あがりの初夏の弱い日差しが窓から差し込んで、その光の帯のなかで熱帯魚が時折きらりと全身をひらめかすと、硝子鉢はそのまま一つの白々しい眼になって、同じ室内でほしいままな情事をしている私たちを睨むような仕儀になるのでした。
> （澁澤達彦『撲滅の賦』）

ロシュ・ノワール・ホテル（プルーストが時々宿泊したことのあるホテルだ、とデュラスは ***La Vie matérielle***『物質的生活』に書いている）。このホテルの一室でアルコールを唯一の友にして、作品を書くだけの「ほとんど修道士のような孤独」の中で暮らしていたデュラスの気難しい顔は、ヤンとの生活で大笑いすることを思い出す。（デュラス追悼《ついとう》特集記事が載った『レクスプレス』誌一九九六年三月七日号の朗笑する二人の印象的な写真を見てほしい。彼女の顔の皺《しわ》さえ美しく笑っている。）彼女は嬉しそうに自慢する。ヴェトナム風オムレツを作れるようになったこと、本来優しい人間ではない自分がヤンに対してだけはとても優しくなれること、そして愛し合った後に「信じられないほど若い肉体」だと彼に言われたことを。

過ぎ行くこの時を顔と顔、体と体をぴったりと合わせて自分に引き止めておきたいというこの気持ちをどう言ったらいいか、彼女は知りたいと思う。（*Marguerite Duras, Les yeux bleus cheveux noirs.*）

トリュフォーの映画『隣の女』の中で、マチルドと出会ったときの気持ちをフィリップがこう言っている場面がある。「ぼくは思った、これが最後の幸せのチャンスだと。」父親も娘との恋を最後の恋だと感じていて、一瞬一瞬が、指の一本一本が二度と手にすることのできない貴重なものに思えるのだ。抱擁し愛撫する父親の腕の力がいつも以上に強いと娘が感じ取ったり、快楽の表情にも一片の哀しみ、苦しげな影を目撃することがあるのは恐らくは次のような理由による。父親は時間の逃走と消失を阻むのは無駄だと分かっていながらも、隙間なく重ね合わせた肉体の間に逃げ行く時間を密閉したいと無意識に願っているのだ。娘が受け取る父親からのラヴレターは残酷な時の推移に抗する紙の小さな砦、記憶の宝石箱、エロティックな思い出の封印なのだ。

予ハ七月二十八日ト同ジ姿勢デ、彼女ノ脹脛《ふくらはぎ》ノ同ジ位置ヲ唇デ吸ッタ。舌デユックリト味ワウ。ヤヤ接吻ニ似タ味ガスル。ソノママズルズルト脹脛カラ踵《かかと》マデ下リテ行ク。以外ニモ何モ云ワナイ。スルママニサセテイル。舌ハ足ノ甲ニ及ビ、親趾《おやゆび》ノ突端ニ及ブ。予ハ跪《ひざまず》イテ足ヲ持チ上ゲ、親趾ト第二の趾ト第三ノ趾トヲ口一杯ニ頬張ル。予ハ土踏《ふ》マズニ唇ヲ着ケル。濡レタ足ノ裏ガ蠱惑的《こわくてき》ニ、顔ノヨウナ表情ヲ浮カベテいる。（谷崎潤一郎『瘋癲老人日記』）

『80年、夏』にデュラスは「ヤン・アンドレアに」という献辞を載せているし、彼の名前を題名にした『ヤン・アンドレア・スタイナー』という美しい本を書いてもいる。彼との同居生活以後の彼女の作品には、至る所ヤンの存在が感じられる気さえするほどだ。というのも、ヤンは彼女の理解者、最高の読者、口述筆記者、対話者、アルコール中毒治療の辛抱強い看病人、要するに彼女の最高のパートナーだったのだから。彼女の作品はヤンの愛撫する眼差しに晒される喜びのために書かれているのだ。声に意識的だったデュラスは（戯曲、映画、小説など彼女の作品を覗いて見て、声に耳を澄ましてほしい）、何度もヤンの声に言及している。彼女の人生に偏在し、彼女の存在を満たす声。

十二年後の今もまだ、私にはその頃のあなたのあの声が聞こえます。あなたの声は私の肉体の中に流し込まれているのです。（*Yann Andréa Steiner*）

父親も娘も隠喩の快楽に酔うのが好きだ。父親にとって娘の存在そのものが、開封するたびに未知の領域を発見させてくれるラヴレターなのだ。自らを宅配したことを認めたくない娘は、知らないうちに運命の気紛れで誤配されたのだと主張する。父親はラヴレターに果肉のように満ちた文字を指先でゆるやかになぞり、匂い立つ香水のような声を嗅ぐ。娘は父親の愛読書。父親はお気に入りの箇所を何度も読み返しては、そこにしるしを付ける。愛読書の言葉は、舌の柔軟な侵入のように耳に囁きかける。

娘との別離を想像すると父親は堪え難い思いに捉えられ、平静ではいられなくなる。その不安と悲しみを適切に表していると思える部分を、父親はデュラスの『アガタ』の中に見つけて書き留める。それは次のような文章だ。「こうして、あなたの肉体は私から遠くに、私の肉体の境界から遠くに運び去られ、見つけられなくなる、それで私は死ぬ。」「あなたがもういなくなったら、私は何を見たらいいの？」

声は急に衰えて間遠になった。顕子にちがいなかった。昇は声高に、もしもし、と呼んだが、この「もしもし」には、周囲の技師たちがおどろいたような強い裸かの感情があった。顕子の声は、蘇《よみがえ》ったように、又急に近づいた。その滑らかな燻《くす》んだ響は、顕子の唇のかすかな動きや、ときどきあらわれる白い細かい前歯を、ありありと思い出させた。昇の感動はたとえようもなかった。（三島由紀夫『沈める滝』）

十五年以上の長きにわたる二人の関係の、その最初の晩ヤン・アンドレアは「子供のような食欲」を発揮したとデュラスは書いている。二人で空けた二本のハーフ・ボトルのコート・デュ・ローヌは「気の抜けた、飲めるような代物ではなかった。」ヤンは海側の部屋で眠った。「私一人の時のように、その部屋からは何の物音も聞こえてはこなかった。」到着の翌日、ヤンは大きな浴室に「巨大な」浴槽を発見して驚嘆の声をあげた、と彼女は書いている。それから、毎朝起床後、その湯槽《ゆぶね》での一時間が彼の日課になった。デュラスは言う、「ブルーの暗い空に浮ぶ月とともに眠りについた翌日に二人は愛し合った」と。愛し合った後で、ヤンはテオドラ・カットを話題にした。この女性のことが『ヤン・アンドレア・スタイナー』の中心的なテーマの一つになっていく。

最初はかすかに、間隔を空けて、それから途切れずに、彼の手は私の体を燃え上がらせた。（*Les yeux bleus cheveux noirs.*）

清顕は自分の指さきが触れる彼女の耳朶や、胸もとや、ひとつひとつ新たに触れる柔らかさに感動した。これが愛撫《あいぶ》なのだ、と彼は学んだ。ともすれば飛び去ろうとする靄《もや》のような官能を、形あるものに託してつなぎとめること。（三島由紀夫『春の雪』）

父親は肉体も料理も同じように、包含《ほうがん》、吸引《きゅういん》、嚥下《えんか》する娘の口元を不思議な思いで見つめる。桜花の浮かぶ汁物を啜り、（満腹で食べられない父親の悔しい顔を悪戯っ子の目で見つめながら）パンと山羊乳チーズを頬張り、シャンパンのシャーベットを舐め、フカ鰭スープを飲み込み、子牛肉のシャンピニョン・ソース添えに齧り付き、河豚《ふぐ》の白子を啄《つい》ばみ、小羊の骨付き肉をしゃぶり、ワインの深紅色を吸引する口。それから視線はゆっくり上昇していって、きらきらする瞳にあえかな影を落とす睫毛、さっきまで彼の唇の熱い罠に捉えられて、やわらかく身悶えしていた睫毛に到る。そして、耳朶を穿孔《せんこう》するピアスの震え。

光りから遠く隔たったその腹と腰の白さと豊かさは、大きな鉢《はち》に満々と湛《たた》えられた乳のようで、ひときわ清らかな凹《くぼ》んだ臍《へそ》は、そこに今し一粒の雨滴が強く穿《うが》った新鮮な跡のようであった。（三島由紀夫『憂国』）

テオドラ・カットは言葉を費やして描こうとすればするほど遠くへ逃げ去って、どうしても捉まえることができない、明瞭と不明瞭の間に永遠に漂っているかのような女性だ。それでいて、細部によって妙に鮮明な印象を残す存在。デュラスも言うように、テオドラ・カットはその白という特権的な色ゆえに記憶されるのだ。ドレス、布製の庇つきの帽子、布製サンダル、手袋、これらすべてが白。それに、映画『インディア・ソング』を観た者にとっては、スーツ姿の白い影はデュラスの世界の特徴的な色として思い出される。

そうです、あのドレス、あのサマー・スーツの白が彼女の話を世界中に広めたのです。火葬炉送りの列車を待つあの真っ白な服を着たイギリス女性。（*Yann Andréa Steiner*）

娘は父親の「無菌室」に濃淡が異なり、種類の違う大小の緑が整列し開花する一隅を新装した。その間に野菜が寝そべり、ガラスの兎が遊び、小さな枠に密閉された足が覗く緑の空間。そして時々、緑の小さなフェティッシュの着用を仄《ほの》めかしたりして、サド侯爵の最後の恋の相手だったニンフェットのように、父親を驚かせ、喜ばせる。

下着に凝っていたので、絹の焦茶《こげちゃ》のスリップを着る。そのスリップのへりは、沈んだうすい冬空のような青で染めたレエスでふち取ってある。その上から薄茶のシース・ドレスを着る。常用の香水、ジャン・パトウのジョイをつける。（三島由紀夫『美徳のよろめき』）

ある年の八月のヤンの途方もない電話代（四九五〇フラン）。呆れさせる相手の存在に呆れつつも、そうした相手が身近に存在することの喜び。ホモセクシャルの話題。知り合う前のヤンの無垢《むく》な美しい写真を見る楽しみ。お店で吟味したり拒否できないヤンがつかまされたグリーンのステーキ肉と、それを見たデュラスのブルーな怒り。好きな気持ちにさせる声（以上、『物質的生活』参照）。一九九六年三月三日、日曜日、マルグリット・デュラス永眠。その年のトルゥーヴィルの夏には、海風を感じて散歩を愉しんでいた年齢差のある一組の男女の姿は不在だった。

写真は見飽きることがありうる。写真をもたない昇は、顕子について、いつも新鮮な幻想を恣《ほしいまま》にすることができた。
（三島由紀夫『沈める滝』）

モーパッサンの『出会い』*Rencontre*には、公爵夫人の寝室の大鏡が夜毎の密会、恋人たちの抱擁の共犯者として描かれている。同様に、ある日、一二三四号室で父娘の夜間飛行の無言の目撃者、刺激的な共犯者になったのは、寝台の前の壁にかかる鏡だった。冷ややかで滑らかな鏡面が、乱気流の揺れ、急旋回、逆転、上昇と落下を映した。

唇は闇の中に短い吐息をつらねて慄え、勲はそこにその唇があるということに耐えなかった。その唇の存在をなくしてしまうには、唇を触れるより途《みち》はなかったが、あたかもすでに地に落ちている落葉に次の落葉が散り重なるように、生涯で最初で最後の接吻は自然に落ちかかり、勲は槙子の唇にあの梁川《やながわ》の紅い桜落葉を思い出した。（三島由紀夫『奔馬』）

いつかのような豪奢《ごうしゃ》な着物ではなく、緑や赤のまじった英ネルのスコッチ縞の洋服地を着物に仕立てて、博多の無地の深緑の単帯《ひとえおび》に、道明《そうみょう》の銹朱《さびしゅ》の帯留を締め、ほんのすこし紅《べに》を刷《は》いた耳朶《みみたぶ》には、ピンクの真珠のイヤリングをつけていた。奇妙なことだが、その耳飾に嚙《か》まれた小さな桜色の肉の痛そうな小さな括《くび》れが、昇を有頂天な気持にした。（三島由紀夫

『沈める滝』）

父親と娘の二度目の夏は、とある地方都市の駅ホームで開始された。両方向からの歩みが二人を接近させた。互いを目前にし、唇が接触しあった時に別離の長かった時間と膨大な距離が消滅し、唾液とともに闇の中に溶解した。長かった互いの不在の時間と空間を一気に埋めるかのような抱擁は、恋物語の新たな始まりを告げる序曲だった。

踊る肉体

光が揺蕩《たゆた》うヌゥサ・ドゥア・ビーチの海で戯れる女と、遥かなる高みを領する青い夏空に。

文学事典のテオフィル・ゴーティエの年表の一八四二年の部分には、「三月、カルロッタのロンドン行きに同行」という簡潔な記述がある（*Dictionnaire des littératures de la langue française* (E-L), Bordas, 1994.）。続いてすぐに、読者は翌四三年の欄で、秋にカルロッタの姉エルネスタとゴーティエとの最初の関係が生じたことを教えられる。以後、カルロッタは少なくとも年表の記載にはほとんど登場しないけれど、二十年あまりの時を経た六四年頃からは毎年彼女の名前が頻繁に年表を彩る。「ジュネーヴのカルロッタ・グリズィ宅に滞在」という同じ記述が、彼の死の前々年の七〇年まで繰り返されるのだ。

この踊り子に対するゴーティエの恋にぼくは興味を惹かれる。途切れることのない秘かな地下水のような静かな情熱の持続と、不意に地表に溢れだす泉のように(1)長き抑制を破って表面化する恋情。カルロッタに恋を受け入れてもらえない悲傷。（憶測するに）傷心を癒し、さらには身内になって少しでも彼女の身近にいるために、姉の方と世帯を持ったゴーティエの屈折した心理。出会いから死の時まで彼の感情生活を捉えて離さなかったこのカルロッタの人物像を素描し、二人の恋愛の推移と特徴を紹介提示していこう。加えて、ゴーティエのダンス論を参考にしながら、彼の目に映ったカルロッタのバレリーナとしての技量・特質に言及していきたい。というのも彼は先ず、彼女の踊る肉体に魅了されていたと思えるからだ。

ゴーティエの舞踊関連記事を年代順に整理・収録した『ダンス論』が出版されたおかげで、「肉体芸術」に関する彼の考え方に新しい光が当てられるようになった。この本に付された索引を見ると、踊り子ではファニー・エルスラー、マリー・タリオーニと並んでカルロッタ・グリズィの名前が引用回数の多さで群を抜いている。さて、編者イヴォール・ゲストはゴーティエの舞台芸術批評の特徴を次のように感じ取る。

彼の舞台芸術批評には感激と、あの的確な調子が現われている。それで、この二〇世紀末の読者も、ガス灯に照らされた劇場や歌劇場で過ごす時間が及ぼした束の間の魔力を少し見いだすことができるのだ。（Théophile Gautier, *Ecrits sur la danse, chroniques choisies, présentées et annotées par Ivor Guest*, Actes Sud, 1995. 以後、特別の指示がない限り引用はすべてこの本からのものであると理解してほしい。）

＊　＊　＊

ゴーティエが精妙かつ鮮明な文体で彷彿とさせる当時の劇場の雰囲気や熱気に浸りながら、先ずはエルスラーとタリオーニ、この好対照を成す二人のバレーを彼の視線に従って観賞していこう。タリオーニが「軽やかで純潔な優美」だとすれば、エルスラーは「より激しく官能に訴えかける何かもっと人間的なもの」。一方がキリスト教的な精神性だとすれば、他方は異教的な肉体性。二幕物のバレー＝パントマイム『ラ・シルフィド』がタリオーニの当たり役となったのも当然なのだ。というのも、このバレーの中で展開される世界は神秘に満ち、不思議の森が闇を落とし、妖精が舞い踊る場所なのだ。そして何かしら天上的というか、霊妙不可思議なテーマにおいてこそ、地上の束縛を離れ、軽快に浮遊するかのような彼女の踊りの特徴が遺憾なく発揮されるからだ。ゴーティエはタリオーニを「偉大な詩人の一人」、「ダンサーではなくダンスそのもの」という言葉で絶賛し、イメージ豊かな詩的な表現で彼女を描く。

谷では白い幻影が不意に柏の幹から若き羊飼いの眼前に出現し、彼は驚き、顔赤らめる。タリオーニ嬢はそのような闇と涼に満ちた谷を思わせた。彼女はウォルター・スコットが語るあのスコットランドの妖精たち、月明かりの下、夜露のネックレスを飾り、金糸をベルトにして神秘の泉の近くにやって来てさまよい歩くあの妖精たちと見間違うほどに、そっくりだった。

『スペイン紀行』には、ヴィトリアでスペイン舞踊を観た際の失望が語られている。ゴーティエは見るも無残なダンサーとその陰気で生気に欠ける踊りを嘆き、逆にエルスラーの名前を挙げて、彼女の本物のカチュチャを懐かしがる。エルスラーが踊るアンダルシア地方の民族舞踊カチュチャは当時のパリの観客たちを熱狂させていて、彼もその熱狂する観客の一人だった。「それは思いもかけない高揚、躍動、柔軟さだった。彼女の舞い姿は誇り高く反り返った強調がなされ、セヴィリヤの最も熱烈な踊り子たちをも羨望させるほどの何かしら大胆極まる官能的なものを帯びていた。」（拙訳『スペイン紀行（Ⅰ〜Ⅳ）』、福岡大学人文論叢、１９９６年。）エルスラー嬢はゴーティエが終生捕らわれていた異国（スペインもその一つ）への夢、文明に汚されていないエグゾティックな肉体が掻き立てるある種のエロティックな夢想の実現、具体的な姿なのだ。『女に変身した雌猫』、『大鳥籠』、『びっこの悪魔』、『ジプシー女』、『毒蜘蛛』等、これらの出演作品のタイトルを一瞥するだけで、彼女の奔放で誘惑的な踊る姿態の魅力を想像することができる。彼女がカチュチャに限らず、他の民族舞踊にも卓越していたことを、ゴーティエの観察記事が示している。

スモレンスカというのは優美と独創性に溢れた一種のマズルカ、クラコヴィエンヌのようなものだ。ファニー・エルスラー嬢は激しく飛び跳ねるような拍子のこれらのステップ、官能と不作法なまでの自由軽快の混合に秀でていて、このステップを完璧に踊った。熱狂した観客全員がアンコールを叫び、割れんばかりの拍手が四方八方から起こった。花が雨あれと降り注ぎ、前舞台は芳《かぐわ》しい波で溢れた。これ以上ないほど刺激的なジプシー風の粋な衣装だったけれど、ビロードのネックレスと、似たようなブレスレットとレッグ・ウォーマーのせいで、ダンスの種類にぴったり調和した大胆で粗野な印象が加えられていた。こんな風な衣装を纏ったエルスラー嬢はいつもより、と言うと言い過ぎだが、いつもより尚一層綺麗だった。

一八三七年にパリを去って以来、活動の中心をロシアのサン＝ペテルスブールに置いていたタリオーニ嬢は四四年に久々にパリの舞台に立った。その時の模様を伝える記事をゴーティエは書いている。この「熱狂的な観察家」の面目躍如たる文章によって、我々はエルスラー嬢の場合と同じような当時の興奮と歓呼を思い浮かべることができる。アンコールの声に応えて再登場したタリオーニ嬢に「嵐のような花束」と「豪雨のような花々」が浴びせられる。「一瞬、彼女の命を心配したほどだ。それほど香りの砲撃は篠突くように、強烈に長く降り注いだ。幕が降ろせない。それほど、薔薇、椿、パルム菫のマットは分厚かったのだ。」

狂熱の後には、その余韻と一抹の寂寥感。夢に浸っていた時の幸福感と覚醒した時の幻滅感。濃密な快楽と別れの不安悲痛(2)。「大詰めで幕が降りる時、悲しみを覚える。駅馬車が愛する人を運び去るのを見送る時に感じる悲しみを。」このように、ゴーティエは祭りの後の淋しさを読者に伝える。次の引用を最後に、我々も帰途につくとしよう。しばらく劇場を訪ねるのは中断する。時間をおいて今度戻ってきた時に観賞・注目するのはカルロッタ・グリズィの踊る肉体である。

実際、この喧騒、この眩いばかりの輝き、この陶酔の後には途轍もない憂愁が続くに違いない。この白熱した雰囲気を出て、休息の冷たい闇に戻るなんて。あなたを現実世界から切り離し、あなたを女王以上の存在にしてくれるあの炎の輪が彼女の足元で輝くのをもう見れないとは。オーケストラ席の防波堤の向こう、あそこで一階後方座席のざわめく黒い波がぴちゃぴちゃ音をたてるのをもう耳にすることができないなんて。

＊　＊　＊

一八一九年生まれのカルロッタは、一一年生まれのゴーティエとの年齢差は八歳。伯母さんが大歌姫グラシーニ

（その二人の娘も歌手）だった事実が示すように、確かにカルロッタは芸術的才能に恵まれた血筋に属してはいたようだ。彼女の恋愛史を概観してみる。十六歳の時にシーズンを務めたナポリで、彼女はダンサーの（当時、パリのオペラ座と絶縁状態にあった）ジュール・ペロと出会う。翌一八三六年、二人はロンドンに渡り、カルロッタはハー・マジェスティズ・スィアターで脚光を浴びる。四四年にペロとの間に女の子が誕生したらしい。後年、彼女とスイスで一緒に暮らすロザリーという娘がその子だと推測されている。また、恐らく彼女は振付師のマリウス・プティパに愛情の証しを見せたことがあるし、何人ものパトロンに恵まれてもいた。そして最後の愛人、ポーランドのラズィヴィル大公から女の子と家を授かる。一部、異説もある。それによれば、ペロとの間の子供の名前はロザリーではなくて、マリー＝ジュリーである。彼女の恋人の一人はプティパはプティパでも、リュシアン・プティパの方である（参照。Joanna Richardson, *Judith Gautier*, Seghers, 1989.）。舞台で何度も相手役を務めた彼との恋愛関係は大いにあり得る。このように、彼女の感情生活が特に推測の域を出ない点が多いことや、一方で巧みに保護者の援助を受けて生活を安定させることから、カルロッタの「口の堅さ」と「粘り強い意志」を見る論者が一般的だ（参照。Anne Ubersfeld, *Théophile Gautier*, Stock, 1992.）

さて、一八四〇年二月二十九日、ルネッサンス座での『ザンガロ』出演中の彼女を見たのが、ゴーティエがカルロッタを見た最初らしい。

彼女には熱気はあるが、独創性は充分とは言えない。自分だけの特徴が欠けている。良くはあるけれど、最上ではない。彼女は踊りの上手さという長所と歌の上手さという長所、両立が難しい二つの才能を兼ね備えている。声は敏捷で澄んでいて、少し甲高く、中音域が弱い。しかし、彼女はその声を巧みに整然と操る。踊り子の非常に綺麗な声。

このように声に注目している点が興味深いけれど、ゴーティエのカルロッタ評は手放しの称賛というわけではなく、一歩退いたような慎重な感じを与える。それが四一年三月の『寵姫』*La Favorite* の観賞記事ではすっかり絶賛口調に変わっている。ゴーティエは、カルロッタをタリオーニとエルスラーの間に位置を占める踊り子たらしめたその活力、軽快、柔軟、独創性を強調・賛美している。この恋する男は、好きな女性カルロッタの魅力が余すところなく発揮されるバレーの台本を書きたいと願う(3)。その願いは、(今やバレーの古典となっている)名作『ジゼル』となって結実する。

『ジゼル』は初演の時(一八四一年六月二十八日)から圧倒的な好評を博する。ゴーティエとサン＝ジョルジュの脚本、コラリとペロの振り付け、音楽はアダン、舞台装置チチェリ。音楽も舞台装置もこの成功に大きく与っていた。アダン氏の音楽は通常のバレー音楽よりも優れている。モチーフとオーケストラ効果に溢れているし、見事に指揮されたフーガ(難解な音楽の愛好者向けの感動的な配慮だ)さえ含んでいる。第二幕は、メロディーに満ちた優雅な幻想性という音楽上の問題を巧妙に解決している。舞台装置はと言えば、これは風景に関してはまだ並ぶ者なきチチェリの手になる。大団円をなす日の出の場面はすばらしく真に迫っている。

ゴーティエは斬新で優美な振り付けに対する賛美も忘れてはいない。しかし、これらの要因に加えて、ゴーティエの幻想好みとバレー観が盛り込まれた台本とカルロッタの踊りの魅力が中心的な成功要因として働いていたことは、疑問の余地がない。つまりは、演じられる物語と演じる肉体との幸福な合作が観客を魅了したのだ。当時の人気の沸騰ぶりを伝えるエピソードが残されている。「ジゼル」と名付けられた布地や花が売り出され、パリ中「ジゼル」の歌が歌い踊られ、「ジゼル」人形が作られた(後にゴーティエも熱烈な所有者の一人になった)。

こうして、私たちはこの小論の冒頭「『三月、カルロッタのロンドン行きに同行』という簡潔な記述」に立ち戻る。これは『ジゼル』ロンドン公演に合わせて、ゴーティエがアルルカン号で英仏海峡を渡ったことを指している。母親宛ての手紙で、彼はカルロッタのところで歓待されたことを嬉しそうに報告している。「ロンドンで、ぼくはカルロッタ、エルネスタ・グリズィ、母親グリズィ、ペロに素敵この上なく甘やかされ、愛撫され、大事にされ、お腹いっぱい食べさせてもらいました。ぼくを帰らせてくれようとしないのです。」（Théophile Gautier, *Correspondance générale*, tome I, Droz, 1985.）ロンドン滞在以後、ゴーティエ宛てのカルロッタの手紙の調子が微妙に変化する点を根拠に、二人の愛情関係が決定的なものになったと見る研究者もいる。しかし、彼が肉体の性的渇きを癒してもらう機会に恵まれたにせよ、彼の愛が相変わらずプラトニックな領域に止まることを余儀なくされたままだったにせよ、どちらも推測の域を出ない。引用は控えるけれども、カルロッタの手紙は不正確な綴りのせいかもしれないが、何か舌足らずな、甘えた印象を与える。

ゴーティエの証言を参考にして、彼女のもう少し鮮明なイメージを描き出してみよう。明るい栗色の髪に、優しく澄んだ目。自然な笑みが浮ぶ可愛らしい口。咲きかけのティーローズのような繊細にして若々しい顔色。絞まったウエスト。細身で軽やかでありながら柔らかさを感じさせる体。今度はゴーティエの娘ジュディットが回想する（彼女にとっては叔母にあたる）カルロッタの姿。「一番退屈せずに済むのはジゼルの所だった。／毎朝、彼女はシャツ姿のまま、姿見の前で何時間も練習するのだった。ステップの練習。駆けて、飛び跳ねて、爪先立ちで歩き、あらゆる種類のポーズで柔軟、軽快、優美に反り返る。わたしはひどく驚いた目で好奇心もあらわに、隅で大人しく、この見せ物を見物するのだった。」（ジョアンナ・リチャードソン、前掲書参照。）

*　*　*

ジゼルは踊り好きの天真爛漫な田舎娘で、ロイスという名前の村人を装い本当の身分を隠して接近してきたアルベール・ド・シレズィ公爵と恋仲にある。ところが、バチルドという婚約者のいる貴族である事実、「変装した誘惑者」という公爵の卑劣な正体が露見する。ジゼルは恥辱と恋人の背信で絶望・錯乱し、踊り狂って死ぬ。以上が第一幕の粗筋である。ゴーティエの台本には、物語作家としての才能が活かされている。

ダンス愛が可哀想な娘の記憶に蘇る。アルベールと踏んだステップの曲が聞こえる気がして……彼女は駆け出し、一心に情熱的に踊り始める。これほど多くの不意の悲しみ、耐えがたい衝撃にこの最後の努力が加わって、遂に彼女の消えかかっていた力が尽きる。生が彼女を見放しそうだ……母親が彼女を両腕で受けとめる……可哀想なジゼルの胸から最後の溜息が漏れる。彼女は落胆に沈むアルベールに悲しい視線を投げる。彼女の目が永遠に閉じる。（Théophile Gautier, *Giselle ou les Wilis*, **Slatkine.**）

第二幕の舞台装置には水性植物が繁茂する沼の畔の森が描かれている。舞台左にジゼルの墓。「墓は密生する野の草花に埋もれているかのようだ。鮮やかな青い月明かりが、この冷ややかで朧な書割を照らしている。」やつれはて、正気を失ったかのようなアルベールが訪れ、墓前で涙に暮れる。今やヴィリという異界の精に変身したジゼルが突然出現して、彼を驚かせる。「自分が甘美な幻想のとりこになっているのだと思っているアルベールは彼女に近づく、花に止まる蝶を捕まえようとする子供のようにゆっくりと、慎重に。しかし、ジゼルの方に手を伸ばした瞬間、稲妻よりも素早く彼女は駆け去り、怖がりの鳩のように空中を貫いて飛び立ち、別の場所に止まり、そこから彼に愛に満ちた眼差しを投げる。」愛する女を捕捉しそこねたアルベールは、今度は逆にヴィリの一団に発見され、捕捉されそうになる。ヴィリというのは踊りを愛しすぎて死亡した女たちの亡霊で、犠牲者を捕まえて死ぬまで狂い躍らせる邪心の精なのだ。ジゼルが駆け寄り、愛する男を必死で魔の手から救いだし逃がしてやろうとする。懸命の努力にもかかわらず、アルベールが力尽き、もはやこれまでかと思われた時に黎明が幸いする。夜明けは夜の精が衰弱し、退散する時間なのだ。

アルベールは彼女の傍に跪き、魂を吹き込んで生き返らせようとするかのように接吻（4）する。／しかし、ジゼルは眩く輝く太陽を指差し、自分は運命に従って永遠に彼の元を去らなくてはならないのだ、と彼に言っているかのように見える。（同前）

ジゼルを演じたカルロッタの踊りに関して、ゴーティエは称賛の言葉を惜しまない。彼女をタリオーニとエルスラーの間に位置づけようとするのは相変わらずだ。「カルロッタ嬢の踊りは完璧だった。完璧で軽快、大胆、そして慎み深く優雅な快感が彼女を第一級の位置、タリオーニとエルスラーの間に置く。パントマイムはと言えば、彼女はすべての期待に勝った。一つとして型にはまった動作も調子はずれの動きもなく、自然そのものなのだ。」ヴィリの女王ミルタの怒りと魔力に屈して、ジゼルは愛する男を誘惑的な踊りの虜にせざるを得なくなる。アルベールを死なせたくないという最初の躊躇う気持ちが徐々に踊りの本能に負けていって、彼女の舞いは狂熱の度を増していく。その場面をゴーティエは解説しているのだが、その文章から私たちはカルロッタの見事な演技、心憎いばかりの心理表現を想像することができる。「ミルタは、臣下の身分ゆえ自分に従わざるを得ないジゼルに無理矢理この上なく優美にして魅惑的な姿態を実践させる。ジゼルは先ずおずおずと控えめに踊り始める。それから、女性とヴィリの本能に我を忘れ、彼女は軽やかに駆け、非常に艶めかしく優美に、力強く魅惑的に踊るので、アルブレヒトは命を守る十字架を軽率にも離れ、両手を伸ばし、目を欲望と恋情に光らせて前に出る。」

一八四三年七月初演のバレー『妖精ペリ』も恋する女性に演じてもらいたくて、カルロッタをイメージして書かれたことは明らかだ。カイロにいる友人のネルヴァル宛て（バレーの舞台をカイロのハーレムに設定したことを意識してのことだと思われる）の手紙という形で『ラ・プレス』に掲載した舞台評は、まるでカルロッタへの公開の恋文さながらで(5)、ゴーティエの熱い恋心が文面に躍っている。

どれほど、清純な困惑の表情で白の長いヴェールを脱ぐかを君が知ったら。何枚もの透明な襞を纏って跪く彼女のポーズは、真珠貝の中で微笑む古代ヴィーナス(6)を思い出させるほどだ。花の萼から怒った蜜蜂が飛び出す時の、彼女の何とも子供っぽい怖がりようときたら。彼女は希望、苦悩、争いのすべての機会をいとも上手に表現する。上着とショール、蜜蜂が忍び込もうとするペチコートが敏捷に左右に舞い上がり、急旋回する踊りの中に消えていく様ときたら。息を切らし、無我夢中で怯えの中にも笑みを浮かべ、主人の手が奴隷の額や胸に置く金貨(7)よりも接吻一つが欲しくて、彼女がアシュメトの膝に倒れ込む、その見事さ。

『ジゼル』、『妖精ペリ』におけるカルロッタの踊る肉体は、「性的狂熱の中の死」、「慎ましやかな外見の下で燃え盛る官能」、「天上的なものと地上的なものとの混在」というような言葉で言い表すことのできる、ゴーティエのエロティックな夢想の理想的実現なのだ。

＊　　＊　　＊

スイスのカルロッタ宅への訪問・滞在が頻繁になっていく一八六四年頃までの期間、「カルロッタ再発見」までの二十年ばかりのゴーティエの人生に簡単に触れておく。好きな女性のために書いた作品によって、当のその人カルロッタが獲得した成功を喜ぶゴーティエを、運命は皮肉にも彼女の姉エルネスタの方に近づける。四五年に長女ジュディット、四七年に次女エステル誕生。エルネスタとの同棲生活の一方で、四九年から五二年までのマリー・マテイとの熱烈な夢のような蜜月時代（五〇年には一緒にイタリア旅行を楽しんでいる(8)）。カルロッタの方は五〇年に知り合い、恋人なったラズィヴィル大公の要求に従ったのか、五四年に舞台を捨てる。ダンスを捨てた彼女は二年後に大公に捨てられる形になるけれど、ジュネーヴ近郊の美しい館サン＝ジャン別荘をもらう。表面的には作家と彼の憧れだった踊り子の人生は交差することなく、別方向に逸れていくけれど、「テオの心の片隅では相変わらずカルロッタへの思いが脈打っている。」（Anne Ubersfeld, 前掲書。）五二年三月二十三日の日付を持つマクシム・デュ・カン宛ての手紙で、ゴーティエは受け取った手紙のお礼を述べて、次のように続けている。「君の手紙をイタリア女たちの引き出しのぼくの漆器の箱に、恋文のようにしまい込みました、カルロッタ、エルネスタそしてマテイ、すなわち、ぼくが一番愛し、最高に愛しているものと一緒に。」（Théophile Gautier, *Correspondance générale*, tome V, Droz, 1991.）もっと後、カルロッタの大事な手紙は「緑孔雀石の美しい箱」に特別に保管されるようになる。いずれにしても、カルロッタは彼にとって大切に思い出を保管しておく愛しい存在だったし、晩年の七、八年間を実人生の支えとなり、作品執筆の霊感ともなり、静かに美しく彩ってくれる女性となるのだ。

スイス行きが毎年本格的に繰り返されるようになる前、私たちはゴーティエが「ジゼル」を訪問する姿を一回、目にすることができる。それは一八六一年十月、ロシア旅行の帰途、滞在した時のことだ。この時の体験はどれもが楽しい貴重な発見で、ゴーティエは疲弊した心身が清浄に洗われる思いがする。


全てが夜毎の演劇批評、エルネスタの愚痴、娘たちジュディット、エステルの不平不満からゴーティエの気を紛らしてくれるのだ。それに、とりわけカルロッタがいる。カルロッタの微笑み、カルロッタの優しい青い目、彼女が体現する思い出、後悔、夢のすべてがあるのだ。（Anne Ubersfeld, 前掲書）

これらの精神不安定、疲労困憊の原因に間もなくもう一つ心配の種が加わる。ジュディットとカチュル・マンデスの結婚話が浮上してきて、これが家族不和、軋轢の火種となる。そして、二人の結婚後、ゴーティエとエルネスタの仲は破局を迎えるのだ。過去の滞在が幸福な経験であればあるほど、楽園のような思い出であればあるほど、ゴーティエの足はスイスに向う。避難場所にして、夢のように幸せで美しい場所通いに拍車がかかるのだ。

ゴーティエとカルロッタの親密度は残された手紙から推測することができる。「ぼくの愛する天使」という描きだしで始まる六六年二月の手紙の最後はこうなっている。「さて、あなたのやわらかな唇に口づけさせてください、あなたの唇をぼくの唇に押しつけ、あなたの息と心を飲み、大好きなあなたの胸に息が詰まるほど、ぼくのハートをぎゅっと押しつけたままにさせてください。」同年三月の手紙の最後は「ぼくのハートをあなたの素敵な足を乗せる台にしてください」、六七年四月のそれは「あなたのバラ色の両頬、あるいは、あなたの本当に白くやわらかな首の両側にたっぷりと口づけを」という具合だ。そして、ゴーティエはヴォストリシモ Vostrissimo（この上ないあなたの）というイタリア語とラテン語の合成語を愛用して、末尾の署名の前に書き添えるようになっていく(9)。これに対してカルロッタの手紙はどうかというと、ゴーティエの直接的な愛情表現に較べると控え目だ。末尾に繰り返されるのは「心」、「友情」という言葉が多い。「あなたがいなくてとても淋しい」、「あなたに口づけを」という具合に表現が慎ましさを逸脱しかけると、「サン＝ジャンではみんなが」とか、「レオンチーヌもわたしも」とか「わたしたち」といった主語を用いて、曖昧さの中に巧みに自分の感情を紛れ込ませてしまう。いずれにしても、彼女の方もゴーティエに優しい気持ちを抱いていたのは確かで、二人で語り合う時間を待ち遠しく大切なものに思っている。彼の中に、安心して心打ち明け、喜びを共有し、幸福感を得られる相手を見いだしていたのは間違いない。ゴーティエはそれ以上の恋愛関係、マリー・マテイのような全霊全身の情熱、自己の完全委任を欲していたのかもしれない。この要求にカルロッタが応えたかどうかは、残された手紙や回想・証言から、私たちがそれぞれの恋愛経験に照らして自由に想像すればいい。だから色々な考え方が可能なのだけれど、不可能な恋であればあるだけ情熱を燃やし、叶わぬ夢の追求の中に恋愛感情の永遠を見ようとするゴーティエの性向にカルロッタは気付いていて、それに協力する形で振る舞ったとも言える。

アルジェリア旅行の同行者だったノエル・パルフェ宛ての六五年十月の手紙で、ゴーティエは大切なカルロッタへの贈物用にバルザック全集の手配を依頼している。「ぼくはカルロッタ・グリズィの誕生日に、彼女が欲しがっているバルザック全集をあげたいのです。新しい出版社の小型版がいいでしょう。装丁本かハード・カバー本が見つかれば、尚一層ぼくの希望に適うのですが。」（新しい出版社というのは、ミシェル・レヴィ書店を指す。）もちろん、彼が一番贈りたいのは、そして読んでもらいたいのは自分の作品や記事なのだ。極端な言い方をすれば、カルロッタ再発見以後の彼の文章はすべて、彼女だけを唯一の理想的な読者と想定して、彼女の愛撫する眼差しに晒される喜びのためだけに書かれている。事実、『スピリット』送付を伝える手紙やカルロッタからのお礼の手紙が残されているけれど、晩年のこの傑作こそゴーティエによるカルロッタの理想化、彼女との意図したあるいは意図せざる不可能な恋における情熱の継続、死後の至福の天上的合体願望などが合わさって完成した作品なのだ。ゴーティエが抱懐する理想愛の雰囲気を味わっていただくために、『スピリット』の結末部分を引用しておく。

マリヴェールとスピリットは光り輝く天上的な歓喜の中、互いに近くを飛翔し、翼の先端で愛撫し合い、神々しい媚態で戯れ、触れ合っていました。／間もなく、段々接近し、同じ百合の葉の上を転がる二滴の露のように、ついに一個の滴に混じり合体してしまいました。（Théophile Gautier, *Spirite*, Jean-Cyrille Godefroy, 1982.）

ゴーティエがこの作品に描いた愛の形に自分たちの愛をなぞらえようとしていることは、六六年三月の手紙により一層はっきり見ることができる。「それがないのなら、ぼくの愛で空を、あなたを永遠に抱き締め、マリヴェールとスピリットのように光の滴の中であなたと融合するための空を創ってみせます。ああ、無限の絶えざる愛撫であなたを包み込み、あなたの大気となり、あなたが吸う空気とともにあなたの唇を通り、火流のようにあなたの血管を流れ、あなたにぼくの思いと心を注入し、ぼくがあなたを熱愛していることを分かってもらい、あなたを愛するようにあなたにぼくを愛することを余儀なくさせたいのです。」さて、誰もがこのように五十五歳になって、ゴーティエのように熱烈な恋文を書く幸福をプレゼントされるわけではない以上、わたしたち読者は彼の熱気のお裾分けに与り、心静かにその機会の訪れを願うしかない。

＊　＊　＊

ゴーティエの舞踊観を探るには、彼の『アルジェリア紀行』を大いに参照しなければいけない。「ムーア・ダンスは肉体を絶えず波のようにくねらすこと、腰をねじること、腰振り、ハンカチを握る手の動きからなる。こんな具合に動き回る若い踊り子は尾を支えにして体を伸ばした蛇のように見える。このように回転動作をするのは、オペラ座の一番柔軟な動きをみせる踊り子にも不可能だろう。この間、卒倒せんばかりの顔の表情、虚ろかと思うと爛々と輝く目、震える鼻孔、ほんのり空いた口、圧迫された胸、愛に息塞がった鳩の喉のように反り曲がった首が、すべての舞踊が象徴する不思議な肉体的逸楽を、本当と見間違えるほどに表現している。」（拙訳『アルジェリア紀行』（3）、福岡大学人文論叢、一九八六年。）宗教舞踊を含め、民族舞踊を見物した報告が三回なされているからだ。共通して指摘できるのは、踊る肉体の柔軟さへの感嘆、舞踊と肉体的悦楽の一体化、舞踏によって点火され燃え上がる官能の喜びの享受、狂熱の中の陶酔、肉体の動きが持つ忘我の境地に誘う魔力的な力。

腰振り、腰をねじること、頭を反り返らすこと、両腕の屈伸、一連の恍惚とした扇情的な動作が東洋舞踊の基本をなしている。二人はかすかに足を移動させ、前進し、動き回る。エルスラーやカルロッタ・グリズィがするように脚を目の高さまで上げるのは、ゆったりしたパンツで海水着よりもはるかに多くの部分が隠されているとはいえ、みだらと見做されるだろう。その代わりにアフリカ舞踊はぼくらには時自由奔放で扇情的に思われるのは本当だ。（同前）

奔放自在で熱情的な肉体の動きを賛嘆する一方で、コントラスト好きのゴーティエの目は、正反対のものにも惹き付けられる。「しかし、舞踊による痙攣状態のさなかにあっても、彼女の華奢な顔は相変わらず端正な美しさを保ったままで、これらの髪ふりみだしたメデューズらの間で、蒼白い大理石の仮面のように浮き上がっていた。」（同前）

この若く美しい女性たちは乱行騒ぎの熱狂と古代バッカス祭の興奮の渦の中に身をさらしていながらも、一種身の毛がよだつような優美さを保っていた。（同前）

ぼくには、ゴーティエがアルジェリアの踊り子たちの姿態に感応して、その向こうにカルロッタの踊る肉体をイメージしている気さえする。さて、舞踊とゴーティエとの関係、舞踊批評家としてのゴーティエについて要約しておく時が来た。二つの論を紹介して、これに代えたい。

バレー創作者はあの美しい肉体に生気を吹き込む「精」となり、自分があのガラテを創ったピグマリオンだと想像裡に感じるのだ。バレー創作は恐らくゴーティエにとって芸術創造の最高の形、つまりは言葉の力と視覚形式の結合、言葉と造形との結合なのだ。／この彫刻愛好家の彼は恐らくまた、あの逆説に心動かされてもいるのだ、突然飛び去る美しい女性の中に最高の美の実現を見るという逆説に。（Anne Ubersfeld, 前掲書）

もし時代を、ルイ＝フィリップとナポレオン三世のパリを旅することが可能なら、私たちが見つけることができるバレー界への最高の案内役はテオフィル・ゴーティエしかいない。彼はダンスのために、ダンスについて書いたと同時にそのことを自慢に思う当時の主要な唯一の文学者だから。ダンスをそのもののために好きだったゴーティエは、ダンス芸術がロマン主義の影響下で花開くのを目撃したのだし、ダンスを職業とする人たちと個人的な交際があり、作品に協力する音楽家、作家、画家たちと知り合いだった。それに彼自身、経験豊かな脚本家であり、芸術としてのバレーの潜在性に関して独自の確固たる意見を表明していた。当時の批評家の誰一人として、これほどの優位な立場にある者はいないし、詩人の感受性を持つ者も、舞踊の魔力を印刷された頁に書き写すことができる描写の才能に恵まれている者もいない。だから、私たちは想像の翼に運ばれ、遥か以前に消失したオペラ・ル・ペルティエ座のボックス席の彼の隣にゆったりと腰掛け、同席のこの機会を利用して、舞踊への愛に満ちた生涯の彼のバレー観とダンス観を共有するという特権を味わうことにしよう。

（テオフィル・ゴーティエ『ダンス論』）

＊　＊　＊

春先のやわらかな光のような幸福感に浸るゴーティエの姿を想像して、この小論の最後としたい。カルロッタ宛ての一八六六年二月の手紙には、幸せな思い出と再会への切なる願いが吐露されている。「……ぼくはサン＝ジャンの青く、平穏で爽やかな楽園を思い浮かべるのです。あなたの微笑みとあなたの親切な優しい眼差しに照らされて、あれほど心地よく静穏な多くの日々を過ごした楽園を。あなたに再会し、数日間あなたたちの間にいたいという願望が先週ぼくの中であまりに強くて、ぼくはもう少しで出発しそうになりました。」次は同年三月の手紙。「放っておくとぼくの想像力はサン＝ジャンへと旅立ち、あなたに会いにいってしまうのです。その地で享受されているあの心地よい平穏、純粋で優しく感じやすい心同士の魅力的な仲睦まじい暮らしから生まれる平穏を、ぼくは心の中で味わうのです。」

湖畔のベンチに寄り添う男女が見える。二人は静かに語らい、沈黙が訪れると互いの愛しい気持ちに突き動かされたかのように口づけを交わす。男は女の髪に頬擦りし、女の手を大切な宝物のように両手で包み込み、やさしく愛撫する。そして、湖面にまぶしく反射する初夏の光に目を細めながら、恋する女性を再発見し、彼女と素敵な時間を過ごす人生が用意されていたことを心密かに運命に感謝する(10)。

《注》

(1) 言葉が掻き立てるある種の特別な想像には、個人的な体験や記憶が大きく関わっている。言葉がある人物に結びつくことによってエロティックなイメージとして具体化・特定化する、そのような相手が存在していたとか存在している場合がまさにそうだ。宝石、丘、闇、噛み痕、玩具、泉、お魚、鍵、一室、夜間飛行、散歩、お昼寝、赤マルなどがぼくのmot-fétiche になるのは限定された誰かと共有する大切な時間の間だけ。

(2) 「逢瀬は短く、又十日ほどあとに逢うという不確かな約束をして二人は別れた。／その晩、清顕の苦悩は果てしがなく、いつまで聡子は夜の約束を拒むだろうと思うと、彼は世界全体から拒まれているように感じて、その絶望の只中で、もはや自分が聡子に恋しているということに疑いがなくなった。」（三島由紀夫『春の雪』）

(3) 文章の中に好きな女性との幸福の記憶や快楽の思い出を巧妙に封じ込め、時々、宝石箱のようにそっと開けて心の中に美しい姿態を呼びだすのはエロティックな愉しみ。男は、愛し合った後で無防備にまどろむヴィーナスのような女を見つめる。

(4) 「急に聡子の中で、炉の戸がひらかれたように火勢が増して、ふしぎな焔《ほのお》が立上って、双の手が自由になって、清顕の頬を押さえた。その手は清顕の頬を押し戻そうとし、その唇は押し戻される清顕の唇から離れなかった。濡れた唇が彼女の拒みの余波で左右に動き、清顕はその絶妙のなめらかさに酔うた。それによって、堅固な世界は、紅茶に涵《ひた》された一顆《いっか》の角砂糖のように融けてしまった。そこから果てしれぬ甘美と融解がはじまった。」（三島由紀夫『春の雪』）

（5）「この明らかな嘘が今度は彼自身を傷つけたので、清顕は又書き直して、生まれてはじめて接吻を知った男の喜びのままに素直に書いた。それは子供らしい熱烈な手紙になった。彼は目を閉じて、手紙を封筒に入れ、匂いやかな桜いろの舌尖《したさき》を少し出して、封筒の糊《のり》を舐《な》めた。それは薄い甘い水薬のような味がした。」（三島由紀夫『春の雪』） 男は手紙とともに封印されていた香水の匂いをまるで女の肌の匂いに触れるかのように鼻先で嗅ぎ、封筒に印されていた口紅の唇に口づけた。

（6）湯浴みするヴィーナスと鏡に快楽の表情を映すヴィーナス。

（7）『アルジェリア紀行』の次のような部分が想起される。「もっと気前のいい連中は額や頬や胸や腕、結局は自分たちが一番感嘆して見とれる彼女の体の部分に薄い金貨を押しつけるのだ。汗でひたと張りついたまま金貨は落ちることはない／志集めが終了するとゾラーは中庭中央に戻る。顔は金貨の仮面で覆われているというわけだ。女中のうち二人が近づき前にスカーフを広げると、彼女はその上に身をかがめ、突然、神経質に軽く体を震わせ、肌にくっついた金貨を全部ふり落とすのだ。」

（8）好きな女を同伴する旅に勝る旅があるだろうか。予定されている旅の計画は二人を幸福な夢で包む。タヒチのコテージで過ごす快楽の日々を想像して、二人は胸躍らせる。

（9）女王、ヴィーナス、娘、ミューズ、宝石、リュックサックに対して奴隷、蛙、くっつき虫、ジャガイモ、鍵、父親。

（10）光と風に愛撫された海辺のデート、公園の散歩や秘密の場所への散歩、満腹や寝過ごした思い出、映画館の暗闇、密室への自発的幽閉、花の回廊等々。男はこうして、共有してくれたすべての時間について、最後の恋の相手に感謝する。「誰も見ていない筈なのに、海に千々《ちぢ》に乱れる月影は百万の目のようだった。聡子は空にかかる雲を眺め、その雲の端に懸かって危うくまたたいている星を眺めた。清顕の小さな固い乳首が、自分の乳首に触れて、なぶり合って、ついには自分の乳首を、乳房の豊溢《ほういつ》の中へ押しつぶすのを聡子は感じていた。それには唇の触れ合いよりももっと愛しい、何か自分が養っている小動物の戯れの触れ合いのような、意識の一歩退《ひとあししりぞ》いた甘さがあった。肉体の外《はず》れ、肉体の端《はな》で起っているその思いもかけない親交の感覚は、目を閉じている聡子に、雲の外れにかかっている星のきらめきを思い出させた。」（三島由紀夫『春の雪』）

サドの城

アヴィニョンの夏と背徳天使に。

カヴァイヨンの町は午睡を楽しんでいるのか、家々の鎧戸は閉ざされ、道ゆく人の影もない。八月の南仏の酷暑に身を焼かれて歩くこと二十分ほど、観光案内所に到着。案内所の背後には巨大な岩山が聳え立つ。ところが折悪しく昼休みで、閉館中なのだ。施錠された入口の無情なガラス扉に、力なく溜息を洩らす男女の落胆が映って見える。

メロン産地として有名なカヴァイヨンは、人口二万。前日、ラコスト行きの方法を問い合わせると、アヴィニョンの観光案内所の青年は先ずはカヴァイヨンに行くことを勧めた。彼の忠告に従って、この町に降り立ち、相談に乗ってもらったりパンフレットをもらったりしようと目論んで、駅前から観光案内所を目指したのだ。けれども、最初から計画が狂ってしまった。開館まで待って、徒に時間を浪費するのは得策とは言えない。駅に戻ろう。

一台だけ停まっていたタクシーの運転手は車内で、バゲットとハムとミネラル・ウォーターで食事中だった。ラコスト訪問の希望を告げると、彼は地図と距離単位の料金表を取り出し、往復で四百フランぐらいだろう概算する。片道だけ利用して、帰りはラコストでタクシーを調達するというのは可能か？　否。ラコストは小村で、タクシーは皆無。時間を指定してあなたに迎えに来てもらうというのは？　待機料金を考えれば高くつくし、お勧めできない。それに城跡を除けばこれといって見るべきものはない村なので、二時間も三時間も滞在するまでもない。それでは、途中、いくつか美しい村や景勝の地など、取って置きの場所を案内しながら連れていってくれないだろうか？　オーケー。交渉成立。こうして、いにしえのサドの淫蕩な宴の地ラコストへの旅が始まる。

＊　＊　＊

サドに対する見方・判断には好意・好奇心から、装った無関心・嫌悪まで、いずれの場合にもその人の密やかな内面、フェティシズムが見え隠れする。サド作品への過度に道徳的な非難は逆に、その人の性的嗜好を隠蔽するための隠れ蓑と感じられることもある。また、欠点の指摘や的確な批判が、発言者の意図に反してサドの本質を浮き上がらせてしまうこともある。

例えば、ジュリアン・グリーンは『ジュスティーヌ』の退屈極まりなさに言及して、こう続ける。「冷徹な文体と偏執狂の精確さで描かれた交接場面のみ。物腰、表情が描かれることは決してなく、見えるのは言葉だけなのだ。」(*Dictionnaire de citations et jugements*, Robert, 1991.) つまり、『アドリエンヌ・ムズュラ』や『モイラ』の作者であるこの心理作家は、サドには人間が描かれていないと冷評しているわけだ。しかし、ジュリアン・グリーンは図らずもサド作品の特徴を言い当ててもいる。というのも、冷静な語りと細部へのマニアックな徹底こそサドの真骨頂だったのだし、言葉が生み出す最大限の妄想、自分が支配者として振る舞える言葉による性的王国の構築こそが彼の関心事だったのだから。

対するに、サド作品を「近代精神の最初の生彩に富んだ哲学的表現」だと肯定的に捉えるロベール・デスノスの次の評言は、サドの性的夢想と当事者意識を明確にしている。「彼の登場人物たちが動き回る国は彼自らが暮らしたいと願う国であり、彼が女主人公たちの波乱の数々を語るのは張本人としてなのだ。」(同前。) ジャン・ポーランはマリヴォーとサドを並べて論じ、二人を「羞恥心」の偉大な洞察者として呈示する。それぞれ別々のやり方で描かれてはいても、それは羞恥心というものの裏表の相違に過ぎないのだ。マクシム・デュ・カンはナポレオンの逸話に事寄せて、サド作品に満ちている為政者にとっての危険・毒性を指摘する。そして、敢てサドを少しでも読んだことのある人なら彼の投獄を当然だと思うだろう、と妙に道徳的な立場に身を置く。意地悪な推測をすれば、デュ・カンはサドが網羅・紹介する性的偏愛・趣味のどれかを持っていたのかもしれない。我が身の悪癖が露呈するのを恐れるあまり、他者の悪癖を声を大にして非難するという過剰な自己防衛反応を見せたのかもしれない。

「ドゥミ・モンドの女たちの生き方に関していくつか内情を知る機会に恵まれた私は、小説『ジュスティーヌ』は人間性の誇張でもなんでもないと確信した。」（同前。）このようにバンジャマン・コンスタンの場合、性的趣味の多様さに対する正直な驚きと諦念、どういうことでも行い得る人間に対する真摯な認識が感じられる。

＊　＊　＊

ぼくらを乗せたタクシーはひた走る。一七七二年、「マルセイユ事件」の名前で呼ばれる事件で訴えられたサドに対して身柄拘束の発令が出される。事の危険を知って、サドは迅速に行動する。イタリアへの逃亡の旅。同伴者は下男ラトゥールと義妹アンヌ＝プロスペール・ローネイ。優美な外見の下に奔騰寸前の情熱を隠し持っている娘。義兄の快楽追求に光る眼差しに、同じように性的好奇心で光る眼差しを返してくる女。レイモン・ジャンは、サドの残された草稿にジュリーの名前で登場する女性に彼女の面影が投影されている、と推測している。

> ジュリーは、心は愛するために作られているのだと感じ始める幸福な年頃だ。彼女の可愛らしい目が、そのことを情愛に満ちた官能的な表情で告げている。彼女の場合、魅力的な蒼白さは欲望の徴。だから、時々恋で顔色が輝くと正にそれは、そこはかとない高揚ゆえだ、ということが少なくとも分かるのだ。（Raymond Jean, *Un portrait de Sade*, Actes Sud, 1989.）

男は隣に座る女性をアンヌ＝プロスペール・ローネイだと想像して悦に入る。ラコストに向う旅だもの、少々サド的な妄想が働いたとしても致し方ないではないか。サドとアンヌの二人は互いに愛し愛され、快楽を満喫した至福の三か月間を共に過ごした。男の快楽追求の共犯者たる女性には、アンヌ＝プロスペールと呼称される十分な資格がある。男の手を弄ぶ旅の同伴者の黒い目の中には、前日のアヴィニョンのホテルの白いシーツの上で弾けた熱い官能の余韻がけだるく浮かんでいる。

さて、ここで読者にラコストに向かう道をイメージしてもらえるように、二つの引用をしておきたい。まずは、藤本ひとみさんの『侯爵サド』から。時代は十八世紀で、移動は馬という設定だ。「道は険しい。アヴィニョンからしばらくは野菜畑の続く平地だが、カヴァイヨンを過ぎて左に折れると、東側に大小のリュブロン山脈が現れる。ラ・コストも含めた多くの村々は、その山頂に近い北側斜面沿いに点在しているのだった。」そして、澁澤達彦さんの『城』。これは一種の旅行記なので、地理や地勢、歴史、想起される思い出などが記述されている。まるで、植物の色や匂いが紙面を透過して伝わってくるようだ。移動手段はタクシー。車窓風景を想像してほしい。

アヴィニョンの町を出はずれると、やがて行く手に、なだらかな丘陵状のリュベロン山脈が見えはじめる。石灰岩の山で、褐色の山肌が層をなしているのが遠くからでも分る。ラコスト村は海抜三百二十六メートル、このリュベロン山脈の一支脈に位置しているわけだ。今では廃れているが、ガロ＝ロマン時代から石切り場として知られていたらしい。だんだん車が山地にはいると、岩山を利用した洞窟状の住居なども目につき出し、私はかつて訪れたことのある、イタリアのラティウム地方の風景を記憶によみがえらせていた。岩山の斜面には、黄金色のエニシダが覆いかぶさるように垂れさがり、近くの原っぱには、深紅のヒナゲシが群生している。

お二人に後続して、今度はぼくの番。タクシーは中年サド侯爵と上半身はネック・ホルダーを素肌に纏っただけの（時々、縦長のお臍の亀裂が蠱惑的に露呈する）アンヌ＝プロスペールを乗せて炎暑を切り裂いて疾走する。車内はクーラーが効いていて快適なのだ。（至福の時は長続きしない。途中でクーラーは故障し、運転手は糞ったれとがなりたてる羽目になるのだから。でも窓から南仏の風を感じるのも悪くない。ご免なさい、私の車にはクーラーが付いていないのよ、と言いながら車を走らせたカナダ女性のことが、ここで不意に記憶に蘇る。）オペード＝ル＝ヴィユー、そしてメネルブを通過。知ってるかい、この畑の向こうにピーター・メイル氏の家《マース》があったのを、と運転手のムッシュー。そうですか、あのイギリス人作家でしょう、今はアメリカに逃げ出したって何かで読んだけど。そうなんだ、いつも物見高い観光客が大挙して押しかけて来て大変だったんだ、とムッシュー。深山の中に佇む廃村が見えた。冬の厳寒は想像を絶するものがあり、住民は村を捨てた。ムッシューのこんな説明を聞いた記憶があるのだが、果たして何という村だったか。

ラコスト到着前と後の記憶が混乱してしまっている。車外風景が変化する毎に、葡萄栽培、蜂蜜作り、ラヴェンダー畑（ボリーと呼ばれる石作りの小屋が点在している）、オリーブの実やオリーブ・オイルの話が、ムッシューの口から滔々とそれでも要領良く南仏訛りで解説されていく。平野を挟んで対面する小高い見晴らし場から、ラコストの城の遠景を目にしたのは到着の前、後どっちだったろう、今となっては定かではない。

＊　＊　＊

一七六三年五月、パリ、サン＝ロック教会でサドとルネ＝ペラジー・ド・モントルィユ嬢との結婚式が挙行された。これは二十三歳の新郎の意に染まぬ結婚だった。不満の理由を、家同士の利害の一致が生んだ結婚に見て取るのは表向きのことでしかない。当時、貴族の子息子女間では「理性の結婚」はむしろ一般的なことだったのだから。最大の理由は他にあった。サドが逡巡し煩悶したのは、ロール＝ヴィクトリーヌ＝アデリーヌ・ロリス嬢という女性に熱情を捧げていたからだ。この放蕩者の中にもロマンチックな熱愛、「プロヴァンスの吟遊詩人」的な恋情が滾《たぎ》っていたのだ。藤本ひとみさんの想像力は二人の再会場面を次のように描き出す。場所はラコストの城、サド十四歳の夏休み。語り手はサドという設定。

石灰質の砂と石交じりの地を踏み、背の高い白つめ草を揺らせて進んで行くと、私の前で虫の声が止まり、私の後ろでまた響き始める。白い蝸牛の群生する潅木の枝を、風が揺すって森の方へ流れて行くのが見えた。私は風の後を追い、馬術練習場を右手に見ながら外庭を通りすぎようとした。その時、庭の脇のアマンドの木の間から、白い服を着た娘が私の目の前に飛び出して来たのだ。／「ごめんなさい」／言いながら娘は、片手で帽子を押さえ、私を仰いだ。／「迷ってしまって」／汗のにじんだ額に、金の髪が一筋張りついていた。白い額には、恥じらったような笑顔が浮んでおり、唇は薔薇色で柔らかそうだった。（前掲書）

ロリス嬢との最初の性愛の交歓はサドが二十二歳の時。ラコストの夏空の下、木陰を渡ってくる風が、愛し合った後の二人の裸の体の汗を心地よく乾かしていく。

両腕を広げて微笑するロールを、私は、抱きしめた。青い草の匂いの中、膝の砂がくい込み、皮膚を破るのもかまわずに、私はロールに情熱を捧げた。村の教会で昼時を告げる鐘が鳴り始め、私たちの結婚を祝福してくれた。愛というものを、この時、私は初めて、一人の女に誓ったのだ。（同前）

澁澤さんの『サド侯爵の生涯』によれば、破談の原因はサドがロシス嬢に悪い病気（淋疾）をうつしたからだという。彼女の両親が娘に恥辱の痕を残したこの破廉恥漢に激怒し、娘の将来を慮《おもんぱか》り、結婚話を白紙に戻したのだ。彼女を翻意させんものと、彼女逢いたさにサドはアヴィニョンに足を運ぶけれど、ロリス家の門は固く閉ざされたままだ。いずれにせよ、奔騰する情熱は向かうべき対象を失ってしまう。恋する思いを拒絶された体験は、サドに深い心理的傷を残したと推測することもできる。

しかし、サドの奇妙なというか驚くべき点は、彼の場合、心の空虚が胃袋の空虚につながることがないことだ。レイモン・ジャンによれば、サドは失意の心を抱えてアヴィニョンを去る駅馬車の中で摂取した食物について報告しているという。このように、絶望で食欲を忘れるなどという事態が彼に生じることは絶無なのだ。私たちはこの食物についての妙に細かい記述を、サド作品の中にしばしば発見することができる。『ソドムの百二十日』を例に取ると、第一日目に次のような文章がある。

この食事は夕食よりも重くてはいけないので、どれもが十二皿から成る四回の絶妙な給仕だけで我慢した。ブルゴーニュ・ワインが前菜とともに出され、アントレにはボルドー・ワイン、ローストにはシャンパン、アントルメにはエルミタージュ、デザートにはトケイとマディラ・ワインが添えられた。(*Les 120 Journées de Sodome, tome I*, 10/18, 1993.)

サドにあっては食行為と性行為は不可分の関係にある。シリング城に集まった四人の放蕩者は乱交の前に食べ、食べながら乱交に耽り、乱交後にまた食べる。食の場は即座に快楽の場に変わる、というかむしろ、食物摂取の場は乱倫の場、快楽放出の場でもあるのだ。(パゾリーニの映画『ソドムの百二十日』を思い浮かべてほしい。)

タクシーは、とある台地に男女を降ろした。そこから斜面を下りて行くと容易に城跡に接近できるのだ。車内で休憩しているから、見物してきなさい、とムッシューは言った。夏枯れした植物のように頼りない蝉の声が、明るい静寂の中に聞こえている。かろうじて存在を主張するかのような、か細い意気消沈した声が午後の空気をかすかに震わせる。臙脂《えんじ》色の帽子が今日も、連れの顔に涼しげな影を落としている。一九九七年の夏休みの間の彼女のトレード・マークだった帽子。サドに熱愛されたロリス嬢のように美しい帽子姿が一足先に石段を駆け上がり、手招きする。頑丈な木扉が閉ざされていて、中に入ることはできない。壁の隙間に顔を近づけて覗き込むと、内部の闇から一陣のひんやりした風が吹いてきて、火照った頬を冷ました。サドの滞在中、この城内の保たれた涼気の中で、熱い饗宴が繰り広げられていたのだ。そんな想像をしたせいか、闇の中に幻影が浮んで見える気がした。前日、旧教皇庁の町で快楽を堪能した後の懈怠《けたい》な四肢を、息も絶え絶えの風情でシーツの白い湖面に横たえていた娘。古代壁画に描かれた男女の性愛場面そっくりの征服の体位で狂乱した娘。全開の美しい羽を固定された蝶のように娘の身動きを封じて、その伏臥《ふくが》の姿勢を背後から支配する男。

翌日、男女はローヌ河畔を散策し、夏の川に反射する光に目を細め、夏木陰を見つけて座り、川風に吹かれて語り合う。アルルまで船で行けるみたいだね。船旅も楽しいだろうなあ。わたしと一緒だと何でも楽しいのよ。その通りだね、船の揺れに合わせて愛し合いたいなあ。二人は教皇庁の丘に登っていく。澁澤さんは『城』の中に書いている。「中世のローマ法王の宮殿には、色とりどりの大輪の薔薇が咲き誇っていた。その法皇宮殿のある丘の上から眺めると、ローヌ河の流れは陽光に白く光って見えた。」太陽の移動につれて陰が駆逐されていくので、そのたびにまだ緑陰が落ちるベンチを求めて、二人も移動するのだ。ミネラル・ウォーターで渇きを癒し、一瞬潤った唇をどちらからともなく接触させる。

*　*　*

帰り道で立ち寄った黄土の村ルシヨンで購入した絵葉書の中に、「ラコスト、サド侯爵の城」と題された一枚がある。手前の半分以上を木々の緑が覆う、その向こうに残された城の灰色の壁が陽光に光っている。写真の下に、次のような説明が印刷されてある。

何度も懲役刑を受け、死刑宣告までも受け、その度に共謀・黙許の助けで逃れ、世間に忘れてもらうために定期的に領地ラコストに避難し、身を隠したサド。その間、城内に彼の文学作品とエロティックな試みのための劇場を作ったサド。ラコストは名声の一部をこの「聖侯爵」サドに負っている。サド侯爵は破廉恥と放蕩の限りを尽くした揚げ句、熱狂と幻滅の犠牲となり、亡命生活を決意しなければならなかったのだが、死ぬ時まで卑猥な作品を書き続けた。

獄中からのサドの手紙にはラコストの名前が頻出する。サドの中で、ラコストは彼がそこで味わった数々の快楽の記憶と結びついているのだ。ラコストの城は、彼が誰にも邪魔されずに性的夢想を実行に移せる場所、「快楽の実験場」なのだ。ラコストの城跡に立ってみれば、サドが性の絶対権力者という妄想をほしいままにしたのも、無理からぬことだと思えてくる。広い平野を見下ろし、周囲を睥睨《へいげい》して高く聳える城の所有者なら、絶対自由の意識と支配幻想を抱いたとしても不思議はない。澁澤さんの文章を借用すれば、城は「専制君主の夢想のための場所」、つまりは

「権力意志を一点に凝集するための場所」なのだ。しかし、「現実の専制君主でなくとも、想像裡の絶対権力に酔うことは可能なのだ。」澁澤さんはサド、ベックフォード、ユイスマンス、ビアズレーらの文学作品に現われる城のイメージを紹介した上で、書いている。

或る種の城のイメージが、今まで見てきたように、エロティックなものと深く結びついているという理由も、以上のことから簡単に理解できるにちがいない。絶対権力の夢想を最も容易に実現し得るのは、性愛の領域、エロティックの領域においてではなかろうか。サド侯爵はこの問題を、極端な論理的帰結にまでみちびいたにすぎないのである。（前掲書）

『ソドムの百二十日』の孤絶する城・シリング城こそが、サドの「極端な論理的帰結」に他ならない。「炭焼き部落を過ぎると、まずサン・ベルナアル峰と同じくらい高い山をよじ登らなければならない。しかも足で歩く以外に峰まで行いたる方法とてないので、サン・ベルナアル登山よりはるかに困難をきわめる。驢馬に乗って行けないこともないのだが、辿って行く道の到るところに断崖絶壁が口をあけているので、そんな動物の背中に安閑としているわけにも行かない。」（澁澤達彦・訳、『ソドム百二十日』）

接近を阻む峻険な隔絶した地形。二重三重に自然の障害が行く手を阻む険阻《けんそ》な孤高の空間。

その自然の奇観というのは、山頂を南と北の部分に分かつ、幅三十間《けん》以上もの台地の亀裂《きれつ》で、ひとたび山頂に登ったら、何らかの技術に頼らない限り、ふたたび向こう側には下りられないような具合に、それがぱっくり口をあけていたのである。千尋《ちひろ》の谷をへだてて向かい合う、この南と北の両部分を結びつけるために、デュルセは立派な木の橋をつくったが、この橋は最後の参集者たちが渡り切ってしまうと同時に、ぶちこわされてしまったから、もうこの時より以後、シリング城に連絡を取る何らかの可能性は一切なくなってしまった。［中略］つまり、この「橋の道」と名づけられた間道以外には、山間の小さな盆地にいたる道は一つもなかったので、ひとたび橋が破壊されてしまえば、もう地上のいかなる人間も、この小さな盆地に近づくことは絶対に不可能だったのである。(同前)

四方を完全に外界から遮断された空間に屹立《きつりつ》する、欲望と快楽の館。虚構の城シリング城の創造・構築には現実の城ラコストの城が何らかの形で投影されている、と考えることができる。レイモン・ジャンの言葉を借りれば、サドの想像力にあってラコストの城は「すべてから隠れてすべてが行われ得る、世間から隔絶した城のイメージ媒体」として作用している。それでも、先に引用した文章が示すように、サドの想像力は現実を非現実にまで極端に推し進める。ラコストの城は途方もない想像の城シリング城に遥かに凌駕されてしまうのだ。それにしても興味深く驚くべきは、サドの肥大・増幅していくこの想像力の働きだ。

サドのスキャンダラスな快楽追求の人生や、作品が放射する強力な磁力によって己の想像力を刺激されて、作品執筆を試みる人の例は少なくない。コンスタンスというのは『ソドムの百二十日』の四人の放蕩者に嫁がされ、彼らの淫蕩に奉仕させられる四人の娘たちの一人だ。貞淑と美徳の化身のように慎ましく、心優しく誠実なコンスタンスの肉体の魅力は、作中こんな風に描かれている。「舌は細く、薄く、美しい淡紅色を呈していて、吐く息は薔薇の香よりも快かった。張り切った乳房はまるまると、雪花石膏のように白く堅く引きしまっており、細くくびれた腰は、造化の傑作ともいうべき微妙な線をあらわに見せた、えも言われぬ臀に接していた。」(同前。)ドミニック・デュシドゥール『コンスタンスの日記』(Dominique Dussidour, *Journal de Costance, Zurma*, 1997.)は、この一人の登場人物に焦点を当てて、残された日記・告白の体裁で書かれた作品だ。作者は時に『ソドムの百二十日』を巧みに利用して、三人称の文体から一人称の文体への変換を試みている。一例を挙げるとサドの原文では、「あの逸楽の小さな穴を覆う同じ黒い毛の上に」コンスタンスがカールした黒髪を垂らして重ねるのは、その目を奪う二重の黒を新たな刺激・興奮材料、欲望増幅手段にしたい四人の放蕩者たちの願望、性的な気紛れに応じた結果と読み取れる。同じ部分が『コンスタンスの日記』では、「わたし」＝コンスタンスの自由意志、自らの願望の結果に効果的に代えられている。つまり、人称の巧みな変換によって男たちの欲望に従属・玩弄される女から、自分の性的魅力を意識して、活用する女のイメージがエロティックな魔術のように浮上してくるのだ。

三島由紀夫『サド侯爵夫人』。この戯曲は古典劇を思わせる端正な台詞の美しさと、時に残酷なほど精緻な心理分析で見事な完成度を実現している。三島さんは跋文でこう書いている。「澁澤達彦氏の『サド侯爵の生涯』を面白く読んで、わたしがもっとも作家的興味をそそられたのは、サド侯爵夫人があれほど貞節を貫き、獄中の夫に終始一貫尽くしていながら、なぜサドが、老年に及んではじめて自由の身になると、とたんに別れてしまうのか、という謎であった。この芝居はこの謎から出発し、その謎の論理的解明を試みたものである。そこには人間性のもっとも不可解、且つ、もっとも真実なものが宿っている筈であり、私はすべてをその視点に置いて、そこからサドを眺めてみたかった。」（『三島由紀夫のフランス文学講座』鹿島　茂編）

ところで、レイモン・ジャンは『サドの肖像』のX章でサド夫人ルネ＝ペラジーを論じるのに、この三島戯曲を最大限に援用している。この例が典型的に示すように、今どういう形であれサド夫人に言及するとなると、三島さんの『サド侯爵夫人』を参照せずに済ませることはできない。ぼくは一九九三年、パリのモーベル＝ガラブリュ劇場（ラルメ・ドリアン通り四番地）で、この芝居を観たことがある。モンマルトルの裏手、ルピック通りの長い坂道を登って行ったのを思い出す。パンフレットから、当時の『レクスプレス』誌の劇評を拙訳で引用しておく。

日本人作家の贅を尽くした脚本が、一貫して説得力のある演技を見せた若い女優たちのおかげで全面に輝き渡り、生彩を放っている。ここには舞台装置も衣装もない。絢爛豪華なものは皆無なのだ。あるのは才能だけ。この芝居小屋に観客を殺到させるはずの才能。

『ル・パリズィアン』は作品の意味を見抜いて的確な指摘を行っている。つまり、この『サド侯爵夫人』は「聖侯爵の不在」と「絶対愛という観念」を中心に構成されているのだ。オリヴィエ・フベールの「知的で飾り気のない」演出も称賛されている。

思えば、この時の観劇が四年間の迂回を経てラコストへの旅に到る出発点だったのかもしれない。サドの地を訪れるのに、晩年のサドが愛したニンフェットのような女性を伴うことになろうとは、その時は予想もしなかったけれど。

*　*　*

一七七四年末、ラコストの城にサド夫妻がリヨンで雇い入れた五人の少女、ナノンという名前の女中と青年秘書の総勢七人の住人が加わる。城の逼迫《ひっぱく》財政を考えれば、この雇用は奇異とも無謀とも見える。しかし金銭不足など、サドが己の放縦・性的欲望を抑制・制御する何の理由にもならない。その頃、サドの悪評は近隣の村々にも広まっていて、彼が放蕩に奉仕させる女たちを集めるのが困難になってきていた。こんな状況の中で、恐らくナノンは女たちの調達・斡旋役を務めたし、時にサドの性の相手も務めた。五人の少女たち相手のサドの行為の特徴として、レイモン・ジャンは「血愛好、瀉血趣味」を指摘し、サドが「性的逸脱の家庭内的であると同時に一段と憂慮すべき新たな局面に入った」、と言っている。ところで、城内での乱交にサド夫人も加担・参加した、と推測される。藤本ひとみさんの作品から、サド夫人の告白を聞いてみよう。

正直に申しまして、女中や下男たちの前で服を脱ぎ、体の隅々までさらけ出すことことは、消え入りたいほどに恥ずかしいことでした。ましてや、その下男たちに次々と弄ばれ、体中を犯されるとあっては、恥辱の極みといっても過言ではありません。また、それを侯爵様がつぶさにご覧になっておられるのですから、苦痛は何十倍にも膨れ上がりました。耐えることができたのは、ただ侯爵様を理解したい一心からです。自分の内に根付いている世間の常識のすべてを放棄し、一切の批判に目もくれず、ただひたすら侯爵様の世界に歩み寄って行くこと、それこそが妻たる自分の役目であると、私は考え、侯爵様のご命令に従い続けました。（前掲書）

レイモン・ジャンも取り上げているけれど、三島さんの呈示するコントラストに従えば、「悪徳の怪物」サドに対するにサド夫人は「貞淑の怪物」なのだ。彼女は夫の快楽追求の助けになるのなら、恥辱を受けることも地獄に墜ちることさえも厭わない。屈辱の中に歓喜を見いだそうとさえするのだ。「幸福というものが、アンヌ、泥の中の砂金のように、地獄の底にもかがやいているものとわかったんだわ。」(『サド侯爵夫人』) 彼女は、サドを美と悪の混在として、矛盾した存在そのままに受容する。

世間ではアルフォンスが罪を働いたと申します。でももう私の中では、アルフォンスと罪は一心同体、あの人の微笑と怒り、あの人のやさしさと残虐、あの人が私の絹の寝間着を肩から辷らしてくれるときの指さきと、マルセイユの娼婦の背中を打つ鞭を握っている指さきとは、一心同体なのでございますわ。娼婦に鞭打たれたあの人の真赤なお尻は、そのままあのけだかい唇と清らかな金髪へ、どこからどこという継目もなしに、つながっているのですわ。(同前)

引用できないのが残念だけれど、マンディアルグのフランス語訳は美しい。まさに、三島さんの日本語とマンディアルグのフランス語との一心同体、幸福な美的出会いという印象を与える。(参照。Yukio Mishima, *Madame de Sade*, traduit par Pierre de Mandiargues, Gallimard, 1985.)『閨房哲学』や『ソドムの百二十日』や他の作品に見られるように、サドにあっては妻や母親は憎悪と凌辱の対象とされている。自由な愉しみを邪魔する母親は子供によって、いとも簡単に殺害される。己の快楽増進のために、妻は性の奴隷として他人に供され、玩弄される。ところで、レイモン・ジャンの興味深い指摘によると、蔑みと嫌悪の的、唾棄すべき拘束と捉えられていた夫婦間の愛情が『アリーヌとヴァルクール』では称賛の的になっているという。イメージの美化が行われているのだ。

サドは見方を変える癖があるけれど、『アリーヌとヴァルクール』で彼は見方を変えて夫婦愛の無上の喜びを書き綴ることができた。「いやいや、この世に我が妻に優る女性は一人としておりません。彼女は我が妻にして恋人、我が妹にして

神なのです。」（前掲書）

こう書いた時、サドの脳裏にはラコスト城内での性の饗宴に身を投じてくれた妻ルネ＝ペラジーの姿、獄中の快適維持のために彼を助け、外から励まし、変わることなく献身してくれた彼女の姿が彷彿としていたのかもしれない。

＊　＊　＊

古代の石橋ポン・ジュリアンにも連れていってもらった。ムッシューが次のような話をしてくれたのを覚えている。ここは洪水の頻発地帯。春先の雪解け水でカラヴォン川が増水氾濫して、洪水被害を引き起こす。そのせいで、ある年、上流の鉄骨の橋が崩壊したことがあったけれど、このポン・ジュリアンはびくともしなかった。上部に円がいくつか刳り貫いてあるのが見えるだろう？　あれが水を逃がしてやる道となった、水の圧力を分散してくれるのだ。まさに古代人の英知だな。古い橋は残り、新しい橋は脆くも壊れるというわけだ。

アヴィニョン行きの列車の発車までの時間を、二人はカヴァイヨンの駅前のカフェで過ごした。モナコを飲み干した娘は手を伸ばして、父親のビールを掠奪していく。だって、喉が渇いているんだもん、ところでお父さん、今夜何食べようか？　散歩しながら、美味しそうなレストランを探そう、ちょっと見て、サドに関してこんなことが書いてあるよ、「快楽追求は、戻り道のない旅である。手に入れた陶酔は、その瞬間から色褪せていき、再び求めようとすれば、さらに遠く進むしかない」（藤本ひとみ『侯爵サド夫人』）。ふーん、いずれにしても、お父さんはサドにはなれないよ、体力不足なんだもの、すぐ眠ってしまうしね、美しい肉体が目の前にあるというのに。そうかあ、駄目かな、今晩試してみようっと。

恋する女

カウント・ダウンを迎えたシャン・ゼリゼ大通りの狂騒狂乱と階段のある通りに佇むホテルの一室に。

パリ、クリシー大通り七十二番地に、エロティシズム美術館がある。人間の貪欲・執拗な性的関心が写真、絵画、彫刻、人形、陶器、手動や電動式の玩具などの具体的な形で収集・集積・展示されている空間。このエロティックな空間を観賞・嘆賞しながら見学して館外に出る頃には、半覚醒だった眼差しも欲望も刺激されて、すっかり活動体勢が整っているだろう。欲望充足は後回しにしよう。性急である必要はない。あなたの隣の赤いショールの美しい同伴者は逃げて行きはしないから。家並みを眺める眼差しの愉しみが優先だ。十二月の冴えた寒気の中、腕を組んでしばらく散歩することにしよう。何か発見があるかもしれない。美術館を出て、クリシー大通りをロシュフコー大通りの方にしばらく東進すると、右前方にピガール広場が見えてくる。広場から伸びる四つの通りの中で一番長いピガール通りを進む。この通りが尽きる辺りまで来ると、聖トリニテ教会が視界に入ってくる。教会を正面に見るシャトーダン通りとショセ・ダンタン通りの角のカフェに足を止め、ホット・ワイン vin chaud で体を温めるのも愉しい。ところで、一八三九年の十月中旬から三年間ほど、ピガール通り十六番地（現在の二十番地）にジョルジュ・サンドが住んでいたことがある。「庭園の奥にある、ドラクロワの絵、アングルの弟子であるイタリア人画家ルイジ・カラマッタの手になる彼女の肖像画、花溢れる中国花器で飾られた二つの離れ。」（Jean Chalon, *Chère George Sand*, Flammarion,

1991. 以後、特に指摘がない限り、引用はすべてこの本からのものである。)

サンドは夜から朝にかけての静寂な時間帯を作品執筆に充てて、それから眠りに就くので、起床時間は午後四時になる。その時間に合わせて毎日、几帳面に彼女を訪問する一人の男がいる。男の住居はトロンシェ通り（ガイドブック風の説明をすれば、マドレーヌ寺院に出る通りということになる。文学史的な挿話を紹介しておく。フロベール『感情教育』で、フレデリック・モローがアルヌー夫人を誘い込む計画を秘めて部屋を借りたのが、この通りである）の五番地にあった。二人の親密な関係は文学関係者や社交界の事情通の間では誰一人知らない者はいない「公然の秘密」**un secret de Polichinelle** だったけれども、二人は世間体を憚ってか、住居を別々にしていたのだ。サンドが所有するノアンの一年間の土地収入は四千フラン。それに対して、男は一晩のコンサートで六千フラン稼ぐ。詩的で精妙な音と莫大な収入を生む男の、鍵盤を滑る魔法の手に彼女は驚嘆する。ショパンという名前のこの男との恋愛生活の前も後も、サンドの人生は多くの恋に彩られている。文学事典の年表には、出会い、愛人関係、口論、破局といった言葉が躍っていて、彼女の恋愛情熱の多彩と貪欲を物語っている。

さて、彼女のいくつかの恋を、特にその近親相姦的特徴に焦点を当てる形で点描していく。アルフレッド・ミュッセ、ピエトロ・パジェロ、ミシェル・ド・ブルジュ、フレデリック・ショパン、アレクサンドル・マンソー、彼らとの恋が中心的な記述の対象となる。併せて、サンドが生きた時代の空気、彼女の興味深い交友関係、家族関係の一端、恋愛を通じて知的・精神的・肉体的に成長・成熟していく様子、（少なくとも筆者に教訓を与えてくれる）彼女の現在時の幸福を生きる積極的で魅力的な人生態度などを上手く伝えられればいいのだが。

［恋の旅も時には破局の原因になる］

旅券の記載が、サンドは身長百五十八センチだったことを教えてくれる。さらにミュッセが残したデッサンのおかげで、わたしたちはサンドの姿を具体的にイメージすることができる。後ろはシニョンに結い、頰に垂らした髪を先端が耳朶を巻き込むようにカールさせた横顔を見せて、バルコニーに肘をついている姿。小柄な体躯を胸の下あたりを絞った、足がすっかり隠れる長いドレスで包み、首にはスカーフを巻いている。クッションに腰をおろし、もっとゆったりしたドレスの先から、部屋履きに包んだ小さな足を覗かせて長煙管を吸っている一枚もある。（文学史の説明では、バルザックの『ベアトリックス』はジョルジュ・サンド、マリー・ダグー、フランツ・リストの三者関係がヒントになって生まれた。解説部分によく、このデッサンが使用されるので目にした読者も多いかもしれない。）もう一枚には、振り向いた美しい横顔の後ろ姿が描かれている。背中半分が露出して見える、刺繍を施した肘までの単袖のぴったりしたコルサージュ。細腰から風をはらんでいるかのようにふんわりと柔らかに流れ落ちる布地が、下半身を覆い隠している。右肘を露台につき、指先の出る長い手袋の左手に大きな扇子を持ち、顔の近くで翳《かざ》している。髪は後ろで二つの川のように分かれて、両肩を滑り胸の方に流れる。長く背中にまで垂れた髪飾りが、肌の白さを一層際立たせ恋人の視線を惹き付ける。

ミュッセは何度も、サンドの「美しい、黒い大きな目」に言及している。一八三三年六月中旬、『両世界評論』編集長ビュローズが寄稿家たちを招いて催した夕食会で、二人は出会う。ミュッセは彼女の魅了する目の虜になり、彼女の作品『アンディアナ』に触発されて作った詩を書き送る。こうして以後、二人に大量のインクを消費させることになる手紙のやり取りが始まる。「詩と手紙が二人の間に生まれる唯一の子供、二人が意識的に後世に贈る唯一の子供ということになる。」（一八五八年五月、ミュッセ死亡に際して弟ポール・ド・ミュッセはサンドに、手紙の焼却が故人の願いだと伝える。彼女は「美しい作品」を葬り去ることが忍びなかったのか、この願いに耳を貸さなかった。）二人は互いに、恋心や恋に伴う様々な感情を美しく表現することを競い合っているかのように見える。手紙の中では別れさえ美化され端正に演じられる。ミュッセは書いている。

ぼくの中にあなたの思い出が残っているかどうかを知ることが、あなたにはどうでもいいことだとしても、このぼくには、あなたの姿がすでに消えかけ、ぼくの前から遠ざかっていく今日となっては、あなたに次のように言っておくことが重要なのです。あなたが通ったぼくの人生の轍《わだち》には何一つ不純なものは残らないということ、そして、あなたがぼくのものだった時にあなたを敬う術を知らなかった男は涙越しに一層そのことをはっきり理解できるし、心の中にあなたの面影をいつまでも残したまま、あなたを敬うことができるのだと。さようなら、かわいい人。(Sand et Musset, *Le roman de Venise*, Actes Sud, 1999.)

当然ながら、実際の場では一見些細な散文的な事がきっかけで恋愛関係の美しい装いが綻び、互いの醜い面が露呈してくる。想像の恋の愉しさは現実の恋の幻滅を前に急速に色褪せてしまうのだ。二人の場合、イタリア旅行の時に一度に多くの不運が集中する。(移動手段はパリからリヨンまでが郵便馬車。リヨンからアヴィニョンまでが船。この船上で二人はアンリ・ベイル、別名スタンダールに遭遇する。知った顔に会いたくない時に限って会ってしまう運命の皮肉。マルセイユでジェノヴァ行きに乗船。) 病気と金銭不足。フランス男の冷淡・利己主義とイタリア男の情熱・献身をサンドが体験・目撃してしまったこと。ヴェニスで二人は赤痢 la dysenterie に苦しむ。肛門への腸の通過物の壊滅的・流動的・速射砲的な頻繁なる落下 la diarrhée が、恋人同士のベッドへの定着を妨げ、抱擁と愛撫を邪魔する。(サンドは体調不良や病気に縁がある。喉の炎症 l'esquinancie 、慢性的な便秘 la constipation 。彼女が後に恋人となるミシェル・ド・ブルジュに即座に身を任せる決心がつかなかったのは、全身にできた吹き出物を見られたくないせいだった。)

肉体不調に財政不調が追討ちをかける。旅行費用の一切を負担していたのはサンドなのだけれど、ダニエリ・ホテルの高い宿泊代支払いに窮して、パリのビュローズに千フランの前借りを懇願する。一八三四年一月一日から滞在していたこのホテルを引き払い、二人がアパルトマンに移ることができたのは三か月も後のことである。さて、女性攻略の常套手段だったのか、あるいは本能的にサンドの母性愛的性向を感じ取ったのか、ミュッセは最初から彼女に対して自信のない弱い自分を演じ、保護と愛情が必要な子供の立場に身を置いてみせてきた。イタリア旅行でのサンドは母性的役割を引き受ける。全面的な金銭面の配慮、辛抱強い病気看護。対するにミュッセは、逆にサンドが病気になった時、看病するどころか外に愉しみ（ワインと乱痴気騒ぎとイタリア女）を求めに行く。彼の忘恩と薄情はまさに、親不孝な子供の仕打ちを想起させる。三月末にミュッセはヴェニスを去るのだけれど、この破局と離別直後の四月四日付けの手紙に、彼の残酷さの仕上げを見ることができる。

あなたは間違っていたのです、ぼくの恋人だとあなたは思っていたけれど、ぼくの母親でしかなかったのです。［中略］でも、抱擁が強すぎました。ぼくらは近親相姦を犯していたのです。（同前）

この文面から読み取るべきは次のようなことだろう。二人の関係が普通の恋する男女の関係として幸福に推移しなかった原因が、サンドの母性的性格にあるとするミュッセの筋違いの非難。それと、母親＝サンドとの間では十分な肉体的満足・陶酔を得られなかったという酷薄な指摘。相手の不感症 la frigidité を暗示して、それが自分の性的不満足の原因という因果関係にあるように告げる悪意。（ジョルジュ・サンドの冷感症は半ば伝説と化しているけれど、後で紹介するように決して冷感症ではなかった。要は相手次第、性的相性の問題であり、彼女を揶揄した男たちは喜悦の声を上げさせてやれなかった己の能力不足、性的快感を引き出してやれなかった怠慢・拙劣を露呈していることにもなるのだ。）親密な交際が始まった頃は、二人とも「想像上の近親相姦の熱狂」に浸っていたのだから、異国で十分に肉体を触れ合わせ愛し合い、相互に肉の愉悦を開発・発見し合っていたら、とぼくは無責任に想像したりする。ところが、運命の気紛れがこのカップルの睦み合いを望まなかった。人目や様々な束縛から解放されて深く・熱心に性的快楽を追求できる旅先という条件下にあったにもかかわらず、病気という不測の事態によってその機会を奪い取られてしまうのだ。

それにしてもサンドの活力と柔軟な精神には驚かされる。彼女は絶望的な状況にあっても自暴自棄に陥ることなく、波乱含みの困難な恋愛関係の最中でも、生活の中にいくつもの愉しみの糧（「素晴らしい空、庶民の歌、ゴンドラ漕ぎの合唱、花の美しさ、窓辺のセレナーデ、鳥の囀り、サン＝マルコ広場を照らす美しい月」）を見いだして心の平静を得る。サンドは規則正しい仕事が精神安定剤になってくれるのを知っている。読者は彼女が折りにふれて仕事への情熱を称え、仕事の習慣を付与してくれた祖母に感謝する文章を目にするだろう。ヴェニスでも彼女の執筆習慣が止むことはなく、十三時間も仕事する日さえあった。生活を愉しむ術、仕事に集中して煩いの種から意識を逸らして気分転換する知恵、これらに加えて彼女を救ったのは新しい恋人の存在だ。イタリア人医師ピエトロ・パジェロ。フランス男とは違う情熱的な愛し方があることをサンドに教え、疲労困憊した彼女の心身の支えとなり、いざとなると年上女の母性的な愛情に執着し嫉妬心を露《あらわ》にする頑是無い子供のようなミュッセとの別れを彼女に決断させ、去り行くミュッセを彼女と一緒に見送ることになる男。

［異国で愛玩した恋の花を故国に持ち帰っても萎れる］

ぼくらはカフェに避難して、冷えた体を温めていたのだった。父親のホット・ワインを横取りした娘の頬はほんのり上気している。そういうお父さん、目が微醺《びくん》で妖しく光っているわよ、それとも私に対する欲望のきらめきかしら。これから、私の友だちが住んでいるサン＝モール通りに一緒に行ってくれない？　うーん、それもいいけれど、オルレアン小公園五番地というのはどうだい、さっきのピガール通りの後一八四二年九月二十九日からサンドがショパンと住んだ場所らしいんだけれど。ここからだと、シャトーダン通りを少し行って、テブ通りに左折すればすぐだから。その後でロシュフコー通りのギュスターヴ・モロー美術館に寄ってもいいし。いいわよ、付き合ってあげる、ところでお父さん、さっきサンドの冷感症の問題と相性の問題が話題になっていたけれど、私たちって相性がいいのかしら。それは厳然として否定しようのない確固たる事実さ、毎日証明されているじゃない。心身共に一ミリの隙間もなく密着し合っていると感じるだろう？
サンドの弱った心に新たな恋が入り込む。往診にやってくるパジェロは、看病疲れで誰かにもたれかかりたい彼女には大いなる安心・包容力そのものと感じられる。そして、パジェロその人が魅力的に思えてきたサンドの方から、彼に手紙で恋心を伝えるのだ。「彼の粗野な口づけ、素朴な態度、少女のような微笑み、愛撫、大きな胴衣、優しい眼差し」、パジェロのすべてが彼女を夢中にさせる。病人ミュッセに気付かれずに、心置きなく存分に愛し合える部屋の確保を彼女は夢想する。

彼女が望むのはもはや、パジェロと二人きりでいるという一つのことだけ。パジェロが彼女を部屋に監禁して、外出時には鍵を持ち去ってくれることだけなのだ。

サンドは恋人を形容するのによく誇大な言葉を用いる。その言葉にこの上ない幸福感、奔騰する熱情、抑えきれない賛嘆を込めるのだ。ステファヌ・アジャソン・ド・グランサーニュ、ジュール・サンドォ、アルフレッド・ミュッセは天使と呼ばれた。パジェロは神と呼ばれる。ミシェル・ド・ブルジュは王と呼ばれることになる。この呼称の違いは、相手との恋愛をサンドがいかなる性格のものだと感じているかに依るのだろう。当然そこには、恋人に対するサンドの心理状態、恋人が誘発してくれた肉体反応の興奮度が反映されていると憶測することも可能だ。パジェロは全能の神のように、悲しみ疲弊した信者＝サンドの心を慰撫すると同時に、彼女の肉体を歓喜の極みに到達させたのだ。ミシェル・ド・ブルジュは支配する王のように、美しい女奴隷＝サンドの燃え盛る性の溶鉱炉を快楽で満たす。サンドの欲望は消火・鎮静化されるやいなや、王の愛撫に餓《かつ》えて点火・昂進し始める。彼女は自分に官能の喜びを与えてくれるミシェルの圧倒的能力の前に屈服・拝跪《はいき》させられるのだ。
サンドは、ミュッセとは何から何まで正反対のパジェロのイタリア式の愛し方に魅了される。（パジェロに宛てた手紙の中で、彼女は恋愛風土論とも言える考えを展開している。フランスとイタリアの風土の違いによって、恋愛気質や国民性の違いを説明しようとするのだ。そして、お互いの言葉を十分に話したり理解できないことで、逆に言葉に欺かれなくて済むし、美しい想像だけを愉しむことができる、と言っている。結局、わたしたち読者は、違いを強調・賛美してパジェロの自尊心をくすぐり、心を虜にしようとするサンドの巧みな媚態というか誘惑術を見て取ることができる。）ミュッセが立ち去った後のヴェニスで彼女が味わう幸福は、まるで絵に描いたような何一つ欠けるもののない理想的な幸福だ。日常の細々したいくつもの愉しみ、自然の美しさ、食（舌平目のコリント葡萄添え、ブラガンス・ワイン、クローブ・マカロン）と睡眠。そして、神の役割だけではなく献身と奉仕の天使役や、性の技巧に洗練と残酷を凝らす東方のサルタン役（この場合、サンドは特別お気に入りの愛妾役）をも引き受けてくれて彼女を喜ばせる、恋人パジェロ。

既婚のフランス女との色恋が、ヴェニス中の噂にならないわけがない。パジェロの恋人は嫉妬に狂い、サンドを殺すとまで言う。激怒する父親は、キリスト教倫理にも悖《もと》るし、青春と医師生命を台無しにすることになる、と息子を諫《いさ》め、頭を冷やせと言う。しかし、恋する男の熱した頭は容易には冷めない。フランス女とイタリア男の恋人同士が至福を満喫したヴェニスを発って、パリに向うのは一八三四年七月二十四日のことである。

ぼくは狂恋の最終段階にいます。以前他の恋を追ったように、信じきってこの恋を追って行かなくてはなりません。明日パリに向けて出発します、パリでジョルジュ・サンドと別れ、あなたにふさわしい息子としてあなたに口づけしに戻ってきます。ぼくは若いし、医師職はまたやり直せます。（同前）

パジェロが出発前夜に父親に宛てたこの手紙には安心させようとする配慮、社会的名声を捨てて行く勇気、そして最後まで恋心の動きに忠実に行動しようとするある種の決意が感じられる。彼は激しい恋が長続きしないことを承知の上で、情熱の渦が運んでいく所まで運ばれていく。二人の悦楽がパリでは消滅してしまうこと、天上のような喜びが終焉してしまうことを彼は恐らく予感している。そして、事態は事実予感通りに推移するのだ。しかし、彼は行き着くところまで行かないと、要するに恋の快楽を思い残すことがないほどに堪能し、飽満しないと、悔いたままの人生を送ることになるのを知っているのだ。後悔よりは傷心、不本意な安定よりは心に素直な行動、小心よりは大胆、微温の生活よりは全てか無かの興奮を選ぶのだ。

　二人のパリ到着は八月十四日。十月末にパジェロはヴェニスに向けて帰国の途につく。ヴェニスの至福がパリの不幸に取って代わられたこと、自分が全能の神から嫉妬する無知な輩に失墜したこと、イタリア産の恋の花がパリでは萎れ枯死してしまったことを確認して、恋した女と別れる決心を固めるのに要した二か月半。サンドの次の文章が、パジェロの威光・魅力が薄れていった様子を伝えている。「ヴェニスでは全てが分かっていた彼がフランスに足を踏み入れた途端、もはや何一つ理解できなくて絶望しています。私の何もかもが彼を傷つけ、怒らせるのです。」

　ヴェニスで別れてからも、サンドとミュッセの間では手紙のやり取りが続いている。彼らは手紙というある種虚構の枠組みの中だけで互いを思い遣り、情熱的な恋に酔えるのだ。二人が手紙の中で紡ぎだす美しい愛の幻想は、現実世界ではすぐに崩壊し失望と醜い悪罵に変わる。十月二十四日か二十五日に彼らは縒《よ》りを戻したらしい。二人が味わう幸福幻想は一瞬だけだ。以後彼らは、あたかも幻滅を味わうためかのように短期間の逢瀬《おうせ》と肉体の接触を何度か繰り返し、その度に喧嘩別れする。決定的な別れを決断できないミュッセに代わって、サンドがイニシャティヴを取る。一八三五年三月六日、彼女はミュッセに何も告げずにノアンに戻る。後は、ラヴレターという二人の消えた美しい夢の証《あかし》だけが残される。

　イタリアからパリに戻った時、サンドは三人家族の夢を抱いていた。パジェロが父親、彼女が母親、ミュッセが子供という疑似家族を作って三人が一緒に暮らせたらと夢想するのだ。サンドの愛し方には、どうしても近親相姦的な匂いが付いてまわる。サンドの本心は面倒なことなど一切無視して、社会的規範にも何一つ煩わされることなく、存分に二人の男を同時に愛し愛されることができればいいのに、ということなのだ。単純に肉の喜びを享受できたら、ということなのだ。しかし、まだこの段階では彼女の意識は大胆に思い切れるほど成熟していないので、疑似家族なり疑似近親相姦なりといった虚構の中に恋愛関係を収めて安心したいのだ。ところが男は本来嫉妬深い動物で、パジェロもミュッセも恋する女を共有するという考えを受け入れることができない。結局、彼女の夢は瓦解《がかい》する。

［顔の不味さは必ずしも愛撫の拙さを意味しない、美貌が必ずしもベッドでの至妙を保証しないように］

傷心の度にサンドはノアンの館に戻り、平穏を見いだす。ノアンはフランス中部のベリー地方にある。彼女がミシェルの愛撫による「至妙の光彩」が欲しくて、凍りつくような十月の夜に馬を疾駆させて行くシャトールー（映画俳優ジェラール・ドパルデューが生まれ育った町でもある）はノアンから二十五キロの所にある。館の入口は北に面していて、前に教会がある。入口から前庭を歩いて館に到る。館の後ろに中庭があり、右に敷地の三分の二を占めるぐらいの広い森と果樹園が広がっている。果樹園の前に菜園があり、左に歩いていくとサンドの墓がある。（小坂裕子『自立する女ジョルジュ・サンド』参照。）夫カジミール・デュドヴァンとの別居訴訟に勝利して、このノアンの館を手に入れるのに大きく貢献してくれたのがミシェル・ド・ブルジュという男なのだ。

ミュッセと絶交後、サンドはいつまでも悲嘆に暮れたりはしない。失意をも、作品『モープラ』執筆の糧と活力に変えていくのだ。仕事と読書が彼女の傷を和らげ、心の凪をもたらす。

彼女は読書が恋愛の苦しみを克服するのに役立つのを知っている。大不幸には、大作家を！

すっかり落ち着きと創作意欲を回復したサンドをまたも、新しい恋が捉える。一八三五年四月九日、「弁護士で、断固たる戦闘的共和主義者、裕福な未亡人の配偶者」であるミシェルと出会い、彼女はたちまち魅了される。肺も胃も肝臓も不調で三十七歳なのに六十歳にも見えるこの男の中に、三十一歳のサンドは献身欲を満たせる対象、看護婦役を演じてあげられる患者を発見して喜ぶ。彼女は「二つの頭蓋が接合したかのような途方もない彼の頭の形」に驚嘆し、そこに類い稀な能力の徴《しるし》を見る。その能力は滔々と溢れだす才気と燃えるような雄弁、官能を刺激し絶妙の快楽に導く情熱的な愛撫という形で証明されることになる。五月のパリでは、緑美しい木々も、愛欲に歓喜する二人も生を謳歌している。弁護訴訟で上京していたミシェルはヴォルテール河岸に住み、追いかけてきたサンドはマラケ河岸に宿を取る。セーヌ河畔の散歩と愛の交歓が二人の日課だ。ミシェルを通じて、彼女は多くの共和主義者を紹介されるのだが、その中には社会主義的福音を説き男女の平等を勧めて『レリア』の作者を熱狂させるピエール・ルルーもいた。

ノアンの館には訪問客も多い。一八三七年の二月から三月、そして五月から七月はフランツ・リストと彼のために全てを捨てたブロンドの伯爵夫人マリー・ダグー(彼らとサンドは三六年に一緒にスイス旅行を楽しんだ仲でもある)が滞在する。三八年二月二十四日から三月二日までは、『人間喜劇』の作者オノレ・ド・バルザックが宿泊した。彼がこの滞在中に小説『ベアトリックス』の作品テーマを発見したこと、女主人公カミーユ・モーパンのモデルがサンドであることなどが、よく文学史の挿話として語られる。スイス旅行の帰途、リヨンでサンドはミシェルと逢瀬を約束していたのだが、彼は居ない。浮気を疑うミシェルに彼女は自分の無実を訴え、いかに性的飢餓状態に苦しんだかを告白している。

　貞節ゆえにひどく苦しみました。そのことをあなたに隠さず言っておきます。興奮する夢も見ました。(……)私はまだ若いのです、老人のように冷静だと他の男たちには言っているけれども、私の血は熱く燃えているのです。

この文章は、冷感症ジョルジュ・サンドの伝説が間違いであることを教えてくれる。彼女はミシェルの愛撫によって、自分の中の制御不能な性的欲望に気付かされる。己の肉体に、塞き止めようのない性の溶岩流を奔騰《ほんとう》させる火山が内包されていることに気付かされるのだ。あなたの愛撫が欲しくて気が狂いそうです、今すぐ逢いたい、炎を鎮めて頂戴。ミシェルはサンドの性的起爆剤役を務めたにもかかわらず、彼女の疲れを知らぬ過剰な要求に辟易《へきえき》し始め、誘いを避けるようになる。

夫婦の、あるいは結婚外の義務観念に再び捉えられたミシェルは、自分がジョルジュの中に引き起こした情熱にたじろぐ。彼は、一瞬の快楽のために全てを破壊しかねないこの火山に対して、冷淡と礼節感覚で応じる。

拒絶に遭えば遭うだけ、サンドの情欲は募る。彼女は恥も外聞もなく懇願する。主人に仕える奴隷女、サルタンの欲望に奉仕するハーレムの女のように好きなように自分を支配してくれと。娼婦のように喜ばせるためには何でもするから、自分を愛してくれと。根負けしたミシェルは要求に応じるけれども、結果は一層火勢を煽るだけなのだ。飽満は倍の飢渇《きかつ》を生むのだ。

うんざりしてミシェルは恋人の欲望に屈する、その度にこれが最後だと思いながら。ところが毎回ジョルジュは繰り返すのだ、「ああ、私の熱愛の人、望むなら私を殺して、でも、殺しながらでも私を愛して。」

ミシェルに愛された後のサンドの肉体は甘美な気怠さで「脱臼した」かのようであり、至る所に快楽の痕跡、擦過傷、咬傷を残していたという。平穏を取り戻したくて彼女を回避するミシェル（それに彼にはサンド以外の恋人が身近にいるのだ）放置されることが多くなった彼女の熱い肉体は、欲望の火照りを冷ますために次々、他の男たちを利用するようになる。この時期のサンドはまさにニンフォマニア、つまりは性欲の異常亢進症の様相を呈するのだ。「ヴィーナスの生贄《いけにえ》」にされた男たちを列挙しておくと、役者のピエール＝フランソワ・ボカージュ、白熊と渾名されていたシャルル・ディディエ、戯曲作家フェリシアン・ミルフィーユ等々。

この色情狂の時期でも、サンドの仕事熱は衰えることを知らない。彼女の場合、性エネルギーと創作エネルギーは相互に刺激・促進し合い、相乗効果を発揮するのだ。「こんな具合にサンドは証明するのだ、一般に広まっている意見とは逆に、過度の快楽は何ら創造メカニズムの妨げにはならないのだということを。」

［恋は病弱な相手の咳の仕方さえ優雅に見せる］

写真で見るように、私の巣はとても小さな部屋なのでお父さんが滞在しようとしても無理です。床に寝るのなら話は別だけれど。一緒に冬眠したホテルがあった階段のある通りを映画で見たことがある、と言っていたけれど、誰どの映画か分かったら教えてください。また、お父さんの腕に抱っこされて眠りたいです。また、お電話してね、ラヴレターも一杯書いてね。大事な蛙さん。あなたの愛する美しい娘。

映画のことは調べておきます。多分、ジャック・リヴェットの映画だと思う、パリの街を映して上手に利用する監督だから。ひょっとしたら、ロメールの可能性もある。愉しかったね、またエスカルゴを食べたいね。ところで、今ジョルジュ・サンドのことを書いているのだけれど、ラフィット通りというのが本に出てきて、あれっと思った。うさぎさんの巣からだと、ラ・ファイエット通りに出て左折してメトロのル・ペルティエの方に歩いて行く。すぐ、ラフィット通りが交差している。左に行くとノトル・ダム・ド・ロレット教会の方、右に行くとオスマン大通りに出る。左右どちらか分からないけれど、今もあるとすればフランス・ホテルというのがあるはず。そのフランス・ホテルで、サンドの友人リストとマリー・ダグーがサロンを開いていたらしい。彼女が後の恋人ショパンと出会うのがそのホテルなのだけれど、散歩の途中にでも見つかったら教えて。うさぎさんの縦長のお臍が大好きな（それ以外にも好きな箇所はたくさんあるけれど、ここには書かない）蛙。ぼくの冬眠うさぎさん、またね。

一八三六年の冬、マリー・ダグーの家でショパンが初めてサンドに会った時の印象は、好ましいものではなかった。

彼女の男装に反感を覚えた彼は、サンドの中に女を感じることができない。ところが、一年後の印象は変わる。何度か会ううちに、ショパンはサンドの眼差しが恋する女の熱い眼差しであることに気が付く。彼女に愛されていることを確信するのだ。「演奏中、彼女はぼくの目を奥深く見つめていました。ぼくが演奏していたのは少し悲しい音楽、ダニューブ地方の伝説でした。ぼくの心は彼女と一緒に故国で踊っていたのです。ぼくの目を見つめる彼女の目、その暗い独特の目は何を語っていたのでしょう。彼女はピアノに寄り掛かっていて、その燃える眼差しがぼくを満たしたのです。」実際、サンドはショパンに恋しているのだけれど、病気がちの音楽家を愛するのに、音楽好きで看病好きのサンド以上に相応しい女性がいるだろうか。それに、年下の虚弱なショパンは彼女にとって面倒を見てあげられる子供でもある。（息子モーリスに対するサンドの偏愛は注目を引く。彼女が一番愛し合いたいのは実の息子とではないかと思えるほどなのだ。年下の恋人との関係に、無意識のうちに息子との関係が投影され、近親相姦的な匂いを放つのかもしれない。）また、ここでも疑似近親相姦なのだ。想像上の禁忌を冒す快楽を、彼女は味わう。

一八三八年、ジョルジュ・サンド三十四歳、フレデリック・ショパン二十八歳。年齢差六歳。同じ年齢差だったミュッセとの恋愛が頭に浮んだのかもしれない。今回のサンドは用心深い。それにまた、長く続く恋愛になるという予感が働いたのかもしれない。彼女は慎重だ。以前の大胆さは影を潜めている。欲望に身を任せる前に、彼女はショパンの友人グルズィマラ伯爵を介して彼の気持ちを探ったり、彼女の恋の聞き役・画家のドラクロワに相談をもちかける。伯爵宛ての手紙で、サンドは恋愛情熱に捉えられた心を自己分析してみせる。

私は移り気な性格ではありません。逆に、私をしっかり愛してくれる人だけをひたすら愛することが習慣になっているし、簡単に情熱を燃やしたりしませんし、自分が女であると考えたりせずに男たちと暮らすのが習慣になっているので、あの可愛らしい男の人によって与えられた印象には本当に少し当惑し愕然としました。

以前の恋の場合に較べて踏み出すまでに長い時間を要したとは言え、決断するとサンドは驚くべき行動力を発揮する。ショパンが肉体愛に対して抱いていた嫌悪感を、官能の喜びを享受させて一掃する。当時ノアンの館にいた恋人マルフィーユへの説得をルルーに依頼する。醜聞沙汰にすると脅す諦めきれないマルフィーユから逃れるためでもあるし、ショパンの喘息治療にも効果的だと判断した上でもあるが、マジョルカ島行きを断行するのだ。

噂になるのを恐れ別行動で別ルートを取ったサンドとショパンは、三八年十一月一日、ポール＝ヴァンドル（ゴーティエの『スペイン紀行』の最後には、長い旅行を終え、この港町で下船して故国の土を踏んだ時の印象が語られている）を発つ「フェニシァン号」の同じ甲板上にいる。バルセロナからは「マロルカン号」に乗り換えて、彼らがマジョルカ島のパルマに下船するのは同月八日のことである。サンドの手紙から、パルマでの生活の様子を窺い知ることができる。クリスチーヌ・ビュローズ宛ての手紙では、蚊の大挙攻撃に曝されたことが報告されている。全員、顔や手を刺されて鱒のような赤い斑点だらけになる。島はフランスに較べて三百年は遅れている、とも言っている。シャルロット・マルリアニ宛ての手紙で面白いのは、豚に関する記述だ。着いて初めてサンドは気がつくのだけれど。マジョルカ島は豚の島なのだ。（『マジョルカ島の冬』で、彼女はこの島を「猿の島」と呼んでいる。陰険で好色で無邪気な島民を、人間の姿をした猿に譬えているのだ。）ここでは、人間よりも豚の方が大事にされている。ところで、サンドが大嫌いなものは一つがほうれん草で、もう一つが豚なのだ。「マジョルカ人にとって政治や芸術のニュースなんてどうでもいいのです。豚が彼らの生活の最大・唯一の関心事なのです。商船は毎週出港するものと考えられていますが、出港するのは天気が完全に晴朗で海が氷のように平坦な時だけなのです。海上半ばにあってさえ、ほんの軽い突風が吹いただけで港に戻ってしまうの。何故かですって？　船が堅牢でないからでも、航行の安全が不確実だからでもないのです。それは、豚がデリケートな胃をしていて、船酔いを怖がるからなのです。」（Adeline Wrona, *Lettres de George Sand*, Scala, 1997.）（写真も外見も人を欺く。豚は大食ではあるけれど、見かけと違い内部には繊細な胃を所有している。花村萬月さんの小説『ゲルマニウムの夜』にも、豚は人間に次いで胃潰瘍だか鬱病だかになりやすい動物だ、というようなことが書いてある。)

三か月余りに渡るこのマジョルカ島滞在を要約すると、次のようになるだろう。植物好きのサンドの目と心を楽しませた美しい島の自然。散歩と子供たちとの野遊び。不自由な生活。文学よりも家事に明け暮れる毎日。住民たちの好奇と非難の目(ミサにも出ない、女がパンタロンをはくなんて、男装の女作家と気難しそうな音楽家の風変わりなカップル)。高い値段をふっかけて意地悪する地元民。ショパンの病気(当時の結核は今日のエイズと同じようなもので、人々を恐慌に陥れた)が招く疎外と排斥。愛撫よりも看病。

サンドはモーリス、ソランジュという二人の子供に加えて、ショパンという一番手のかかる男の母親も同然だ。少しのことで苛立ち憂鬱に沈む、病気を抱えた厄介な子供相手では、疑似近親相姦の快楽に耽るどころか、毎日の世話と看病を通して献身愛の喜びを得るだけだ。ショパンはちょっとした刺激にも敏感で、焜炉の煙や香辛料ですぐ咳の発作を起こす。マリー・ダグーをして「優美な」と形容させた咳は、転地の効果もなく悪化する一方だ。三九年の二月十一日にはひどい喀血が彼を襲う。立ち去るべき時だ。結局、彼女に後々まで好い思い出を残すのは、乳を手にいれるために飼っていた一頭の「厭世的な山羊と散歩途中で出会ったペリカという若い娘」だけなのだ。

ここで、サンドと関わりのあった人たちの死亡を概観しておく。彼女は一八三七年に母親ソフィーを亡くす。ノアンの館に滞在した十二年後の一八五〇年、バルザック死亡。五三年にミシェル・ド・ブルジュ、五六年にラムネー。彼女がニニと呼んで溺愛していた孫娘ジャンヌ・ガブリエル・クレザンジェが、そして通称マルガッシュことジュール・ネローが亡くなる。五七年、ミュッセの死。六五年にマンソー、六六年に長男モーリスの妻リナの父親カラマッタ死亡。夫だったカジミール・デュドヴァン、そしてピエール・ルルーが七一年に死亡。(ジョルジュ・サンド本人の死は七六年、終生愛したノアンの館で。享年七十二歳。)

ところで一八四九年は、サンドにとって誕生と死と出会いの年になる。孫娘ジャンヌ誕生の喜び、マリー・ドルヴァル(サンドとの同性愛の噂が囁かれていた女優)とショパン死亡の悲しみ、後半生の満ち足りた幸福な恋の相手となるマンソーとの出会い。ショパンは死の二年前の四七年にサンドと絶交し、二人の長き関係にも終止符が打たれた。ショパンの体に障る激しい愛撫や性愛を伴わないほとんどプラトニックとも言える関係が九年も続いたことを、サンドは運命という言葉で説明している。しかし、憶測するにこの間彼女の肉体の熱い血が騒ぐこともあったはずだ。実際四五年二月には、ジャーナリストで作家のルイ・ブランに欲望を満足させてもらったとも言われている。自分が満足させてやれないにもかかわらず、あるいは満足させてやれない分余計に、ショパンは恋人の浮気に嫉妬する。

さて、ショパンとサンドの間に波風が立ち始めたのは、娘ソランジュが原因だ。娘は母親に対抗意識を燃やし、自分の魅力を確認したくてショパンに媚態を振りまき、彼を惹き付けようとする。後に喧嘩別れした娘のことを嘆くサンドに、友人エマニュエル・アラゴが出した返信にはショパンがソランジュに魅了されていく経緯が語られている。

数年前からショパンは彼女に魅せられていて、他の女性からだったら激怒するようなことでも、彼女だと我慢していました。ぼくには彼が彼女に深い思いを抱いているのがよく分かりました。最初は父性愛に似ていたその気持ちが、彼女が子供から若い娘に、若い娘から女になったときに、恐らく彼の知らないうちに変化していったのです。

関係の悪化が先鋭化するのは、ソランジュが彫刻家クレザンジェと結婚してからである。(娘の結婚を機に親子の間がこじれたり、家庭内に不和・軋轢《あつれき》が生じる例はよく見られることだ。ゴーティエと長女ジュディットの間が険悪化していくのも、彼女とカチュル・マンデスの結婚が原因である。この本に所収の拙文『作家とその娘に関する一挿話』を参照されたし。)結婚後、緊急の借金に迫られた婿のクレザンジェは義母サンドを訪ね、ノアンを抵当に入れてくれと頼む。申し出を拒絶したサンドと彼との間で騒ぎが起こる(いつの世も、金銭は悶着の種)。怒りが治まらないクレザンジェは彼女に贈った二体の彫像を撤去・梱包し始めて騒ぎを大きくする。その持っていた金槌でモーリスを脅す現場を見たサンドが、婿に平手打ちを食らわせる。婿は拳骨で応酬して、混乱はエスカレートする。この時、ショパンはソランジュの味方に就き、彼女と離れたくない一心でサンドを捨てていくのだ。

美しい恋も、その終わりは必ずしも美しいとは限らない。熱烈に愛し合った恋人同士も別れに及んでは、相手を口汚く罵ったりする。まるで、わざと美しい過去を冒涜し、残虐に汚すためでもあるかのように。ショパン宛ての後の手紙では落ち着きと寛容を装えるサンドも見捨てられた直後は激昂のあまり、悪罵と恨みを連ねる。

私にとっては最高の厄介払い。鎖が切れたも同然。彼の偏狭で横暴な考え方にいつも耐えながら、でもいつも同情心と彼を悲しみで死なせてしまう不安に縛られて、生気溢れる私が九年間も死骸と結ばれていたのです。

来る日も来る日もスープを用意し、煎じ薬を作ってあげ、湿布を張ってあげたのに、というわけだ。こんなに尽くしてあげたのにと言って恩に着せるのは、別れを納得しない側が口にしがちな常套句だけれど、これは最低の戦略だ。それを言うなら、相手にだって同じような言い分があるはずだ。お互い様なのだ。相手を不快にし、益々気持ちを遠ざけてしまうことになるし、自分の今までの愛情を汚辱化し、下劣化することになる。

一八四八年三月四日、サンドとショパンはマルリアニ夫人の家の階段で偶然出会い、短い立ち話を交わすのだけれど、これが二人が顔を合わせた最後となる。

[好きな男の魅力は私にだけ分かればいいのです]

電話では駅で待っているから大丈夫と言っていたけれど、T・G・Vを降りて出口で確かに娘の顔を見るまでは不安だった。娘は何だか小さく頼りなげに見えた。光溢れる戸外に出て、ホテルに向かって歩くうちに再会の喜びがじわじわ満ちてきた。部屋の窓から見えたあの大きな葉を持つ木は、何の木だったのかなあ。愛し合った後の心地よい疲労に身を任せて、愛する娘を腕枕しながら寝そべっていたぼくの目に映った、陽光きらめくあの緑の葉をよく思い出します。木々の緑と光と風の匂いが、あの夏の象徴のように感じられる。好きな女性と享受したゆったりと濃密に過ぎていった時間。ところで、テレビを観ていて発見した。詩人の金子光晴も二十九歳年下の美しい恋人をうさぎさんと呼んでいたのさ。まるで、ぼくらみたいだね。その恋人が大好きで何通もラヴ・レターを書き送るのも同じだ。うさちゃん、今度、金子光晴の詩集が見つかったら送る。またね、体に気をつけて。

版画家アレクサンドル・マンソー（三十二歳）が、ドイツ人音楽家ヘルマン・ミューラー＝シュトゥリュービング（三十七歳）と共にノアンにやってきたのは一八四九年の十二月末。最初にサンドのお眼鏡に適ったのはヘルマンの方で、彼女は大柄で「心身ともに頑丈な」男に惹かれたのは初めての経験だ、と出版者ピエール＝ジュール・エッツェルに明かす。そして、自分には本来弱い男を好きになる性向があったと自己分析している。「今まで私は母性的な本能から、弱いものを求めてきたかのようです。その本能ゆえに私は子供を溺愛する女、弱みを知られすぎた母親にしかなれなかったのです。人はいつでも弱者の思いのままにされるのです。」ショパンが去った後、ヴィクトル・ボリーという男がその後釜に座っていたのだが、それが今ヘルマンに奪われる。しかし、サンドの愛人という彼の栄光の座も長くは続かない。二か月足らずで彼は退位し、その座はマンソーに譲渡される。マンソーの在位は長期に及び、彼が甘美で幸福なその玉座を明け渡すのは、一八六五年の彼の死によってなのだ。

マンソーはサンドを至福の快楽に導く能力はもちろん、彼女の意を汲んで細やかな気配りをする才能にも恵まれていた。「病気の時でも、ジョルジュはマンソーが枕を用意するのや、部屋履きを持ってくるのを見ていると治ってしまうのだ。」彼女はマンソーと一緒だと安心して執筆に集中できるし、穏やかな気持ちで日々楽しめるし、ベッドの悦楽も堪能できるのだ。ノアンの館は今や楽園のように心地よい場所になっているので、サンドはパリで自作の戯曲上演を観るためであれ、そこを出たがらない。ゴーティエの弾むような犀利《さいり》・精細な劇評を楽園＝自宅で読んでいる方が楽しい。

ゴーティエの名前が出たところで、当時の文学者とサンドとの交流について少し触れておきたい。テオフィル・ゴーティエはアレクサンドル・デュマ・フィスと一緒に、一八六三年の九月にノアンの館に滞在したことがある。ゴーティエがエルネスタ・グリズィに宛てた手紙には、五十九歳のサンドの姿が印象的・好意的に描かれている。

サンド夫人は平穏そのものです。煙草を巻いて吸って、ほとんど話しません。というのも、毎晩、朝の三時四時まで仕事をしているからで、正午一時まで夢遊病者みたいなのです。それから彼女は目覚め始め、デュマの地口に笑い声を上げますが、それは皆が笑った後でやっと解って笑うのです。最高の女でありながら同時に最高の男でもあるなんて、考えられないことです。

『モーパン嬢』、『ミイラ物語』、『カピテヌ・フラカス』、『スペイン紀行』等の作者は美味にして大量の食物補給がなされないと、たちまち情けない悲鳴を上げる胃袋の持主だった。この大食漢ゴーティエは別の機会に招待されたノアンの館の晩餐での、料理の豊富さと美味しさに驚嘆・感激している。デュマ・フィスはサンドの中の永遠の母性に愛された「想像上の息子の一人」であり、彼女はこの息子に自分の最良のものを伝えようとする。彼の憂鬱症を手紙で慰め、折に触れて人生の教訓を授ける。ところで、親密な相互に刺激し合う知的交流という点では、フロベールとのそれが際立っている。年表には、優れた二つの知性の会見の跡が記載されている。一八六六年八月と十月、サンドがクロワッセのフロベール宅に滞在。六八年五月、サンドがクロワッセ訪問。六九年十二月、フロベールがノアンを訪問。七三年四月、フロベールとツルゲーネフがノアンに滞在。両者の間で交わされた手紙は日々の暮らしぶり、文学者の内面や創作の裏側、文学観などを伝える貴重な資料であるとともに、十年間に渡る美しい友情の証でもある。

演劇に魅せられているサンドは館に劇場を造る。ノアンの夜の楽しみは、彼女を中心にした館の構成員らが共同で演じる芝居なのだ。(サンドに限らず多くの文学者、時代を遡ればサドにも見られるこうした演劇熱をどう説明したらいいだろう。仮初《かりそ》めの衣装に身を包んで、自分の精神と肉体を操ること。舞台という仮想現実を思いのままに支配すること。サドの場合は明らかに、ラコストの城に造営した舞台は彼だけの性的支配空間、性的欲望の発動装置、登場人物の清純無垢な衣装を通じて逆に、一層淫らな想像・行為を掻き立てるための秘密の手段なのだ。）一八五七年の六月、サンドはノアン周辺のガルジレスという場所に「地上の楽園」を発見して、マンソーに一軒の家を取得してもらう。六四年二月には、パリ近郊パレゾーに素敵な一戸建てを手に入れる。これらの静謐な場所は、今や有名作家で静かな時間を持つのが困難になっているサンドに、匿名の喜びをもたらしてくれるのだ。（彼女の知名度がフランス国外にまで広がっていたことを示す逸話を、一つ紹介しておく。一八四八年の革命失敗後、亡命したエドモン・プロシュトという共和主義者ジャーナリストがいた。彼はカップ＝ヴェール諸島で難破の憂き目に遭って、全てを失う。その彼の唯一の所持品は、大切に保管していたサンドからの二通の手紙だけだった。ところが、この二通の手紙が彼を助ける。裕福なポルトガル人フランシスコ・カルジッソ・デ・メロという、サンドの熱烈な愛読者であった青年が援助の手を差し伸べてくれたのだ。帰国後、プロシュトはこの救助譚をサンドに聞かせる。意図せずに間接的な形で手助けしたお礼として、サンドは地味な蝶を入手してほしいと願ったというのだ。）

サンドはまた、衰えるどころか年齢とともに激しくなっていく知識欲・学習欲をマンソーと共有して満たしていく。鉱物学、植物学、地質学などが二人の興味の対象となす。サンドは老いを悲観したりしない。一八五八年。「私は五十五歳ですが、老年が悲しいとは少しも思いません。それどころか、神の美しき善行をかつてないほどに感じ取れる年齢だと思っています。」老いを積極的に肯定的に捉えることができるのも、信頼できるマンソーという存在があるからだ。老年の喜びを享受できるか否かは、様々な欲求を共有し、心身ともに満たしあい、安心していられる理想的なパートナーが存在するかどうかに依る。サンドはマンソーから受けた恩恵の大きさを次のような言葉で言い表す。「多分、朝から晩まで彼と一緒に過ごした十二年間が決定的に、人間性に対する私の偏見を無くさせてくれたのです。」

＊　＊　＊

「私の命の半分」と呼ぶほどだったマンソーが一八六五年に死亡してからも、サンドは七六年六月八日の死まで十年以上に渡って、人生を運命の贈り物のように楽しむ。彼女の肉体を慰め、喜ばせてくれるマンソーの後任、彼女より二十二歳年下のシャルル・マルシャルも手に入れる。「自分の幸福を失わずにおくには、自分に対してある種の質問は発しない方がいい、ということを彼女は学んだ。」つまり、物事を難しく考える必要はないのだ。サンドは年齢を加えるに従い、幸福の知恵を学んでいったかに見える。教訓。人生を単純化して考えること。つまり、過去や未来を煩わず、現在時を生き楽しむこと。好きな仕事に平安と満足を見いだすこと。恋する相手と無心に肉の喜びを味わうこと。

一

異国趣味の諸相

楽園

映画館の暗闇で二人は同時に、「あっ、アヴィニョンだ」と声をあげた。エリック・ロメール『恋の秋』の一場面、一瞬映し出されたアヴィニョンの駅前の見覚えのある光景が彼らの歓声を誘発したのだ。二人で味わった幸福な思い出が蘇り、彼らは握りあう手に力を込めて喜びを伝えあう。女の手を握る男の手は、絣《かすり》のスカートの素朴で温かい手触りと布地の下に隠された肉体のやわらかな熱さを愉しむ。例えば、一八三五年版のアカデミー・フランセーズの辞書の「楽園」paradis の項目をインターネットで検索してみたとしよう。説明の一つに「最高に幸福な状態や、その幸福を味わう場所」と書かれているのが見つかるだろう。まさに映画館の男女は、アヴィニョンという場所につながる至福の記憶という「楽園の時間」を享受していたのだ。

幸福な場所の名前は密やかなる好影響を及ぼす。その名前に関連する事柄を、享受者の周辺に偶然のように頻繁《ひんぱん》に招き寄せ、発見させるのだ。そして、幸福の日々を追懐させる。具体的にはこういうことだ。ある優雅な午後、以前購入して開かずにいたレイモン・ジャンの『カフェの女将』を読み始めた。それはアメリーという女性が奇妙な刺激的な手紙を受け取り、困惑と秘かな興奮を覚えている場面から始まる小説で、冒頭の一頁目から読者を惹き付ける。その手紙には、十万フラン（＝二百万円）と引き換えにあなたと愛し合いたいという提案がなされているのだ。マルセル・ジャゾンという差出人の名前まで臆面もなく明記されてある。かくして、愛の落札業者探索が開始されるのだ。話の面白さはもちろんだけれど、それにも増してぼくが惹かれたのは作品の舞台がアヴィニョン周辺だったからだ。

アヴィニョンをはじめ、出てくる地名アプト、カラヴォン川とポン・ジュリアン、リュベロン、ラコスト等が愉楽の一夏を思い出させてくれたのだった。さらには、止まることを知らない想起作用のおかげで、以前書いて利用されることのなかったレイモン・ジャン紹介の講義要目のことが記憶に浮んだ。

彼にはアヴィニョン、エクサン・プロヴァンスやその周辺地域に関わりのあった人物を主題にした作品があります。例えばサド侯爵を取り上げた『サドの肖像』、ミラボーの破天荒な人生を描いた『表と裏』。また、母親エンマの死後、娘のベルト・ボヴァリーが作者フロベールを訪問する奇妙な物語『ボヴァリー嬢』を書いたりもしています。資料の扱い方と想像力の問題、それと彼の作品を彩るエロティシズムを中心に考えていきたい。

幸福な場所の記憶は人によって違うから、楽園として想起される場所は人によって当然異なる。ジョルジュ・サンドの『モープラ』には、サド作品を思わせるような悪逆非道で無教養な一族、背徳粗暴なる領主一家が登場する。その中の一人ベルナールが、恋するエドメなどの指導・教育・感化によって教養ある愛情豊かな人間に変化していく物語なのだ。粗暴で無知な輩から紳士で知識人への変身途上で、彼が悪徳の巣だった領地を懐古する場面がある。

しかし、一人になると私は、檻に入れられたライオンのように吼えたくなるのでした。そして、夜は夢を見るのです、夢の中では森の苔、森の木立、ロシュ＝モープラの館のくすんだ銃眼までもが、私には楽園のように思えるのでした。

馴れ親しんだ場所から切り離された人間が、記憶の美化作用も手伝ってその場所を楽園として思い浮かべているのだ。サンド自身にとっては、恋人マンソーと心身ともに快楽を味わい一緒に過ごしたノアンの館は楽園そのものだった。さらに彼女は静かに散歩を愉しめるノアン周辺のガルジレスや、人目を避けて平穏な時を持てるパリ近郊のパレゾーにも、「地上の楽園」を発見するだろう。少なくとも、ここから導き出せる楽園の条件は、社会から離れて好きな相手と存分に愛し合える静謐な限定された空間・時間ということになる。『メモ・ラルース』辞典の記述は、**paradis** が劇場の最上階の一番安い天上桟敷を指す言葉でもあることを教えてくれる。そこは、鶏小屋を意味する **poulailler** という言葉で呼ばれることも読者は知る。条件が最低最悪の天井桟敷だろうと、恋人同士でいればそこは最上最高の場所なのだ。狭かろうが芝居が見えにくかろうが構いはしない、お互いの顔を見つめあっていればそこは呼び名の通り「楽園」と化すのだから。

女体は楽園幻想に誘うやわらかな場所だし、ベッドに横たわる女の肉体は愛する男の目には楽園そのもの、白い海に浮ぶ快楽の島なのだ（この島という言葉は、フラゴナールの絵『愛の島』を思い出させる）。快楽の起動・増幅装置にして、快楽の甘美な記憶の発動装置なる女体。ソノ娘ノ胸ハ、我ガ手ノ愛撫ニ測ッタヨウニ合致スル大キサノ、淡キ桜色ガ頂点ヲ彩ル双丘ダッタ。／胸ダケジャナイデショウ、全部ガ、オ父サンノ手ヤ指ヤ鼻ヤ口ヤ舌ヤ愛ノ道具ニピッタリデショウ、特注品ナノダカラ。

おれの視線は眼のまえで笑っている、娘の小さな裸の姿の、立てた片膝《かたひざ》にかくされた腹の中心の花心《かしん》のような窪《くぼ》みに空想が及び、その愉快な、冗談めいた、持主の性質を象徴するような形をした褐色《かっしょく》の渦状の凹みが、かつて東京や京都のホテルの、それも、大概は、開け放った窓から流れこむ真昼の光のなかで、彼の眼のすぐ下に見たそのままに、可愛らしく甦ってきて、そして、その花弁の重なりのような肉の表面の渦を中心に、なだらかに左右に丘陵のように滑りくだる腹の眺めは、この海の好きな、そして海の泡から生まれてきたように、いつも髪を風に靡《なび》かせ、そして水滴のような笑いを振り撒いている娘にふさわしく、静かな海原を思わせたのだった。（中村真一郎『女体幻想』）

このように、愛する女の肉体のあらゆる部分が浄福感につながる秘密の所有地なのだ。娘のお臍の縦長の亀裂は、父親の舌先を唯一の鍵とする楽園の入口なのだ。

映画の場面に感情移入する程度の想像力があれば、登場人物たちの親密さや伝わってくる幸福感を、ささやかな楽園気分として味わうことができる。トリュフォー監督のドワネル・シリーズのどれかだったと思うけれど（実は見当がついているのだけれど、機会があれば一つずつ愉しみながら確かめてほしいので、ここでは教えない）、次のような場面が出てくる。クロード・ジャドがジャン＝ピエール・レオーに向かって、パジャマを買ったのだけれど下は捨てて上だけ着ようと思うの、どうかしら、と言っている。彼女が私の乳房って左右で大きさが違うのよ、と言うと、彼はいいコンビだと思うな、ドン・キホーテとサンチョ・パンサみたいで、と答える。今夜の食べ物がないねえ、などと言いながら二人仲良くベッドで赤ちゃん用の瓶詰め食を食べている。このように仄かに性的で、心身ともに寛いだ安逸な時間って好きだな、ぼくは。

永井荷風に「流竄《るざん》の楽土」という随筆がある。この偏奇館の主人が危惧するのは、芸術が社会的に公認され規制が加えられ、自由に華麗に想像の翼を拡げることができなくなることなのだ。社会と隔離された状態に文学の美の楽園を見る荷風散人は、次のように書いてこの随筆を締め括る。「自分は戯作者《げさくしゃ》と嘲られ河原者《かはらもの》と卑《いや》しめられたる当時の芸術家が、悠々として散歩した流竄《るざん》の楽土《らくど》の美しさを夢みている。」辺境の地や遠国は自分の住む場所から隔たっているというまさにその理由によって、憧れと思い出の対象としての楽園と化す。その地を訪ねた経験のない者は、そこが未知で隔絶した場所であるだけに余計に美しき夢想が募り、想像裡の楽園は肥大化する。訪ねたことのある者は幸福と快楽の囚われ人となり、再訪・再体験の困難を思い、記憶の中に大切に楽園を構築し仕舞い込む。

こう書いてくると、ゴーギャンやピエール・ロチが愛したタヒチを連想する読者もいるだろう。ぼく自身もタヒチを念頭に置いていたし、楽園のイメージをタヒチと結びつけて考える人が多いのも当然かもしれない。というのも、タヒチを形容する「南洋の楽園」という表現はほとんど常套句と化して、私たちに馴染み深いものになっているからだ。例えば、雑誌『週刊地球旅行』（四十七号）はタヒチを特集しているのだけれど、そこに見られる「ゴーギャンの楽園タヒチ」とか「人類に残された最後の楽園」という言葉に私たちは即座に同意してしまうだろう。写真に写っている光景は、やはり楽園そのものだとしか考えられない。「楽園」という常套句と化していようが、タヒチを言い表わすのに「楽園」以上に相応しい言葉があるだろうか。願わくは、楽園の悦楽に共に浸ってくれる美しい人を同伴されんことを。楽園では、快楽の共犯者が必要だからだ。それに、ゴーギャンにとってのテハアマハやロチにとってのララフュのような恋人を、現地で発見調達できる幸運が万人に与えられているわけではないのだから。

それから、私たちの日中の大部分は睡眠に費やされる。／――熱帯に住んだことのある人たちは、昼寝というこの怠惰な快楽をご存知だ。――私たちの住居のベランダの下にアロエのハンモックを張って、蝉の微睡みの音を聞きながら、夢見たり眠ったりして長い時間を過ごすのだ。（ピエール・ロチ『ロチの結婚』）

ロチは、このように優雅に物憂くゆっくりと過ぎていく楽園の時を描き出す。さらに、好きな女の肢体も衣服もすべてが、ロチの関心と賛嘆の対象となる。ララフュの肉体を包む「タパ」と呼ばれる「ウェストを絞っていない」ゆったりとした民族衣装は、「ヨーロッパ的な優美」を感じさせるほどで、「長くて裾を引きずる」。花冠で飾った麦藁帽子がこのタヒチ娘の顔に、涼しげな陰を落とす。他人の嘲笑の的だった彼女の額の刺青《いれずみ》も、ロチには愛の対象なのだ。「それでも、日によって彼女の肌は淡い黄褐色の艶、ピンク銅の異国的な色を帯び、アメリカ・インディアン族と似たもの同士であるマオリ族を今でも偲ばせるのだ。」

その女は愛を言葉で確認せずにはいられなかった。私のこと好き？　カトリーヌ・ドヌーヴさんに今夜部屋に来てって誘われても断固断われるぐらいに、私のこと好き？　一瞬の躊躇（発言の突飛さに不意打ちを食らって驚き喜んだのだ）の時間があるとはいえ、女は「もちろん、ぼくはうさぎさんが大好きだからねえ」という返事を耳にすることになる。そして、男の口がお好みの箇所やお気に入りの性格などを次々列挙して、彼女の耳朶を心地よく愛撫していくのを感じることになる。ところで、ユゴーはジュリエット・ドゥルエに宛てた恋文の中で書いている。「お互い愛し合い、それから愛していることを互いに口に出して言い、それから互いに手紙に書いて伝えなくてはならない。

それから、互いに口や目や他の場所に口づけしなくてはならないのです。」（ぼく自身は「他の場所に」という部分に妙に心惹かれるのだ。というのも、好きな女の肉体には、実際ぼくの口唇を惹き付け接触に誘う場所がいくつも秘匿されているからなのだ。）つまり、言葉による愛の確認が好きだったその女は、それとは知らずに大詩人の愛の教えというか教訓を実践していたことになる。あなたはぼくの楽園なのだし、楽園タヒチへの最高無二の同伴者はあなただけなのだ。パレオ姿も艶めかしく散歩するあなた、水上コテージで安逸な午睡に浸るあなたは、楽園の中の楽園ということになるだろう。

私はたゞ青い青い琅玕の宝玉の中に鏤められゐ居る彼女の肉体を眺めるだけで満足しなければなりませんでした。私は彼女の言葉をも聞き得ず、あんなに房々と波打って居る其の髪の毛の一すじにさえも触れる訳にはいかなかったのです。水の中にぱっちりとみひらかれてガラスの下を見下ろして居るあの利口そうな彼女の眼つき、――水よりも更になめらかな光りと潤おいとを含んだあの黒水晶のような大きな瞳は、何を考えて居るのだろう。あのぴったりとガラスの板へ吸い着いて居る蛇苺の花にも似た赤い唇からは、どんなに優しい声が出るのだろう。――私は空しく心の底でそんな想像に耽りながら、下界の人間が大空の星を慕うように彼女の容貌を打ち仰いでは、たゞ力ない溜息を洩らすより外はなかったのです。」（谷崎潤一郎『天鵞絨の夢』）

国民性というものは思いの外、広範な領域で影響力を及ぼす。東洋趣味一つ取り上げてみても、英仏では異なった様相を見せる。この点で示唆に富んでいるのは両国の万国博覧会の東洋部門の展示の仕方の違いだ。それは植民地観の違いというか、何に魅力を感じて東洋を目指すかの違いを明らかにしている。（詳しくは以下に引用する鹿島茂さんの本の中の「二つのオリエンタリズム」を参照してもらうとして）簡単に図式化すると、こういうことだ。イギリスが資源確保といった経済利益優先を中心にしていたのに対して、フランスは人間・風土に対する興味が中心にあった。

したがって、こうした国民に植民地獲得のための夢想、つまりオリエンタリズムをかきたてるには、イギリスの万博におけるように、たんにその植民地の産物の素晴らしさを示してやっただけでは足りない。その植民地、あるいは植民地の候補地が、獲得すべき「地上のパラダイス」であるといってやる必要がある。しかも、もっとも具体的な形で。つまり現地人の生活つきでということである。フランスの万博において、エキゾチスムを誘うパヴィリオンに、地上楽園的な怠惰で官能的な生活のリズムで暮らす現地人が配されている理由は、まさにここにある。（鹿島茂『パリ五段活用』）

だからこそフランス人にとっては今でも、旧植民地の多くが憧れのヴァカンス地なのだ。対するに今、旧植民地のインドでヴァカンスを過ごしたいと切望するイギリス人が何人いるだろうか。ぼくもあなたも今、憧れの地への滞在と至福の時間の享受を実現できないでいる。だからせめて、『失われた時を求めて』の話者に、ひんやりした仄暗い部屋での夏の全的所有を可能にしてくれたプルースト流の想像的所有を享受することにしよう。いずれにしても、想像の繰り返し、願望の強烈さが現実を手繰り寄せ、夢の実現につながるはずなのだから。イギリス人にとっては忌避の対象かもしれないインドも、パリはムフタール通りの肉屋ヴィクトール（レジーヌ・ドフォルジュ『ロラと他の女たち』の登場人物の一人）にとっては魅惑の地となる。彼が「妻の口うるさい小言を逃れ、蝋燭の明かりで東洋に関する本を読む」物置部屋が楽園と化すように。インド旅行が彼の夢なのだ。異国風の地名をまるで舞姫の名前のように愛しげに発音し、間違えずに言えるほどの彼の夢に、恋人リュセットも共鳴してくれるのだ。二人が一時外界の喧騒を逃れて愛し合い、未知なる国の秘密を発見するように肉体の喜びを発見・堪能する、この小屋は楽園の夢を掻き立てる幸せの空間なのだ。

ヴィクトールはいつもとは違ってゆっくりと恋人の服を脱がせた。ついに彼女が蝋燭の揺らめく炎に照らされて、とても白く豊満な肉体を見せると、彼は崇めるように彼女の足元に蹲った。彼女はからかうような仕草で黒っぽい髪を乱した。（レジーヌ・ドフォルジュ『ロラと他の女たち』）

仲良しの男女が泊まったアヴィニョンのホテルの部屋からは、狭い通りを挟んですぐ目の前に修道院を改築したホテルが見えた。後に、男はその時の美しい女と日本のとある場所を散歩の途次、ブルーのネクタイを拾うことになる。それはアヴィニョンの青空の欠片のようだった。それは幸福感の青い封印だった。その同じ男女が今、映画館の座席に腰を降ろした。スクリーンがロメールの『恋の秋』を映し出す。

作家とその娘に関する一挿話

レピュブリック広場と美しい散歩相手に。

一八七五年六月十一日、パリ重罪裁判所の傍聴席では、公判開始を今や遅しと待つ人々の囁き声が絶えない。どの顔にも、いささか無遠慮とも思える好奇心が浮んでいる。重婚罪という告訴理由も興味を引いていたけれど、それ以上に彼らの関心は被疑者が中国人という未知なる国民であることに起因していた。珍獣を一目見に動物園に蝟《い》集《しゅう》する人たちと同じような好奇心に駆られて、彼らはやって来たのだ。傍聴人たちはの中国人を目にできる期待感で気もそぞろで、最前列に座る美しいフランス人女性に注意を払う者はいなかった。それでも彼らは、最後に弁論陳述に立ったその女性の発言から、彼女が有名な作家の長女であり、詩人カチュル・マンデスの夫人であることを知るのである。

その作家はエルネスタ・グリズィという元歌姫との間に、長女ジュディットと次女エステルという二人の子供をもうけた。一家は一八五七年から、パリ近郊ヌィイに居を構える。しばしば、木曜日に夕食会が催され、友人・知人が招待される。胃袋に美味佳肴《びみかこう》が滝のように落下していくにつれ、主人の口からは陽気な冗談が飛び出し、ラブレー流の哄笑が響き渡る。彼の作品の文章さながら、自在で鮮やかな比喩が招待客をワインのように酔わせる。ゴンクール兄弟は一八六五年五月四日の日記に記している。

先日、彼の食卓には二十人が座り、四十の違う言語が話されていた。彼らがいれば通訳なしで世界一周が出来るほどだった。今夜は、フロベール、ブイィエ、私たちの隣に反り返った目で、淡紅色のビロードの上着を着た本物の中国人がいた。

この中国人チン・チュン・リンがマカオからフランスにやって来たのは一八六一年。元宣教師にして当時外務省付きの通訳をしていたカレリという男の秘書としてだった。ところが、翌年雇い主のカレリが亡くなり、彼はほとんどフランス語も話せず、縁故もないという心細い状態で路頭に迷う。いずれにせよ、チン・チュン・リンを紹介された豊かな髭の作家は彼を引き取り、家族同然に扱うようになる。これは、一八六三年の最初の数か月の間に始まったと推測されている。東洋への夢に憑かれていた作家はその頃すでに、コンスタンチノープルやアルジェリアへの旅を経験済みだったし、インドや中国に対しても抑えようのない興味と憧れを抱いていた。この旅行記作家は一八五一年の第一回ロンドン万国博覧会に出かけた折に、係留・展示されていたジョンク（中国の木造帆船）を見学する機会に恵まれる。中国音楽を聴き、中国人楽士や水夫を見、書家に自分の名前を中国式に書いてもらったりする。また、生涯、死の想念を馴れ親しんでいた彼らしく、棺《ひつぎ》にまつわる観察を書き留めてもいる。

中国の棺は世界一美しい。我が国のようにあの陰気な色も、あの縦材の醜悪な外観も持っていない。太い木の幹を刳り貫いた一塊だけで作られたその棺の外部は、綺麗な朱色に塗られ、持ち上げるための木製の把手が付いている。

さらに、中国人の葬儀観と古代エジプト人のそれとの共通点を指摘している。何にしても、この時の体験で、中国に関する彼の知識は驚異的に増す。それまで旅した国々、見てきた民族と、中国・中国人との多様な比較考察が可能になり、豊かなイメージを展開できるようになる。一八六一年に、作家は二度目のロシア旅行を試みる。その際、ニジニ＝ノヴゴロドの定期市で、中国人を見ることができそうだという期待感に彼は捉えられる。しかし、その期待は裏切られる。この時の模様を報告する「ロシアの夏」には、次のように記されている。「弁髪など、吊り上がった目に三角眉の顔など影も形もない。蓋状の帽子も、青や紫の絹服も見当たらない。中国人などいないのだ」。

彼の中国に対する関心・好奇心は、ときどき風のそよぎに煽られて赤い炎を上げる熾《おき》のように消えずに残っている。だから、彼がチンを二人の娘の中国語の家庭教師として雇い入れたのは、ステファン・ヴォン・ミンデンの言うように「不幸な亡命者の境遇に対する同情と同時に、その周知の異国趣味・東洋的歓待」に拠っているのだ。

チンは一八七二年、カロリーヌ・リエゴワという小学校教師と結婚。彼は一年後、自分が重婚罪で妻から訴えられる運命だとは予想だにしていなかっただろう。告訴に踏み切った夫人の心中は推量するしかないのだけれど、第二夫人という立場に自尊心を傷つけられ屈辱感を覚えたのは間違いのないところだろう。二十四年前の最初の結婚の事実が、マカオ駐在フランス副領事の調査で確認され、審理が開始される。夫人は後先の考えもなく、怒りの命じるままに裁判所に駆け込んだけれど、事が大きくなるのを見て不安を感じたのかもしれない。不可解なことに、そうこうする間にも彼女はアメリカに渡り、身を隠してしまう。残されたのは拘置・起訴された可哀想な中国人と、彼に不運をもたらした張本人を欠いた起訴状だけ。

チンから娘たちに中国語を教授してもらうことにした時、父親の方は何か深い意図があったわけではなく、折角のいい機会だからという程度の軽い気持ちだった。ジュディットとエステルにしても、ちょっと変わったものに対する若い娘の好奇心というか、遊び半分の気持ちが強かった。たどたどしい中国語を話してみせるこの魅力的な娘たちの様子をまた、ゴンクール兄弟の文章を借りて紹介しておこう。

> 中国語は東洋の香りのように、このいたずら好きで綺麗なパリの東洋娘たちに似合っている。彼女らの仕草には何かしら優しくしなやかなところがあり、ハーレム風に揺れる腰には美しい動物に特有の魅力がある、[……] 時々、彼女らは少し、父親が憧憬する東洋の娘たちのように見えることがある。

往々にして、遊びから本気が生まれることがある。遊びの余裕が興味を生み、不意に自己の才能を開花させることがある。中国熱がジュディットに取り憑いて離れなくなった。その内、先生のチンと一緒に熱心な図書館通いが始まる。リシュリュー通りの帝国図書館の指定席では、机の左右に中国の文献がうずたかく積まれ、調べものに余念がない彼女の顔は隠れて見えない。静寂をかき乱すのは、頁をめくる音と筆写するペンの音だけだ。詩人でもある父親は、長女が中国詩のフランス語訳に手を染めるのを見て大いなる満足感を覚えた。チン先生と彼女との共同研究の最初の成果、十七編の散文詩の翻訳がジュディット・ワルテというペンネームで一八六五、六六年の二度にわたって発表される。そして、『翡翠《ひすい》の書』という中国詩選集が一八六七年パリ万国博開催直後に出版される。再びステファン・ヴォン・ミンデンによると、この本はすぐにパリ、続いて外国でも評判になり、ドイツ語、英語、イタリア語、ポルトガル語、ロシア語などに翻訳された。中国文学への関心と理解に貢献したという意味で、その影響力は非常に大きかった。彼女の美しいフランス語表現を讃えるイギリス人中国研究者アーサー・ウォリー、フランスの詩人ルコント・ド・リールなどの言葉も残されている。

＊　　＊　　＊

今に残るジュディットとエステルが二人並んでいる一八六二年頃の写真を見ると、ジュディットの方がすらりと背が高く、目は大胆な挑むような表情を湛えている。活発な知性と何を仕出かすか分からないあぶなっかしい性格が同居しているかのようだ。彼女は下半身をかろうじて隠す小さなパンツ一枚だけの姿で、何人もの男たちと水浴びしたりして父親の叱責を招く。彼は旅先からの手紙で、その強情な性格をどうにかするようにジュディットに諭すこともあった。自己主張の強さは自我・個性の確立に通じるのだと、肯定的に評価できればいいのだが。小さい頃のイメージのままに、自分にとって望ましいイメージのままに娘を見ようとするあまり、彼女が親から独立しつつある確固とした人格を持つ存在であることを認めようとしないのだ。ジュディットに結婚話が持ち上がる頃から父娘の溝は深まっていき、カチュル・マンデスとの結婚を境に両者の関係は修復不可能という事態を迎える。父親は結婚式にも欠席する。チンは可愛い教え子の披露宴に出席したけれど、これが恩人の気持ちを傷つけたことを知り、謝罪に出向く。

その時の模様を作家の手紙は、次のように伝えている。

チン・チュン・リンがぼくに会いにモンルージュにやって来て、ぼくを抱擁した。その仕草には本当の喜び、心からの同情があふれていた。キヌザルのような皺だらけの彼の黄色い小さな顔に涙が流れ、弁髪は上機嫌な鼠の尻尾のように背中に沿って小刻みに動いた。

こうした状況の中で、中国語・中国に対する興味だけが父と娘をつなぐ唯一の接点となっていく。娘はいずれ親元を離れていく存在だとの覚悟と認識があれば、中国に対する知的好奇心を一つ彼女と共有できたことだけで、作家は十分満足してよかったのだ。

裁判のことを伝える当時の新聞の挿し絵に描かれたチンの顔は、作家の手紙にあった如く「キヌザルのような皺だらけ」で八の字に長く口髭が垂れ、手には鉤状の爪が伸び、脇に唐傘を抱えている。逃げ出そうとするチンの弁髪は、髪に玉型のかんざしを四本飾った怒りの形相すさまじい中国女性にがっしりと捉まえられている。それをフランス女性カロリーヌ・リエゴワが見ているのだが、後ろ姿なのでその表情は窺い知れない。「裁判官報」の報告によれば、無罪判決が出るとチンは歓喜に沸く友人たちの握手攻めにあった。

＊　＊　＊

すでに身近でチンという中国人の生きた見本を目にしていたせいもあるのか、一八六七年パリ万博の見学記事「中国人とロシア人」には、作家の余裕と冷静が感じられる。彼は中国人女性に注がれる視線に見え隠れする、ヨーロッパ人の傲慢な優越意識を指摘している。

顔色はオリーブ色がかった白で、瞳は黒いスパンコールのように輝いている。群衆は彼女らを、人間というよりむしろ珍しい動物でも見るようにじろじろ眺める。控え目で優しく、哀しげな様子の彼女らは、このしばしば無遠慮な好奇の目に見事に耐えている。

興味深いのは、その三人の中で一番若い娘の美しさを讃えるのに、ジュディットが発表したばかりの『翡翠の書』から一編の詩を引用している点だ。その詩をフランス語訳のまま次に掲げておこう。

J'ai cueilli une fleur de pêcher et je l'ai apportée à la jeune femme qui a les lèvres plus roses que les petites fleurs.
J'ai pris une hirondelle noire et je l'ai donnée à la jeune femme dont les sourcils ressemblent à deux ailes d'hirondelle noire.
Le lendemain, la fleur était fanée et l'oiseau s'était échappé par la fenêtre du côté de la Montagne-Bleue, où habite le genie des fleurs de pêcher.
Mais les lèvres de la jeune femme étaient toujours aussi roses et les ailes noires de ses yeux ne s'étaient pas envolées.

作家はまた、内側に仏陀の絵が施された頭蓋骨、二十フランで提供されている燕の巣の料理などについても面白く報告している。

さて、チンが獄中で書き上げた『小さな部屋履き』という本が出版される。序文で彼は、ジュディットの父親、つまりは自分の恩人に深甚なる感謝の気持ちを披瀝している。

ある日、如何ばかりの幸運だったことか、私はテオフィル・ゴーティエと知り合ったのです。寛仁大度の心で開放してくれた彼の家に、私は入ったのです。彼は私にとって、天使のごとき主人にして、慈悲深き人物でした。

事情が許せば、ゴーティエが自らチンの弁護証言を引き受けていたはずだ。今、想像してみるのだが、そうなれば、チンは歓呼の声渦巻くなかに静かに立つゴーティエに近づいていき、この本を自らの手で恭しく差し出したかもしれない。ゴーティエはチンの泣き笑いの顔を見て、モンルージュに詫び言を述べに来たときの十年前の情景をゆくりなくも思い出したかもしれない。ところが、ゴーティエの側には弁論に駆けつけることが絶対に不可能な理由があった。裁判のおよそ四年前の一八七二年十月二十三日に、彼は死亡してしまっていたからだ。次女エステルは同年五月十五日、作家のエミール・ベルジュラと結婚している。(姉がマンデスと結婚する頃、彼女はヴィリエ・ド・リラダンと相思相愛の関係にあったけれど、これは結婚には到らなかった。)裁判の前年一八七四年には、ジュディットの結婚生活は破局を迎え、別居状態が始まっている。チンの死亡は一八八六年。一八七〇年の写真には、美しく成熟した、落ち着いた表情を見せるジュディットが写っている。「鳥たちの牧草地」という名前を持つ一軒家で、彼女は後年四十年間を過ごす。ジュディットはそこに通じる二十段あまりの階段を上りながら、習いたての中国語を話してみせたときの父親の笑顔、翻訳を始めたときのさり気ない優しい励まし、チン先生を囲んで中国の話題に夢中になる父親の目の輝きと嬉しそうな表情を不意に思い出す。一時《いっとき》立ち止まり、過去に確かにあった幸福な一時期に思いを馳せる。そして、その頃のように軽やかな気持ちと足取りで、残りの人生を上るように残りの階段を上がっていく。

《参考文献》

Stephan Von Minden, *Une expérience d'exotisme vécu: "le Chinois de Théophile Gautier"*, Bulletin de la société de Théophile Gautier No 12, tome I, 1990.

Joanna Richardson, *Judith Gautier*, Seghers, 1989.

Anne Ubersfeld, *Théophile Gautier*, Stock, 1992.

Théophile Gautier, *Contes et récits fantastiques*, Livre de poche, 1991.

Théophile Gautier, *Correspondance générale*, tome VII, Droy, 1992.

Théophile Gautier, *Voyage en Russie*, La Boîte à Documents, 1990.

Théophile Gautier, *L'Orient*, Charpentier, 1882.

Théophile Gautier, *Caprices et Zigzags*, Slatkine.

仮装パーティーの男女

夏のオレロン島滞在と幸福な時間に。

一八六二年ロンドン万国博覧会の会場に私たちは興味深げに見学・取材活動をするテオフィル・ゴーティエの姿を見いだすことができる。彼は『モニトゥール・ユニヴェルセル』紙の依頼を受けていて、美術部門の批評・報告文を書き上げることになっていた。数日遅れで、家族が合流する。娘ジュディットが後に回想するところによれば、一家は最初ライチェスター・スクェアにあるフランス・ホテルに宿泊していた。ところが、万博期間中凄まじい勢いで高騰するホテル代に音をあげ、知人の勧めでペントン・スクェアの家具付きアパルトマンに引き移る。そこのマダムが食事を引き受けてくれたけれど、供されるのはあまりに少量で健啖家のフランス人一家の胃袋は悲鳴をあげる。まなじりを決して、彼女らは買い出しにでかけ、ガルガンチュアのようにどっさり食料（ジュディットの表現によれば、gargantuesqus victuailles）を抱えて戻る。品目は次の通り。海老《えび》、サーモン・マリネ、ヨーク・ハム、羊舌、スモーク・ビーフ、スティルトン・チーズ、チェスター・チーズ、大黄《だいおう》タルト、プラムケーキ、ダンディー・マスタード、黒ビール、ペイル・エイル（低アルコールビール）、ポートワイン。

ゴーティエは、当時妹たちに宛てた手紙に書いている。「すぐに生活費を稼ぐ必要がなければ、イギリスはぼくを楽しませてくれるでしょう。ところが、生活費稼ぎのために旅は全く台無しです。」父親が不満をかこちながらも仕事に明け暮れしている一方、ジュディットは妹エステル、母エルネスタとともに大英帝国の首都を歩き回る。英仏海峡を渡ったのが初めての彼女には、何もかもが興味深い。後年ジュディットは東洋への夢に憑かれ、東洋の国々に想を得た作品を発表するようになる。このロンドン滞在中に、彼女に深い印象を与え、後の彼女の東洋熱・東洋趣味を決定づけたと思える一つの出来事があった。彼女らは、とある横丁で二人の日本人を目撃する。ぞろぞろ群れをなしてついてくる物見高い野次馬連中を逃れようと、この紋付、羽織袴の異邦人は一軒の小間物商の店に緊急避難する。運命がそう仕組んだかのように、彼女らはじっとしていられず、思わず知らず未知なる国民の後に続いて店に入ってしまう。ジュディットは書いている。「私は魅了されました……それが極東との私の初めての出会いでした、その瞬間から私は彼（極東）にすっかり心奪われたのです。」ジュディットは、英語とフランス語が少し分かるこの二人の日本人と会話を交わした。

幕府派遣のヨーロッパ派遣団がロンドンに到着したのは、文久二年（一八六二年）、四月三十日のことである。時あたかも、第二回ロンドン万国博覧会開幕日五月一日の前日だった。総勢三十六人（三十八人だとする本もある）から成るこの使節団の一人柴田貞太郎が日本の同僚に出した手紙が残っている。それによれば、一行は肉中心の食事に辟易していた。その上、魚はフライにしてあるし、たまに出される野菜も油臭い。それで、生魚を刺身にして毎日ホテルで出してもらうようにした。準備おさおさ怠りなく、醤油も持参してきてある。ところが、こうした食習慣が誤解を招き、野蛮な国民という悪評が喧しく耳に入ってくるに及んで、刺身は断念するのやむなきに至る。その後、我ら日本人の胃袋にふさわしい代わりの食物を見つけられずにいる、と柴田の筆は伝えている。

ジュディットの出会った日本人が、派遣団に加わっていた中の誰かであるのは間違いないと思われる。さて、随員の中に、幕府蕃所調所《ばんしょしらべしょ》の翻訳局に所属する福沢諭吉、箕作秋坪《みのさくしゅうへい》、松木弘安（のちの寺島宗則）の三人がいた。男たちは外国語が理解できたというジュディットの証言からすれば、通詞として参加していたこの三人の中の二人が問題の相手だったと推測することもできる。西洋近代文明の具体的成果である建築物や福祉施設をつぶさに見学すること、市内を歩き回ってイギリス人の生活の諸相を好奇心の眼差しで見つめること、要するに「西洋的なるもの」の中に身を浸し、観察する機会を出来る限り多く持つこと。これがロンドン滞在中の彼らの仕事であったことを考慮するなら、ジュディットに強烈な消しがたい印象を与えたのが彼らである可能性は大きく増す。しかし、彼女は一人が烏帽子《えぼし》を被っていたとも書いているので、もう少し上の身分の人物かもしれない。いずれにしても、明治新時代の啓蒙役を務めた福沢諭吉とフランスにおける東洋学・東洋理解に大きな役割を果たしたジュディット・ゴーティエがロンドン市内で遭遇したと、自由に想像するのは楽しい。

ジュディットは烏帽子の日本人には貴族的な雰囲気があったと報告し、「威厳と哀愁を帯びた気品、優しさと尊大さの混じった独特の表情」に注意を向けている。もう一方の日本人はブロンズ色の顔に天然痘の痕が残っていた。「未知なる世界が私の前に姿を現したのです。一種の直感（私を夢中にさせるものを前にするといつも予感を覚えるのです）が、私にその世界全体を垣間見せてくれて、その特別の魅力を開示してくれたのです。」

＊　＊　＊

この後、ジュディットは「日本的なるもの」、「東洋的なるもの」に魅了され続けた人生を送るのだけれど、彼女の「日本趣味」の徹底ぶりについては多くの証言が残されている。リストの娘でヴァーグナーの同棲相手だったコスィマの一八七七年の手紙からは、ジュディットがクリスマス・プレゼントとして着物を贈ったことが分かる。（ジュディットは熱烈なヴァーグナー崇拝者でその一家と親交があった。ルシェルンのヴァーグナー邸に滞在しての帰途、一八七〇年八月に彼女は夫カチュル・マンデス、友人ヴィリエ・ド・リラダンと一緒にアヴィニョンのマラルメのもとに立ち寄っている。）ジュディット賛美者の一人だったサルジャンという画家は、着物姿で髪に花を一輪差しにした彼女の肖像画を描いている。プルースト研究者にはお馴染みの名前ロベール・ド・モンテスキュー。この名前を持つ男もまた、ブルターニュ地方サン＝テノガにある彼女の別荘「小鳥たちの牧草地」の訪問客の一人だった。夾竹桃（父テオフィル・ゴーティエの好きな花だった）の木陰に置いた、ド・モンテスキューからもらった日本日傘の下で過ごすのが、ジュディットのお気に入りの時間だった。『象徴主義についての私的回想』の著者アンドレ・フォンタナの思い出によれば、ワシントン通りのジュディットのアパルトマンは日本様式にアレンジされていたという。飼っていた中国犬には「娘《ムスメ》」という名前が付けられていた。彼女はこの犬を東洋の王女の生まれ変わりだと信じていて、その死に際しては印刷した死亡通知を友人たちに送るほどだった。今に残る一九一〇年の写真を見ると、別荘の庭に立つジュディットが羽織っているのはどうも着物のように見える。

さて、時は一八八七年から八八年の冬、ロンドンで彼女が二人の日本人に遭った一八六二年から二十五、六年の歳月が流れている。場所はパリ。ジュリエット・アダン夫人が開催した仮装パーティーの参加者たちは、クレオパトラに扮したジュディットの登場に驚嘆した。ざわめきが一瞬止み、それから賛嘆の声が会場中に波のように拡がっていった。「アップにした髪にシンボルとしてのほろほろ鳥を被り、国立図書館所蔵のパピルスにヒントを得た独特の衣装を纏《まと》い、指にはマクシム・デュ・カンがかつて王のミイラの指から抜いて持ち帰ったという指輪が輝いている。」

伝記は次のようなエピソードを伝えている。父親が『ミイラ物語』執筆当時（一八五七年）、ジュディットは校正刷りの分類整理を手伝いながら、動物の頭を持ち風変わりな衣服に身を包む登場人物たちの挿絵に見入ったものだ。彼女は手持ちの人形をミイラに仕立て上げ、ミイラ遊びを楽しんだりもした。ゴーティエも娘のこの遊びに一緒に興じるようになり、埋葬の儀式を厳粛に執り行ったりした。こうした手伝いや一連の遊びを通じて、ジュディットは「死の中の永遠の生」という父親が憑《つ》かれている夢を感じ取る。（マルク・エジェルダンジェは、『ミイラ物語』の主要登場人物たちが「癒しがたい倦怠感」に取り憑かれていると指摘している。そして、空虚感を埋めるために「不可能、無限、永遠」を渇望し、「他なる場所への夢」に身を焦がす点を、彼らの特徴として挙げている。）この時から、父娘の間で秘かな共犯意識のような感情、親密な感情が共有されるようになるのだ。

ゴーティエは『クレオパトラの一夜』で、権力の頂点にありながら、悠久なるエジプトの空の下で倦怠感に微睡《まどろ》みつつ、一瞬の生の燃焼感・高揚感に飢《かつ》える美貌の女王を描いてみせた。ここで、その衣装や容貌の詳細を紹介する余裕はないけれども、ハイタカの被り物といい、スカラベを象《かたど》った指輪といい、「星のない夜のような漆黒の髪の毛」

といい、全体の雰囲気が前述した舞踏会の夜のジュディットの扮装を連想させずにはおかない。『コーヒー沸かし』で額縁の中から肖像画の人物が抜け出してくるように、クレオパトラに扮したジュディットは『クレオパトラの一夜』という父親の作品から古代エジプト女王がそのまま抜け出してきたと錯覚させるほどだったのである。

招待客たちの驚きはこれだけに止まらなかった。クレオパトラに扮したジュディットに、ファラオンに扮した男が伴っていたのだ。この男は本名ルイ・マリー・ジュリアン・ヴィオー、一八五〇年生まれでジュディットより五つ年下の三十七、八歳。海軍兵学校出の海軍大尉である彼はこの時、ロシュフォール軍港司令部勤務についていて、仕事柄タヒチ、セネガル、コンスタンチノープル、日本など多くの異国体験を持っていた。彼の東洋趣味もジュディットに負けてはいない。母親から購入した家を飽くことなく改装改築して、トルコ風、アラブ風、日本式、ゴチック風、ルイ十六世風、ルネサンス様式、中国風の部屋、ミイラの部屋やモスクなど、異国趣味の部屋を実現していくのだ。

ゴーティエは『スペイン紀行』の終わりを、次のような文章で締め括っている。

本当の事を言うと、祖国の土を踏んだ時ぼくは目に涙がにじむのを感じた。喜びの涙ではなく哀惜の涙が。鮮紅色の鐘楼、シィエラ・ネバダの銀色の頂き、ジェネラリフの夾竹桃の花、じっと見つめていたビロードのような眼差し、カーネーションのように真赤な唇、小さな可愛らしい足や手など、これらすべてが鮮明に脳裏に蘇ったので、ぼくには、今すぐ母に再会できるこのフランスがそれでもぼくにとって流謫地《るたくち》であるかのように思われた。夢は終わってしまったのだ。

その夜会でジュディットに同伴していたその男の旅も、ゴーティエの場合と同じだった。いやむしろ、彼の旅には常に悲しみが内包されていたという点では、事はより深刻だったかもしれない。つまり、文学事典の記述によれば、彼が感じる「郷愁は故国に対する郷愁ではなく、唯一の悲しみはまさに他国を去ることなのだ。」フランスにいながらも常に覚える違和感と居心地の悪さ。そして、自分が本来いるべき場所・時代は他にあるという意識で顔は憂いに染まり、目には悲しみの影が宿る。残された解決法は、思い出に浸ることだ。思い出を記して文学作品として定着すること、作品という一種の永遠なる時の中に変わることのない喜びを見いだすこと。先に見たごとく、異国風の趣味を凝らした部屋を次々作っていく執念も、旅先から持ち帰った地方色あふれる品々と一緒に自己の思い出をその小宇宙に封じ込め、時代の変化から逃れ、美しかった時を自在に存分に回想するためだった、と推測することができる。いずれにせよ、ジュディットとその男は互いに他国への郷愁、東洋趣味という点で惹かれあう気持ちを感じていたし、自分たちがたまたま生存している現在とは異なる場所・時間に想像や回想を通して生きようとする共通点を持っていた。これらに加えて二人の眉目秀麗を考慮すれば、この夜のファラオンとクレオパトラに扮して登場した男女の組み合わせは、これ以上はないほどの恰好の組み合わせだった。

＊　＊　＊

ジュディットは一八八五年に、『とんぼの詩』を出した。これは日本詩を収録した翻訳詩集で、日本人画家ヤマモトの挿絵が入っている。「彼女は日本人が小さな虫かごに蛍を集めるように、日本詩を集めていたのだ。」一八八八年には『笑みをひさぐ女』という彼女の五幕芝居がオデオン座で上演された。酷薄な遊女がヤマモトという愛人の家庭を破滅に追いやる。女房オマヤは苦悩死、ヤマモトは川に投げ込まれる。その後、他家の子として育てられていたヤマモトの遺児イワシタへの事情暴露、復讐相手の探索、死んだと思っていた実の父親との邂逅《かいこう》、恋人の母親が当の遊女であることの発見と驚愕という具合に話は進む。そして、悪人は自らを滅ぼすの教訓どおり、遊女は自殺。残された若い男女の末長い幸せ。

初演前のジュディットは心配の余り、例の海軍大尉に頼んだ。「あなたが東洋から持ち帰った一番神通力のある神像の前で、お線香を何本か焚いて頂戴。」一八九二年にアシェット社から出版された「世界の首都」シリーズの内、ジュディットは東京を担当した。「これは、一度も日本を訪れたことのない女性によって書かれた見事なエッセイである。しかし、彼女は想像の中で旅をしたのだ。彼女が書物で読み、絵で見て、友人たちの口から聞いたことすべてが、この紛れもない《空想の産物》の糧となったのだ。」このように、ジュディットの日本への関心と憧れは変わることなく続く。彼女が「東京」に描いた富士山は、夢幻的な美しさに包まれている。

> 富士山は南西の方角に聳え立っている。巨大で孤高、薄いピンク色を帯びた傲然たる円錐形で、光の筋のような山腹の青い影。麓は靄につつまれ、まるで雲だけを支えに宙吊りになっているかのようだ。

海軍大尉の乗船するトリオンファント号は、一八八五年に船体修復のため長崎入港。この時の夏景色を彼は次のように伝えている。

> Et nous entrions maintenant dans une espèce de couloir ombreux, entre deux rangées de très hautes montagnes, qui se succédaient avec une bizarrerie symétrique - comme les《portants》d'un décor tout en profondeur, extrêmement beau, mais pas assez naturel. - On eût dit que ce Japon s'ouvrait devant nous, en une déchirure enchantée, pour nous laisser pénétrer dans son coeur même.
>
> Au bout de cette baie longue et étrange, il devait y avoir Nagasaki qu'on ne voyait pas encore. Tout était admirablement vert. La grande brise du large, brusquement tombée, avait fait place au calme; l'air devenu très chaud, se remplissait de parfums de fleurs. Et, dans cette vallée, il se faisait une étonnante musique de cigales; elles se répondaient d'une rive à l'autre; toutes ces montagnes résonnaient de leurs bruissements innomblables; tout ce pays rendait comme une incessante vibration de cristal.

緑の氾濫と蝉の大音響。彼は京都や日光で聞いた蝉の声のことも書いているけれど、これが異国の音、日本の特徴的な音の一つと意識されているのは確かだ。彼はこの年の日本滞在・旅行体験を基にした一種の紀行文 ***Japoneries d'automne*** の中に、暮色に包まれゆく上野公園の高台から望見した富士山を次のように描いている。

> この水平の長い帯、海洋風景と同じように単調な平坦で大きな筋の上、はるか彼方に富士山火山が姿を見せる。地上の他

のものがぼんやり霞んでいく中でまだ光り輝き、雪でピンク色に染まった、均整のとれた孤高にして比類なき大円錐丘が赤茶色の空に宙吊りになっている。

ジュディットがこの文章を読んでいた可能性はある。けれども、次のように考える方が事実に近いかもしれない。つまり、二人とも北斎などの描いた富士山の絵を何度も目にしていて、そのイメージに強く影響されているために、どうしても似通った富士山の麗容が描かれることになるのだと。富士山を見る二人のフランス人の眼差しは無意識のうちに逸脱を回避し、定着するイメージに規制を加えるのだ。それに、「富岳百景」を見てしまったあとでは、どれほど独自の異彩を放つ山容を想像することが誰にできるだろう。ところで、海軍大尉は帰国前夜を慌ただしく「吉原」見物にあてる。(誤解を恐れてか、一介の見学者として行ったのであり、邪心など皆無だったと自己弁護している。)その章の中で、彼は日本の着物を着るパリ女性が増えていることに言及して、それらの着物の出所を暴露する。吉原の遊女や歌舞伎の女形が袖を通した後の古着なのだと。これを知ってパリ女性が怒りだすかもしれないと彼は心配するのだけれど、ジュディットならむしろ面白がり、その着物に一層の愛着を覚えたかもしれない。

＊　＊　＊

さて、十四、五年前にファラオンとクレオパトラに扮して舞踏会の話題をさらった男女は、一九〇三年に名女優サラ・ベルナールからの申し出で戯曲を共同執筆することになる。(男の方とサラは旧知の間柄で、彼女は一八八八年にロシュフォールの彼の家を訪問したことがある。)サラが望んでいたのは中国劇で、その中で皇后役を演じたいと思っていたのだ。ジュディットは自分の健康状態が万全ではないことを気に懸けながらも、中国の年代記や「ある悪逆非道にして、高慢・美貌の皇后の歴史」などの資料を調べだす。名女優が演じてくれる芝居の作者の一人を務めることに感激していたのだ。共同執筆者との間で何度も手紙がやり取りあれ、筋立て・構成・登場人物など芝居に関して意見交換がなされる。原稿も送付され、手直しや書き加えがなされる。

ところが、何とか書き上げたこの『天の娘』は、サラに引き受けを拒否される。実際ジュディットも認めていたのだが、それはまだ不完全な初稿というべきもので、予定していたシーズンには使えないというのだ。役者にして演出家リュシアン・ギトリ（サシャ・ギトリの父親だ）がこの芝居に興味を示すけれど、サラが絡んでいた事情などを知り、上演には二の足を踏む。ジュディットは他に何人か劇場支配人に当たってみたりする一方で、共同執筆者と作品を分担してまずは終わらせ、その後で入念な仕上げを施そうと最大限の努力を試みる。そのうち、皇后のモノローグが多すぎるのが難点だというサラの批判の声が伝わってきて、神経を苛立たせていたジュディットは憤懣を洩らす。「モノローグが嫌だと言っているのなら、サラは嘘つきです。彼女が演じる芝居はどれも、モノローグだけではないですか。それに、共演者たちには一言差し挟ませるのさえ渋るときているのですから。」結局、サラは別の芝居を採択する。観に行ったジュディットはその芝居の欠点をあげつらって、鬱憤を晴らす。

こういう具合に一度けちがついてしまった時から、『天の娘』はサラ・ベルナールとは無縁の運命を辿る。しかし、それは彼女にとっても、フランスの観客たちにとっても残念な運命だった。というのも、『天の娘』は最終的に、二人の共同執筆者の才能が結実した見事な作品として完成をみたからである。『天の娘』は「歴史と写実に対するジュディットの趣味と、節度とバランスに対するロチの配慮が合わさって、力強い確固たる作品になった。」内容（華麗と残酷）といい、皇后の人物像（高慢と臆病、情熱と服毒自殺）といい、サラの才能（舞台での死の演技で観客の涙腺を刺激せずにはおかなかったとの伝説がある）を遺憾なく発揮できる芝居であり、少なくとも当時のフランスでは皇后役を演じることができるとすれば、サラだけだとの評価を得ていたからだ。彼女が演じていたら、輝かしいその栄光の数々にもう一つ栄光が加えられることになったかもしれない。一九〇六年にも、長いブランクの後の舞台でこの戯曲を取り上げることもできたのに、採用したのは皮肉にもジュディットの別れた夫カチュル・マンデスの芝居だった。

『天の娘』は一九一一年に出版され、翌年には第七版が出た。一九一二年までフランスでは上演される機会のなかったこの『天の娘』は、同年十月にニューヨークで初演され、センセーションを巻き起こした。当時の新聞は、ピエール・ロチが劇場に臨席したことを伝えている。観客の熱狂がすさまじく、彼は終了前に隠しドアから退出せざるを得なかった。ロングランは間違いないとも書かれている。

ジュディット・ゴーティエは一九一七年、冠動脈血栓症（une thrombose coronarienne）で死亡、享年七十二歳。ピエール・ロチは一九二三年、尿毒症発作（une crise d'urémie）と肺浮腫（un oedème pulmonaire）で死亡、享年七十三歳。

《参考文献》

佐藤　剛、『失われた楽園、ロチ、モラエス、ハーンと日本』、葦書房、一九八八年。

落合孝幸、『ピエール・ロティ』、駿河台出版者、一九九二年。

吉見俊哉、『博覧会の政治学』、中央公論社、一九九二年。

今井　宏、『日本人とイギリス』、筑摩書房、一九九四年。

柏倉康夫、『マラルメの火曜会』、丸善株式会社、一九九四年。

Dictionnaire des littératures de langue française(G-O), Bordas, 1984.

Joanna Richardson, *Judith Gautier*, Seghers, 1989.

Keiko Omoto et Francis Macouin, *Quand le Japon s'ouvrait au monde*, Gallimard, 1990.

Anne Ubersfeld, *Théophile Gautier*, Stock, 1992.

Théophile Gautier, *Voyage en Espagne*, Garnier-Flammarion, 1981.

Théophile Gautier, *Le roman de la momie*, Le livre de poche, 1985.

Théophile Gautier, *Voyage en Russie*, La Boîte à Documents, 1990.

Théophile Gautier, *Contes et récits fantastiques*, Le livre de poche, 1990.

Pierre Loti, Presses de la cité, 1989.

Pierre Loti, *Voyages (1872-1913)*, Robert Laffont, 1991.

写真の男

パリ、あらゆる栄光が、蝋燭に群がり時には羽をやけどする蝶のように飛びかうこの光輝く中心。
（テオフィル・ゴーティエ）

男がいるのは三階が屋根裏部屋になっている建物の二階で、彼は窓辺の手摺りに軽く握った両手をのせている。鎧戸が両側に開放され、上部には日除けが少し伸ばしてある。男のいる窓の真下、一階の閉ざされた入口扉の両脇には壁灯が設置されてある。日差しが建物全体に降り注ぎ、写真の前方左右から木が枝を伸ばしているのが見える。男は外を見ている。遠目からとはいえ、顔を覆う見事な白髭、己に対する揺らぐことのない自信によって形成されてきたような顔付きに見覚えがある。それもそのはず、男の名前はヴィクトル・ユゴー。一八八〇年代のものと推測される作者不詳の写真に写っているのは、十九世紀フランス文学の巨人ユゴーその人なのだ。（参照。『世界写真全集』第十巻、集英社。）

さて、ここで筆者は次のような情景を想像してみる。写真には写ってはいないけれど、ユゴーの視線が追っているのは、日傘で顔を隠すようにして急ぎ足で遠ざかって行く女の姿なのだ。彼は少し気怠《けだる》い色を顔に滲ませ、飽食した後のあくびをかみ殺す。身を任せる決心をさせるまでに、これほど長い時間を要した女は久しぶりだ。それにしても抵抗が大きいだけ、陥落させて味わう快楽も大きいというのは確かだな、とユゴーの内心の声が呟く。ユゴーは一八〇二年生まれなので、写真の年代からいって、この時の彼の年齢は八十歳前後。常識的な読者はこんな老人が女とべッドの快楽を一晩中堪能し尽くし、その記憶を反芻しながらほくそ笑むなんてことがあるのか、と羨望混じりの疑念を抱くかもしれない。しかし、ユゴーは少なくとも性に関しては、凡人が後生大事に携帯する安全ステッキのような常識など放擲・超越した男なのだ。

鹿島茂氏は、ユゴーを「性の蒸気機関車」という言葉で形容している。この言葉が喚起するイメージ通り、この大詩人は死によってその生が閉じられるまで次々、女を性の燃焼炉に取り込み、それをエネルギー源に機関車のように疾駆し続ける。極端な言い方をすれば、彼はどんな状況下であれ一日たりと女なしではいられないのだ、まるで燃料＝女補給の中断は生命停止につながると心配するかのように。

一八四八年の二月、突如、二月革命が起こり、フランスは一八五一年十二月のクーデターに至るまでの約四年の間、政治的・社会的混乱にさらされることになる。この混乱は、ユゴーをも政治の渦に巻き込み、おかげでユゴーの乱れた愛情生活にもようやくピリオドが打たれた、と書きたいところだが、事実はその逆で、ユゴーの女狂いは、政治状況の混迷に比例してますます混乱の度合を増していった。ほとんど手当たり次第というか、見境がないというか、とにかく少しでも性的な魅力のある女性なら、ユゴーはまったくえり好みしなかった。ユゴーのお相手をつとめた女性たちを列挙していくと、それだけで、当時の女性の社会的類型のすべてがわかるほどである。（鹿島茂『パリの王様たち』）

いやはや、それにしてもあのゴーティエの娘ジュディットをこの腕に抱くことになろうとは、とユゴーは独りごちる。一方ジュディットは、父親から熱烈な賛辞を聞かされて、自分も仰ぎ見てきた文学世界の親玉的存在――彼女の側の憧れや男の側の詩的天才という美化する条件が一切介在しなければ、四十三も年齢差がある（ジュディットは一八四五年の生まれ）ただの好色な老人だ――との一夜を思い返して茫然としている。秘密を悟られるのを恐れるように目は伏し目がちになり、見送る男の視線の呪縛から逃れるように足が早足になるのは、如何ともしがたい。

ここまで話を進めてきたところで、筆者は一つの矛盾に突き当たる。一般に伝えられているところによれば、二人の最初の関係はもう少し早い時期に生じたらしい。だから、一八八〇年代のものと推測される写真を出発点に展開してきたこの話は、継続不可能になる。しかし、先に紹介したような情景は十分あり得たと考えられる。それに、この話の目的は情事の日を特定することではなくて、残された手紙や作品を参照し、伝記や研究書を手がかりに、二人の密会が行われていた頃のそれぞれの事情・雰囲気を伝えること。テオフィル・ゴーティエとジュディット父娘の関係を中心にした、ヴィスコンティ流の言い方を借用すれば「ある家族の肖像」の一部を描いてみせること。十九世紀フランス文学史の裏面をほんの少し垣間見てもらうことにある。時期的なズレには少々目をつぶって、物語を続けていきたい。

＊　＊　＊

『エルナニ』初演が決定づけたロマン主義の勝利というような説明は、文学史の中ではほとんど常套句と化しているし、その際獅子奮迅《ししふんじん》の働きをみせたゴーティエが着用におよんでいた「赤チョッキ」は伝説の域に達しているほどだ。ところで、ユゴーとゴーティエの最初の対面が実現したのは、この『エルナニ』の戦いに先立つこと八か月ばかり前の一八二九年六月二十七日、友人ネルヴァルの紹介による。若きゴーティエの方は、会う前からユゴーに賛嘆の気持ちを抱いている。何よりもまず、ユゴーは詩人の道を歩もうとするゴーティエの決意を正当化してくれる存在、後続世代にとって指針にすべき、詩の新しい本流を堂々と進んでいく偉大なる先達なのだ。先輩詩人の方でも、ゴーティエが自分に寄せる純粋な敬愛心と無私の献身を感じ取り、すぐに好感を持つ。

ゴーティエ一家は一八三〇年から四年間、ロワイヤル広場八番地フルシー館の三階に住んだ。この広場は現在のヴォージュ広場なのだけれど、一八三二年からユゴーが妻や子供たちとともに六番地の住人になる。二年間の隣人付き合いが二人の友情を一層深めていく。気の好いテオ（フィル）はユゴー夫人アデルにも気に入られ、彼女の信頼と友愛を得る。ゴーティエ一家はその後、パスィーに転居。テオフィルはドワイェネ通り、続いてサン＝ジェルマン＝デ＝プレ通りで独立生活を始め、三六年十月には恋人ヴィクトリーヌとナヴァラン通り二番地に移り住む。アデル・

ユゴーの側からは食事への招待、訪問してくれという懇願、芝居の座席券の発送、逆に相手からの券の受け取りと感謝の言葉を伝える手紙が、ゴーティエに書き送られる。（以後、手紙に関しては特別の指示がない限り、次の書簡集を参照のこと。Téophile Gautier, *Correspondance générale*, tome I, Droz, 1985.）

拝啓。ショコラを召し上がりに来ないなんて本当に悪い人。あなたのために用意され、毎週日曜日にあなたを待っているショコラなのに、いつも冷めてしまうのです。

夕食にいらして下さい。あなたのご好意に感謝し、あなたにわたくしの心からの友愛の気持ちを新たにしたいので。

わたくしのボックス席の座席券を二枚同封しました。今夜行きます。妹さんとご一緒のあなたにお会いするのを楽しみにしています。

「アデル・ユゴー」とだけ書かれていたゴーティエ宛ての手紙の署名は、一八三九年頃から「アデル・ヴィクトル・ユゴー子爵夫人」とか「ヴィクトル・ユゴー子爵夫人」と書かれるようになる。こうした変化は、確かに彼女の自尊心・虚栄心・自己顕示欲といったものを表わしているかもしれないけれど、単にそれだけではない気がする。というのも、この時期ユゴーとジュリエット・ドルーエの関係が相変わらず続き、半ば公然の秘密といった様相を呈する状況下で夫婦の間は体面だけのものとなっている。この「子爵夫人」という署名は彼女の冷めきった心の象徴、その陰で自己の内的な領分を守ろうとする盾のようにも見える。殻に閉じこもるように、この爵位の中に自らを幽閉してしまったような印象さえ受けるのだ。

一八三八年九月一日の日付を持つ、住所がブローニュとなっている彼女の手紙がある。ゴーティエに対する相変わらずの来訪の催促の後に、釣りへの勧誘が続き、そして「ヴィクトルが戻ってきました」と書かれてある。これ以上ないほどのさりげない表現だ。ところで、年譜（*Dictionnaire des littératures de langue française(E-L)*, Bordas, 1984.）が伝えるところによれば、ユゴーは一八三四年から毎年、ジュリエットと旅行に出かけるようになる。最初はブルターニュとロワール地方、三五年はノルマンディーと北フランス、三六年はノルマンディーという具合に、臆面もなく愛人同伴の旅が繰り返される（臆面と書いてしまったけれど、ユゴーにこれほど無縁の言葉はない）。だから当然予想されるように、「ヴィクトルが戻ってきました」という表現の背後にある真相は、ジュリエットとの恒例の旅（この年はシャンパーニュ地方への短い旅だった）からの帰還ということなのだ。事の真相をアデルが知っていたと仮定して、このさりげない表現の中に嫉妬、愛憎、押し殺した悲しみの叫び、安堵の溜息などを読み取りたい誘惑に駆られるほどだ。四二年一月十五日付けのゴーティエがユゴーに宛てた手紙には、署名の後にふと思い出したかのように、「ところで、奥様の神経痛は治まりましたでしょうか」と書かれている。神経痛から来る妻の不機嫌に悩まされた大作家ユゴーが、つい友人に愚痴の一つもこぼしたりしたのだろうか。

ユゴー家では日曜日の夜は、ゴーティエのためにあらかじめ食器を用意しておくのが通例になっている。ゴーティエはこのようにユゴー夫妻に可愛がられ、食卓に指定席が確保されているという特別の好意を受けることを当然嬉しく思っていた。ただ、一つ不満がある。

ところで、ユゴー家はあまり食べない人たちで、ご馳走はめったに出ない。大食漢のゴーティエはおそらく、師匠に会える喜びと胃袋の痙攣とに捉えられていたはずだ。（Anne Ubersfeld, *Théophile Gautier*, Stock, 1992.）

たっぷり食物を流し込んでもらえないと不機嫌になる健啖家の彼の胃袋にとっては、小鳥の餌のように少量しか供されないと分かっている師匠宅での夕食会は、さぞや憂鬱の種だったろう。

＊　　＊　　＊

父親の元を訪れ、食事を共にし、談笑していく文学者たちの素顔に触れる機会に、ジュディットは恵まれていた。子供時代（誕生してからの最初の十二年間）の思い出を綴った彼女の『日々の首飾り』（美しいタイトルだ）には、ボードレールやフロベールの名前が出てくる。ある日のこと、妹のエステルとドミノ遊びをしていた彼女は、呼鈴の音に遊びを中断して、訪問客に目をやる。「法衣を纏《まと》っていない司祭」のように見えたその男がシャルル・ボードレールだった。

すでに口髭は剃り落とされていて、それでわたしには彼が司祭のように見えたのだ。何であれ初めてのものを前にするといつもそうなのだが、その時もわたしは大きく目を見開いて、じっと彼を見つめた。（Judith Gautier, *Le Collier des jours*, Christian Pirot, 1994.）

ボードレールはジュディットのギリシア的な美しさに着目し、ゴーティエに、まるであなたの夢が形をとって現れたかのような娘さんだ、と指摘する。さて、彼の恋人にして詩的霊感でもあったサバティエ夫人の名前は、ボードレールを語るとき切っても切り離せない。彼女は細密画に関してはなかなかの才能の持ち主だったらしいのだけれど、ジュディットはフロショ通りの夫人の所に行っては、よく絵のモデルを務めた（Joanna Richardson, *Judith Gautier*, Seghers, 1989.）。モデル実現の裏には、ジュディットの美しさに感嘆していたボードレールが、恋人のためにゴーティエの娘を推薦・紹介するというような事情が介在していた、と想像することも可能ではある。

フロベールについてジュディットは、その外見、話し方や身振りなどすべてに感嘆している。「彼は背の高さ、肩幅の広さ、黒の長い睫毛が縁取るブルーの美しい目、ガリアの族長風の長く垂れた口髭からして、わたしにはすぐに、巨大な並外れた人物に見えた。」さらに、彼女は次のような思い出を披露している。子供は寝なさいとベッドに追いやられながらも、こっそり舞い戻りドアの陰で、フロベールが朗読する『聖アントワーヌの誘惑』のサバの女王の挿話の一節を耳をすまして聴いたこと。朗読終了後、みんなに請われてフロベールが迫真の演技で酔っ払いの真似をしてみせてくれたこと。彼は座を楽しませる語りの名人でもあり、ワインで滑らかになった舌先からは途方もない話がイメージ豊かに吐き出される。

食卓で彼は、無茶苦茶な賭けの話、何樽もの蒸留酒を飲むとか、山のような食物をむさぼり食うとか、けた外れの愚行をやり遂げるといった賭けの話を語って聞かせるのだ。それも、すべてがふんだんに身振り手振りを交えて、よく通る豊かな声で幾多の比喩をちりばめて語られるので、わたしは唖然とし、賛嘆の念でいっぱいになる。(Judith Gautier, op.cit.)

ジュディットが伝える、タンプル大通り四十二番地の中二階にあったフロベールの仕事部屋の様子も興味深いけれど、ここで紹介する余裕はない。いずれにしても、二人の間には信頼と友情が終生続き、『サランボー』の作者は彼女とカチュル・マンデスの結婚式の立会人の一人を務めた。この結婚に不賛成の意志を示すゴーティエの不参加をフロベールは悲しむし、後にこの結婚生活が破綻したときにはジュディットの行く末を案じることになる。『日々の首飾り』に直接ユゴーの名前が出てくることはない。ただ、妹と二人でよく『ルクレチア・ボルジア』を演じて遊んだ思い出に触れている箇所が一つあるだけだ。

＊　＊　＊

ユゴーとジュディットとの間はまず、著書の献呈や礼状のやり取りから始まる。一八六七年にジュディットが中国人チンと共同で著した翻訳詩集『翡翠《ひすい》の書』は、彼女の文学的才能を世に知らしめた。この本はヨーロッパにおける中国学研究に多大の影響・成果をもたらし、何か国語にも翻訳されるほどの好評を博した。当時滞在中の英仏海峡にあるガンジー島で、自分の名前が中国文字で書かれてある献呈本を受け取ったユゴーは、数週間後に次のような手紙を書き送る。

拝啓。

御本を手にして、最初にあなたがお書きになった私の名前を見ています。まるで女神の手で照らされているかのような、輝かしい象形文字になった私の名前を。『翡翠の書』は優美な作品です。言わせていただくと、私にはこの中国の中にフランスが、この磁器の中にあなたの雪花石膏が見える思いです。あなたは詩人の娘にして詩人の奥方、王の娘にして王の奥方、そして女王そのもの。女王というよりミューズ。あなたの曙が私の闇をやさしく照らします。有難うございます。

おみ足に口づけを。（Joanna Richardson, op.cit.）

末尾の「おみ足に口づけを」は手紙文の中の表現ということを考えれば、単に「敬具」の意味で使用されているものだろう。ただ、後に密会の部屋でユゴーが文字通りジュディットの足に口づけ、愛撫する（後世の者にはいかなる想像も許される）という事態が生じたことを思うと、妙に予言的・官能的な匂いが感じられてしまうのだ。（事が起こったと推測される時期以後の手紙にも、同様の表現が繰り返されている。憶測するに、ユゴーのことだから、彼はどの女性への手紙でもこのような表現を挨拶程度の気持ちで乱用しているのかもしれない。）

一八六九年には、ユゴーからマンデス夫妻に最新作『笑う男』が送られてくる。それに対するジュディットからのお礼の手紙。そして翌七〇年、共和制が宣言された翌日ユゴーがパリに「英雄の帰還」（巨匠を出迎えるために北駅に集まった人の群れの中にジュディットもいた）を果たして以降、夫妻を夕食に招待したりするようになってから、巨匠と詩人の娘との間は急接近していくのだ。

ゴーティエは六七年、六八年と二年続けてアカデミー会員に立候補するけれども失敗に終わる。名誉と安定した暮らしを切望する彼を嘲笑うように、運命がゴーティエに用意するのは健康の衰えと経済的困窮なのだ。彼は人生の黄昏時を迎えている。一八七〇年代に入り、彼に残された時間は僅か二年間だけとなる。心臓発作に見舞われたり、パリ包囲戦の時の食料難による後遺症（心身衰弱）が回復しないままだ。七〇年から七一年にかけては異常に寒く厳しい冬が到来し、食糧事情は悪化を極める。鼠が食料として売られ、猫も馬も動物園の動物たち、動物園の人気者だった象の夫婦もが飢えたパリ市民の食卓にのったのはこの時のことである。（*Chronique de la France et des Français*, Larousse, 1987.）師のユゴーと違って、食の楽しみに目がなく、青年期から胃袋を拡張し続けてきたゴーティエにとって、食欲をなだめる手段を奪われたのは、大変な痛手だった。父親の体を気遣い、金銭的不如意に心傷めるジュディットは、ユゴーを頼って窮状を訴えに行き、援助を懇願する。

自分の財布の紐をゆるめることには大変な抵抗感を覚えるユゴーではあるけれど、彼は他人の懐というか、役所の金庫からお金を都合してもらうのは平気だし、権力を発揮する。彼は教育大臣をしていたアカデミー会員のジュール・シモンという男に話して、ゴーティエのために三千フランの年金を支給してもらう。ユゴーはさらに自分の要求で「即座に」三千フランの追加が決定された、といささか自慢気に、どこかしら恩着せがましい口調で書き残している。感謝の言葉を述べに来たジュディットに対して、ユゴーはまさにそれとなく恩に着せて、逢引を仄めかす。

*　　*　　*

ジュディットは師の申し出に驚きはしない。心のどこかで予期していたとも言える。前々から自分が偉大な才能に惹かれる性向の持ち主であることが分かっていたし、偉大な才能の持ち主の方も何故か彼女に興味を抱き強く惹かれるらしいことにも気付いている。ヴァーグナーのときには、相手の欲望を上手くかわして二人の関係を友情の段階に止めることができた。今度はそうはいかないみたいだ。父親の死が近づき、結婚生活は破局に向かいつつあり、自分の将来に不安を感じずにはいられない今、崇拝してきた師の抱擁に身を委ねて、一瞬でも不安を忘れたい。こんな風に彼女は自分を納得させて、指定された部屋に出向くことを伝える。

七月のパリの夏空はなかなか暮れない。情事への期待で火照ったジュディットの頬には、昼の太陽に暖められた大気さえ心地よく感じられる。その場所が近づくと、今までの急ぎ足に少しブレーキがかかる。躊躇する心に決心をつけるように、ドアを開け、二階への階段を一気に駆け上がり、部屋の前で呼吸を整える。中で待っていたユゴーの耳に、秘かなノックの音が聞こえる。

ピエール・ロチと三人の女

ランカウイの夜闇とバティックを纏った美しい女に。

まずは、筆者の個人的な旅の話、アジアのマレーシアに行ったときの思い出から始める。マレーシアのランカウイ島では、ビール（あるいはアルコール類全部がそうなのかもしれない）が無税なので、ただみたいに安い。一缶五十円ぐらい（日本だと二百円ぐらいする）。貨幣単位はリンギット。一リンギットが三十円。ガイドさんの説明によれば、ランカウイ島の人たちは外食好きだ。屋台や食堂で食べても安いから、わざわざ時間をかけてまで家で作ったりはしないのだ。ちなみに、数日間の旅がアジア初体験となった男の印象に過ぎないが、マレーシア料理は日本人の口に合うと思う。

家は高床式が多く、地面から床を支える柱がどれも円ではなくて四角である。これは、蛇の侵入を防ぐための工夫なのだ。円柱には巻き付き上昇可能なこの爬虫類も、角は痛いらしく撤退する。道路の優先権は水牛、車、人間の順というのが島の掟であるから、日本のように停車を安易に期待すると轢死につながる。水牛は田圃の耕作に使われて筋肉を酷使しているので、肉が固くなっていて、食べるには歯が損傷してもいいという決死の覚悟が要求される。マレーシアでは錫製品の製造販売が盛んだ。ランカウイ島の愉楽気分がまだ残っているフランス語教師のパソコンの前では今、錫製の水牛が闊歩するかのような風情を漂わせている。島では山羊を見かけることがあるのだが、これはヒンズー教徒の人たちが食用に飼っているのだ。マレーシアは多民族国家で、マレーシア人、中国人、インド人といった民族から成り立っている。観光客のなかには韓国人旅行客も目立つ。彼らは地元の観光業者に不評だ。というのも、ガイドには韓国人しか使わないし、食事に行くのは韓国料理の店だけという具合に、旅先でも頑な同胞意識、同国人同士だけの排他的な枠の中に止まっているからだ。有り体に言えば、自分たちの儲けにつながらないことが、立腹の理由なのである。つまり、経済関係が好悪を決定付けるのだ。気が向いたら、美しい海でシュノーケリングを楽しんだり、魚たちと戯れることができるパヤ島ツアーに参加してみればいい。

夕暮れ時、せいぜい小学生くらいの少女が無邪気な顔でバイクを走らせている。南国ではシュールな世界が日常なのだ。この調子だとランカウイでは赤ん坊でも車を運転しかねない。闇が大きな遮蔽幕のように島を覆い尽くして、静寂が広がる(1)。欲望を目覚めさせる夜が始まる。こうして、筆者にはボードレールの詩句《La langoureuse Asie et la brûlante Afrique》が連想されるのだ。

＊　＊　＊

ガイドさんは総じて何か国語も話せて日本語も上手な人が多い。これには個人的な才能は勿論、多くの民族が混在しているという状況が大きく関わっているはずだ。さて、アジアの話から始めたのも、ピエール・ロチは日本をはじめアジアの国々とも縁が深い作家で、滞在したそれらの国々の事を作品の中で詳しく書いているからなのだ。ロチはマレーシアの南隣の国シンガポールを訪れたことがある。『三時間の寄港』*Une relâche de trois heures*（一八八三年）にそのシンガポールの様々な民族が作る喧噪、混沌を驚きと興味を持って報告している。その中でも他を圧しているのは中国人の多さだと指摘している。混在する人種の中には日本から輸出されてきた唐行さん（花魁、遊女、芸者たち）もいると書いてもいる。こうした金銭で自らの身体を売る女たちに関心が向かうのは、いかにもロチらしいとも言える。というのも、彼は寄港滞在地でそうした女たちと親密な交流（彼の言葉を借りれば恋愛関係）を持つのが常だったから。

ピエール・ロチ、本名ジュリアン・ヴィオーは一八五〇年生まれで、死亡が一九二三年。彼の故郷はフランス大西洋岸の港町ロシュフォール。現在、生家はピエール・ロチ記念館として一般に公開されている。
ロシュフォールはもともと軍港だった街で、ロチが小さい頃はその海軍の軍人たちの駐屯地でもあった。需要ある所に供給ありだから、ロシュフォールにも水兵たちの性の欲求を満たす場所、娼館があったに違いない。軍人たちが夜な夜な羽目を外して狂乱に耽る一郭は、まだ知らない快楽が消費される禁断の領域のように少年ロチの好奇心を掻き立てる。

遠くから垣間見えた古くからの街区、そこは日昼は人気《ひとけ》がなかったけれど、大昔からお祭り騒ぎの夜々、水夫たちが大騒ぎしては時々、ぼくらの家まで騒がしい歌声を送ってくるのだった。あそこでは、一体何が行なわれていたのだろう。叫び声となって現われるあの露骨な楽しいこととはどんなものだったろう？　海から、そして焼け付く太陽の遠い国々から戻ったあの人々は一体、何に興じていたのだろう？（Pierre Loti, *Le roman d'un enfant*, Flammarion, 1988.）

異国が後に彼の好奇心の対象になっていくのだけれど、ロチは故郷でのこの思い出の中に、「何か知らないけれど別の未知なるものへの心の動揺と憧れの萌し」（同前）を認める。つまり、エグゾティスムというものに向かう性向を意識しているのだ。
ロシュフォールは今でも人気《ひとけ》の少ない地方の淋しい小都市で、まるで街全体が午睡を眠っているかのような静寂に包まれている。夏でも斯様な具合だから、ロチが少年当時の冬の淋しさといったら堪らなかっただろう。

私は冬の日暮れのような淋しいものは何も知らない。ものが帯びるあのくすんだ、消え入るような風情、私の家を取り囲む小都市の静寂によって尚一層増す私の家のあの静寂といったら。（Pierre Loti, *Suleïma*, Mille et une nuit, 2000.）

さらに、確固たる自己も自信も確立していず、外界の印象に大きく影響されやすい子供時代ゆえに、冬の暗鬱さに特別深く重く覆い尽くされたような感じを受けることもある。少年ロチには、「陰鬱で寒いゆえに、全ての物事の終わり、死というわれのない印象」（*Le roman d'un enfant.*）がもたらされる。エグゾティスムに向かう心情は、寒さに対しては暖かさ、暗さに対しては明るさ、というようなコントラストを指向すること。コントラストを成立させる両端の内、その人間にとって欠如している片方の魅力的だと思えるものを切望すること。だからこそ、ロチの場合、冬の冷たい孤独な時間のなかで遠くの南国や、暑い太陽に照らされたタヒチに憧れたのは、エグゾティスムというものの内的構造に無意識に従っていることになるのだ。

あるいはまた、ロチの旅への憧れ、南方指向については、兄の影響という個人的な事情を指摘しておく必要がある。海軍軍医の職にあったギュスターヴという名前のこの兄は、乗務員の一人として船内勤務に就いて、海外に出かけていった。そして、寄港滞在したタヒチから、異国の雰囲気を伝える手紙を弟ロチに送ってよこす。「甘美な島」からの兄の最初の便りは「海で黄ばんだ軽く薄い紙に」認《したた》められて、四か月もかかって故郷に届く。中には一輪の花が同封されてある。

　この花は、と兄は私に書いていた、窓の近く、それも南洋の目に鮮やかな緑の草木で溢れかえる彼のタヒチの家の内部に生えて、咲いたものだと。ああ、何と不思議な感動を覚えて、——こう言ってよければ、何と貪欲に——私はそのツルニチニチソウを眺めては触れたことだろう。それは遥か遠くの未知なるあの自然の、まだ色鮮やかな、まだほとんど生きている小さな一部分だったのだ。（*Le roman d'un enfant.*）

南洋からの兄の手紙が長い間隔をおいて届けられる夢想に誘う異国の風だとすれば、絵入りの『ポリネシアの旅』*Voyage en Polynésie* という本は日常にいつも異国の雰囲気を現出させる魔法の品だった。ロチは兄にプレゼントされたこの本を眺めて、冬の孤独な時間を過ごす。本を開くや、そこは南国への入口なのだ。彼は中に描いてある花や鳥に丹念に色を塗って遊ぶ。そして、タヒチ娘に西洋人のような白い色を塗る間違いを犯したと告白している。当時はこれほど無知だったけれど、後に彼女らは違った肌の色と魅力を持つことを発見した、とも書いている。かくして、手紙や本を通して、南国への夢想が掻き立てられ、いつの日か自分も旅立つことを渇望していくのだ。

私は柔らかな子音を持つオセアニアの言葉をいくつもすでに知っていた。夜の夢の中で、私は美しい島をしばしば見たし、そこを散歩しているのだ。その島は別の惑星にあり、熱望するけれど近付くことのできない架空の故郷のように私の想像を離れなかった。（同前）

ロチはオセアニアへの旅という「危険な誘惑」に身を任せる決心を固める。タヒチの魅惑を味わうために、兄と同じように海軍入りすることを決意する。遠国への旅立ちは安心の家や、大好きな母親や伯母といった大切なものから離れていく勇気であり、ある種の自立なのだ。

兄のように去っていってしまう。私の好きな母やすべての人たちと何年間も別れる。私の大切な小庭が春にまた緑で染まるのや、バラが家の古い塀で花咲くのを何年間も見ないでいる。駄目だ。そんな勇気があるとは思えなかった。（同前）

この引用文の時点では、少年はまだその勇気を持てずにいるのだが、最終的には夢に殉ずる決断を下すことで、『ある少年の物語』は終わるのだ。この決断の時から、ロチにおける故国と異国という二つの場所、故郷へのノスタルジーと旅への渇望という二つの心情の間の往復運動が始まる。自らの国民性に対する痛切な意識と別の国民性への憧憬、相違を容認する二重の眼差しというようなエグゾティスムに内在する装置が作動する(2)。

＊　＊　＊

ロチが語る異国での交情の物語、三人の女たちとの関係を取り上げていくことにしよう。一人が九州・長崎の日本人女性「お菊さん」、もう一人がアルジェリアで知りあった女の子シュレイマ、そして、もう一人がタヒチの娘ララフュである。女たちに抱いていた心情を読み取ることによって、ロチの異国趣味の特徴が透かし見えてくるはずだ。（ところで、タヒチ娘という具合に娘という言葉を使ったけれど、この「むすめ」という日本語はロチが使ってからフランス語化されてmousméになったことを指摘しておく。）

［お菊さん・悲しみの異国趣味《エグゾティスム》］

一八八五年に長崎に寄港したロチは仲介業者（Kangourou氏と書かれている）の斡旋でお菊さんと所帯を持つ。トリオンファント号で入港した海軍大尉ジュリアン・ヴィオーを出迎えたのは「緑の氾濫とセミの大音響。彼は京都や日光で聞いたセミの声のことも書いているけど、これが異国の音、日本の特徴的な音の一つと意識されているのは確かだ(3)。」昼夜を問わず、絶えず、至る所で、長崎の夏に充満する耳に「ついて離れずに、疲れさせる」、きんきん響く蝉の声。それは「地上のこの地域に特有の生命の表れ、音そのもののよう」であり、「これらの諸島の夏の声」（Pierre Loti, *Madame Chrysanthème*, Flammarion, 1990. 以後、この章での引用は特別の指示がない限り、すべてこの本からの引用である）なのだ。自分の中のエグゾティスムに意識的なロチは五感を鋭敏に働かせる。五感は異国の印象を捉える収集装置なのだ。ただし、作品ではエグゾティスムに配慮して、エグゾティックな効果を考慮して、それらの印象が選択され、最適な場所に配置される。執拗にお菊さんの可愛らしさを指摘する相棒のイヴとは違い、ロチは自分の気持ちを次のように告白している。

　私はといえば、私は彼女が屋根の蝉と同じくらい苛立たせる女だと思う。それで、三味線の弦をつま弾くこの小柄な女と、この住まいに二人きりで、寺院と山々のこの見事な眺望を正面にしていると、泣きたいほど悲しく思う。

癇に触るという共通項で蝉と女を重ね合わせて、異国風の景色の中にはめ込み、同時に情景と心情とを巧妙に描き出している。また、もう少し後の部分で、ロチはお菊さんに対する感情を次のように説明して自らを慰めている。

「……ああ、この小さなクリザンテーム、私は結局のところ彼女が嫌いではないのだ。――それに、双方に肉体的な嫌悪も憎悪もなければ、やはり最終的には習慣によって一種の絆が作られていくのだ……」そして、今度はある夜のこと、ロチの聴覚と嗅覚が作動する。

雨が私たちの古びた屋根に降る音が聞こえる、蝉たちは啼き止む。濡れた地面の匂いが庭や山から私たちのところに匂ってくる。私は今夜この住まいでどうしようもなく退屈している。小煙管《キセル》の音がいつも以上に私を苛立たせる。それで、クリザンテームが彼女の煙草盆の前にしゃがむと、私は彼女が言葉の最悪の意味で下品な態度に見える。

このように少なくとも作品から感じられるのは、情熱とは無縁の関係に対する平板なだけの退屈と諦め、情熱を発動させない女に対して時々抑制できずに出てくる苛立ち、優美を欠いていることに対する軽侮の念なのだ。ここには、後で見ていくことになるアルジェリアでの怪しげな淫蕩な気配もなければ、タヒチでの性的快楽に満ちた幸福感もない。推測するに、ロチがこの日本の女に心からの親密感と一体感を感じることができなかったのは、肉体的な欲望の満足を得ていないからなのだ。肉体の満足は精神の満足につながるし、快楽を共有した相手に対する理解というか少なくとも理解の幻想をもたらすだろうからだ。異国でのロチの基本的な態度は、異質なものに対する好奇心と共感、異質な時間と空間に同調同化して理解しようと試みること。ところが、お菊さんと日本的なるもの、そして日本そのものは、まるで理解不能の、そして（ブリュノ・ヴェルシェの言葉を借りれば）「乗り越えがたい他性」l'infranchissable altérité として現前するかのようなのだ。異国にあるのに、ロチが包まれているのは興奮や喜び、激しい恋や嫉妬、姦通や諍いといった明確な際立った感情の世界ではなくて、ただの単調な刺激のない日常の曖昧模糊とした空気なのだ。作品の中でロマネスクな出来事を何一つ語ることができない理由を釈明してロチは書いている。

確かに、私の単調な地平に錯綜する物語が現れそうだ。娘たちと蝉たちのこの小世界の最中に筋の込み入った話が仕組まれるかのようだ。つまり、クリザンテームがイヴを好きになり、イヴはクリザンテームを、オユキが私を好きになり、私は誰をも好きにならないというような……もし私たちがこの国とは別の国にいるのなら、そこには兄弟殺しの大悲劇の題材さえあるだろう。しかし、私たちがいるのは日本なのだし、和らげ、卑小化し、滑稽化してしまうこの社会的環境の影響力から考えて、全く何一つ起こりはしない。

つまりは、日々露呈されていく物語性の欠如した世界、西洋風の恋愛を想像することも実践することも不可能な社会に身を置いている悲しみとメランコリーなのだ。「作品の三つの主役は私と日本と、この国が私にもたらした印象である。」しかし、ロチはリシュリュー公爵夫人への献辞の中のこの発言に忠実に従った。長崎での日々の淡々とした叙述（あるいは事件が起こらない単調さを装った記述）は逆に、自ら物語性の排除を基本方針として設定した、この作品の構造原理に忠実に従った結果なのだ。ロチはお菊さんを人形さんのようだと形容している。彼が帰国前に喜々として買い集めた骨董品や仏像同様、彼女もまた異国情緒を伝える装飾物の一つだったように見える。ロシュフォールの家の寺院の間に仏像などに混じって、人形のように飾られ鑑賞に供されるべきものとして、作品の中に存在しているのだ。

［シュレイマ・欲望の異国趣味《エグゾティスム》］

彼の記述によれば一八六九年、ロチはアルジェリアのオランでこのシュレイマという少女に出会う。「裸足で、襤褸着を着ている」けれど、「全体が大きな目と人形のような長い睫の可愛らしい少女」（Pierre Loti, *Suleïma*, Mille et une nuit, 2000. 以後、この章での引用は特別の指示がない限り、すべてこの本からの引用である）に彼は強く印象付けられる。出会ったのは可愛い少女だけではなくて、甲羅を背負った動物にも次のような状況で遭遇する。船が停泊する港に戻る途中の山上でのことだ。

私は太陽の光りが照りつける岩の片隅に避難して休んでいた。近くで、突然、草が踏まれる微かな音がした。見ると、カメだった！／　あまりに小さくておかしなカメ、微小なカメ。黄色の鼈甲は形成されたばかりで、一面小型の模様で覆われていた。

ロチはこのカメをポケットに入れて持ち帰り、少女と同じシュレイマという名前をつける。そして、故郷のロシュフォールの家に連れて帰り飼う。さて、少女シュレイマとの出会いから十年が経過した一八七九年のこと。ロシュフォールの自宅で寛ぐロチの側では、カメのシュレイマが眠っている。巣箱で、「十一月の最初の寒さの時から」冬眠中なのだ。ロチは不意に箱を開けて、この家族の忠実にして甘やかされ放題のカメを見ようと思いつく。「カメは私が今日のような冬の季節にオランの山中で捕獲した日以来、とても大きくなった。」こうして、カメのシュレイマを見ているうちにロチの記憶装置が作動する。アルジェリア娘シュレイマの記憶が浮上して、それが契機となってロチはアルジェリアの自然風土、彼がもっと若かった時代の回想へと導かれていく。

私の思いは、以来戻ったことのないあのアルジェリアを漠然とさまよう。もっと若かったあの時代を遠くから思い出す。別の国々が今日私には失われてしまったように思える強烈な色と光で、その言葉に表せない異質を顔一杯に、投げつけてきたあの時代……

異国の女と故国の自宅で飼育するカメが共有するシュレイマという同一の名前が、思い出の喚起装置として働く。陰鬱なロシュフォールの冬が、灼熱のアフリカを思い出させ渇望させる。ロチは愛する人たちのもとでの平安に微睡《まどろ》んでいたはずなのに、故郷の心休まる空間に安住できなくなる。異国の風、「あの未知と冒険の風」がセイレンの声の魅惑のように、夢見る心を呪縛し、呼び寄せる。

一度その風を吸うと、後に平穏な空気では息が詰まるようになる。遠くにいる時は渇望したすべての心地よい愛したものが少しずつ単調な、色褪せたものになっていく。そうなると、心秘かに再出発を夢見るのだ。

　このように、故郷ロシュフォールと異国という二つの極の間で、ロチに特徴的な切望と夢想の往復運動が開始展開される。それは一方にあっては他方を、他方にあってはもう一方に戻ろうとする心の動きだ。故郷に帰ると旅への欲求に駆られ、旅先では故郷の静かな時間に憧れる。そして母国の穏やかな雰囲気、「若さと人生に見捨てられたかのように自分自身にかがみこんでいたあの陰鬱な長い冬」は逆に、アフリカの「何かしら激しい、形容しがたいもの」、「生の幻影」を渇望させる。この往復運動ゆえに、両方に対する思いが増幅されるので、ロチのノスタルジーは母国だけではなく異国にも発揮される[4]。現実と夢、憧れと幻滅の間を揺れ動く心の動きは、エグゾティスムに欠かせない比較の眼差し、記憶の連鎖を発動させ鋭敏化する。私たち読者はロチの作品の中で、ある場所、状況、自然、音、匂い、女の肌が別の場所、状況、自然、音、匂い、女の肌と想起比較されるいくつもの例に遭遇するだろう。

　アルジェリア再訪を果したロチの嗅覚は、氾濫する異国の香りに喜び震える。植物と季節の匂い、草木と民族の匂い、そして女たちの肌から香る匂い。「香辛料の香りのするエグゾティックな花々」が一面に大地を埋めつくし、「ヨーロッパの春よりも暑い春の酔うような匂いの数々」が満ちあふれ、欲望の抑制を解除させる。「草の匂いとベドゥイン族の匂いの混じった匂い」が懐かしく感覚を刺激する。ロチはシュレイマの居場所を問い合わせて、彼女と再会を果たす。

　彼女の衣服には最も貧しい女たちであれ、すべての東洋の女たちが持つあの匂いが染み込んでいる。彼女はまた、砂漠の匂いがするようにも思える。そして、まだやせっぽちの筋肉質の少女のような彼女の動きには時々、いなごのような柔軟さとしなやかさがある。

アルジェリアの官能を刺激する匂いがロチを熱く酔わせる(5)。彼が惑乱される「この思いがけない大いなる動揺」を具現するのが、シュレイマだと意識する。ロチは彼女の「ギリシア様式のようにすらりとした」姿態、「優美そのものの腰の軽やかな揺れ」を目撃する。アフリカ娘のエグゾティックな魅力に感応したロチは、その魅力を所有し、堪能したいと切望するのだ。望みは成就されるはずだし、欲望は充足されるはずだ。シュレイマは金銭で男の欲望に肉体を開き、アフリカの「ピンクゴールドの強烈な光」が高揚した生の錯覚をもたらすように(6)、恋の幻想を与えるのを商売にしているのだから。しかし、ロチの夢見がちな性向は、二人の関係にロマンチックな性格を付与せずにはいられない。快楽の一夜が明けた早朝、立ち去るロチはこの十六歳の娘の「さよならの口づけ」、「自然な口づけ」を受ける。そして、ミュッセの作品『ロラ』を連想する。一回の口づけが文学的文脈の中に置かれて、『ロラ』の場合と同じに、娼婦の愛を純化し、彼女を金銭で所有した自分の行為を救済してくれる口づけとして意味付けられるのだ。

時間意識はロチのエグゾティスムの構成要素の一つである。物事や人、大切な関係が永遠に続くものではないという意識、死の意識がそれらを記憶に刻印させて、愛しい感情で美しく彩る。一過性と未完了の意識を通して、異国の事物が失われた懐かしいものとして描かれるのだ。さらに、場合によっては、一瞬と永遠が同様同等のものとして認識されることにもなる。恋に伴う「一時の名残惜しさも」も「胸を引き裂くような名残惜しさ」も同じなのだ。

恋、私たちが何か崇高で高尚なものにしようとする大恋愛は、ああ何たることか、行きずりに金で買う恋とあまりに似ているので、その大いなる類似性に私は不安になる……

それに、不意の記憶の蘇りの以前に横たわる、没交渉に過ぎた十年の経過が一段とロチの夢想を募らせていたように、時間的間隔は美化作用、エグゾティスムの喜びと驚きの増幅装置として働く。そして、また次の再会までに二年が経過する。ロチは偶然を装って周到に、ロマンチックな香りに彩られた驚きと悲しみの場面を用意する(7)。夫を毒殺した女の裁判が行われている。ヴェールで顔を隠したその女を見て、ロチは「何かしらすでに愛したことのある忘れがたいもの」を感じ取り、予感する。シュレイマだった。「彼女の犯罪さえも突然私の官能には彼女の不可解な魅力と感じられた。そして、彼女を所有したというあの思い出が全く欲望をそそるものとなった。」少なくとも、こうして異国情緒の中で、ロチはロマンチックで悲劇的な欲望の物語を語り、演じることができたのだ。

［ララフュ・幸福の異国趣味《エグゾティスム》］

第一部、第二部、第三部から成る『ロチの結婚』では、それぞれララフュとの出会いと別れ（別れから再会）、再会と離別（離別から、またの再会）、そして再会と別離が、いずれも間に時間的経過を効果的に置いて語られている。再会の喜びと別れの悲しさが繰り返し物語られて、その印象が重層的に重なり、返しては寄せる波のように心を浸す。

さて、お菊さんの場合とは対照的に、すぐ嫉妬したりして感情表現が直接的なタヒチ娘のララフュをロチは可愛く思い、好感を覚えている。それに、彼女の「やわらかな小さな声と爽やかな笑み」（**Pierre Loti, *Le Mariage de Loti*, Flammarion, 1991.** 以後、この章での引用は特別の指示がない限り、すべてこの本からの引用である）に魅了されている。聴覚がララフュの声に愛撫されるように刺激される様が、何度も描かれる。「彼女が独唱する声」は「とてもやわらかで爽やか」だ。モーレア島での奉献式で聞いた彼女の声は「静寂のなかに、水晶の音のように」響く。英語を話す時の、このタヒチ娘の声もロチの耳朶を甘くくすぐる。「彼女の声は、これらの使われていない言葉を話すときには、その耳障りな音節を発音できないので、より一層やわらかに思えた。」

愛着を覚える女（あるいは愛着を覚える魅力的な存在として造型された女）との暮らしのなかで目撃観察され、感じ取られる自然風土気候風習は当然、物語の論理に従って、幸福な魅力的なイメージで記述されていく。ロチの五感は楽園のイメージを感じ取るのだ。いくつか例を挙げてみる。ロチはタヒチで午睡の快楽を堪能する。

それから、私たちの日中の大部分は睡眠に費やされる。――熱帯に住んだことのある人たちは、昼寝というこの怠惰な幸福を御存じだ。――私たちの住居のヴェランダの下にアロエのハンモックを張って、蝉の微睡みの音を聞きながら、夢みたり眠ったりして長い時間を過ごすのだ。

さらに、二人の住まいにはココヤシの木が眠りに誘うように影を落とす。長崎では癇に触る音の元凶だった蝉が、ここタヒチでは快適な誘眠装置として働いている。大気は南洋の逸楽の匂いに満ちていて、中でも、「真昼の太陽によって枝の中で暖められ過ぎたオレンジの匂いが一番圧倒的」だ。こうして静かに安逸の日々が過ぎていく。「時間が痕跡を残さずに、永遠の夏の単調さのなかで流れゆく」。愛し合う恋人同士は「世間の喧噪が最早存在しない、平穏で不動の雰囲気の中にいるみたいだ」。このようにロチは、外界とは無縁に完結しているララフュと二人だけの幸福な小世界のイメージを伝えるのだ。そして、この作品が楽園神話の原型、以後観光宣伝で大量再製産されていく南洋風景の典型の一つであることを納得させる魅惑の景色。「幻想的な様子の大円丘、密林、穏やかな水面に傾いた目をさえぎるように立ち並ぶココヤシの不思議な木々。――そして、大木の下にはオレンジの木と夾竹桃の間に何軒か家屋が点在している(8)。」

ところが一方で、幸福感は時々悲しみの色を帯びる。これは、異国でのすべては一過性のものであるというエグゾティスムの時間認識から来る諦観と断念の悲しみでもあるし、うつろいやすいものや死に敏感なロチの性向に本来的な悲しみでもある。ロチはララフュとの親密な時も、自分を異国に運んできた船の出発によって終息せざるを得ないことを理解している。

二人だけの生活の穏やかな習慣が毎日私たちを一層緊密に結び付けていった。でも、しかしながら、私を魅了するこの生活には明日が微塵もあり得ないのだ。これは出発と別れによってまもなく途切れてしまうのだ。

別離の時は至福の夢からの、残酷な覚醒だと意識される。悦楽の剥奪と楽園放棄だと見なされている。「それは、地上の最も官能的な島での甘美で興奮する夢の一年の後での目覚め、船員の厳しい仕事への復帰のようだった……」そしてまた、別れの時は幸福と愛の物語を再確認する有効な機会になる。夢の世界に生きて、異国への永遠のノスタルジーに捉えられた「私」を演じる効果的な機会になる。

私はかわいそうな娘をこれほど愛しているとは思わなかった。でも、彼女にどうしようもなく、永遠に愛情で結ばれているのだ。とりわけ今、それが分かる。ああ、私はこのオセアニアの国が大好きだった！　私には今、確かにお互いとても離れてはいるけれど二つの故郷がある。——でも、私は去ってきたばかりのこの国に戻ってきて、おそらく、そこで人生を終えるのだ……

さて、実際ロチがタヒチに滞在していたこともあるので、私たち読者はララフュをつい実在の女と思いがちだけれど、あらためて指摘しておくと彼女は物語の中だけの架空の存在なのだ。物語はロチ自身の体験ではなくて、兄ギュスターヴの体験、兄とタヒチの娘との恋愛、同棲生活が基になっている。ブリュノ・ヴェルシェが指摘するように、ロチは兄の異国生活を自分のものとして再現して、物語の中で追体験しているのだ。つまり、ララフュとの物語は、幸福の夢を演じる作者ロチによって演じられた幸福の物語なのだ。エグゾティスムの要請を最大限に活かして、ロチが自分の見たい夢を語り、生きたい楽園を描いた物語なのだ。後は、ロチの夢想を通してしか異国を見られなくなった、ロチのエグゾティックな記述に呪縛されたぼくが残るだけだ。

*　*　*

ロチの作品の主人公は常に彼自身であり、様々な物語形式が採用されているとはいえ、作中で語られるのはいつも「私」のことなのだ。拙論のタイトルにした『ピエール・ロチと三人の女』は、ピエール・ロチと三人の「私」と言い換えることができるかもしれない。『ロチの結婚』の最後の方で、作者は故郷の安寧の中でオセアニアを「不思議な夢」のように思い出す「私」を演じている。オセアニアから持ち帰った品々から発散する匂いで「私」の部屋は満たされ、「私」は感動を覚える。こうして、私たち読者は永遠に繰り返される回想の世界の住人ロチを予感させられる。そこで、まさに、回想と夢想の部屋をしつらえた故郷ロシュフォールのロチの家については、稿を改めて論述することになるだろう。それは、また筆者が夢想に浸る素敵な機会になるはずだ。

《注》

(1) ロチはタヒチのモーレア島の闇を次のように描いているのだが、気怠《けだる》い官能的なイメージもまた異国趣味の重要な一要素である。「生暖かで官能的な闇が、未開の島に再び降りた。最初の航海者たちが島を新しいキュテラ《愛の島》と名付けた時代のように、何もかもが誘惑、官能の惑乱、そして抑え難い欲望だった。」(*Le marriage de Loti.*)

(2) 本文の中で指摘・言及している異国趣味というものの時代別の特徴・一般的な性格・共通要素については、次の本に多くを負っている。**Roger Mathé, *L'exotisme*, Bordas,1985.**

(3) 筆者の自己引用。こじつけ風に言えば、時には時間的な距離をおいて参照・利用しに、過去の自分の文章に立ち戻るのは、ある種エグゾティックな体験ではあるまいか。

(4) ロチは、故郷の六月の陽光や澄み切った空の下にありながら違和感を覚えて、こう書いている。**《c'est autre chose. Et la nostalgie me prend quelquefois, de ce grand soleil et de ce Baal implacable qui rayonne là-bas...》**(***Suleïma***) ここで私たちは、テオフィル・ゴーティエ『スペイン紀行』の帰国時の思いを叙述した部分を思い浮かべる。「これらすべてが鮮明に脳裏に蘇ったので、ぼくには、今すぐ母に再会できるこのフランスがそれでもぼくにとって、流謫地であるかのように思われた。」

(5) 匂いのエグゾティスム、そして匂いと官能の結びつきという点では、即座にボードレールの詩「異国の香り」が連想される。マレーシアの暑い空気に肌を晒して太陽を浴びた女は、快楽で潤った小さな闇から、熟れた南国の果実の匂いを放つ。

(6) 太陽は悲しみの感情をもたらすこともある。「それでも、東洋のあるいくつかの国々の、曇ることも、色が薄まることも決してない永遠に青い大空に絶えず存在する太陽は、私に北ヨーロッパの霧の悲しさ《トリステス》よりも深く本質的な、言い表わしようのない悲しみ《メランコリー》を引き起こす。」(***Suleïma.***)この種の心情は確かにロチに顕著に見られるものではあるけれど、詩的な感受性に恵まれた作家には共通して見られるものかもしれない。あるいは特定の国々が古くから、ヨーロッパの作家たちに与えてきた特定のイメージの一つなのかもしれない。筆者がゴーティエの『アルジェリア紀行』について書いた論文からの、自己引用を許していただきたい。「……東洋、アフリカといえば燦燦たる太陽と抜けるような青空としてイメージされている、そのイメージが風景描写のみならず、人物描写にも適用されていることが興味を惹く。ゴーティエがアフリカにそのようなイメージを見たがる願望というか執着心が、それだけ強いということか。それにしても暗澹として晴れない色調に馴染みやすい憂いと悲しさが、『太陽のように明るい憂い』と『青空のように澄みきった悲しさ』と形容されているのは鮮やかな手並み、澄明にして心地好い比喩だ。」（拙論『旅行記作家ゴーティエ（2）』、福岡大学人文論叢第二十一巻第二号、一九八九年、七三五頁。）

（7）時間を隔ててもたらされる驚きの例を、ゴーティエの旅行記にも見いだすことができる。「……ぼくはアイシャにも彼女の姉にも再会することはなかった。――旅行者の運命とは気に入ったものと常に別れていくことであり、感嘆したものに決して二度とは会えないことなのだ。――しかし去年、ぼくは二人の消息、悲しい消息を得た。新聞に次のように書かれていたのだ。／『コンスタンティーヌの若い踊り子アイシャ＝ベン＝シュバリアは、彼女の宝石に金銭欲を刺激され、夜間、家宅侵入したカビリア人に殺害された。切り刻まれた血まみれの死体がルメル川で発見された。殺人者らは耳飾りや指輪を抜き取る手間を省くために彼女の耳をもぎ取り、指を切断したのだ。犯人は捜索中である。』／こうなってみればだから、ぼくのささやかな素描が、あの魅力的な女性について残っているすべてなのである。」（拙訳テオフィル・ゴーティエ『アルジェリア紀行』（4）、福岡大学人文論叢第十八巻第三号、一九八六年、七八一頁。）

（8）夜の景色も、明るい昼の景色とのコントラストゆえに異なる雰囲気の一段と美しい様相を見せる。「午前二時の大いなる静寂の中、真夜中の月に照らされたタヒチの風景は魅惑と神秘に満ちて美しかった。」（*Le marriage de Loti.*

思い出と幻想の家

ピエール・ロチは私に、甘美と悲しみと夢が混じり合った印象を残すのです。（アナイス・ニン）

手元に残った入場券には、右下寄りに124953という数字がスタンプで押されてある。中央下にロシュフォールの観光案内所の女性のボールペンで書かれた「八月二十七日、十四時」のブルーの文字が見える。そして左側、全体の三分の二に異国風の衣装に身を包んだ男の写真が印刷されてある。二〇〇〇年のその日、親切なタクシーの運転手は約束通りオレロン島のホテルに迎えにきてくれた。そして、見学までには時間があるので、ロチの家の近くにお勧めのレストランがあれば昼食を取りたいという希望を聞いて、（自分は行ったことがないけれど美味しいという評判らしいよと言って）ぼくらを日本語に訳せば「四季亭」というレストランの前で降ろした。胃袋の空虚を食の快楽で陶然優雅に満たした上機嫌の男女は、予約時間の十分前に夢と蠱惑の扉を押すようにロチの家の扉を押した。

ロチの子供時代の日曜日の午後の家の微睡みと人工的な闇。「静寂に満ちた家には夏の灼熱の真昼に特有のあの（深閑な）響があった。八月か九月のことだったに違いない。それで、私たちの地方の習慣に従って、半分閉ざした鎧戸が太陽の暑さが続く間、一種の闇を作ってくれていた。」（Pierre Loti, *Le roman d'un enfant.*）さて、ロチの家の歴史を、彼の文学作品にも言及しながら物語風に紹介していこう。というのも、表現手段に違いはあれ、この家はロチの「傑作」の一つであり、その特徴を探ることは彼の文学作品の特徴を探ることにつながるし、また、その逆も同じであるからだ。両者は想像者＝創造者ロチの同質の美意識に彩られており、互いに一方の性格を映し出す鏡のような関係にあるからだ。

＊　＊　＊

母ナディヌの祖父ドーファンが、現在ロチの家と呼ばれる記念館になっているロシュフォールの家を購入したのは一八〇二年のことである。そして、一八三〇年にテオドール・ヴィオーと結婚したナディヌが、サン＝ピエール通り（今はピエール＝ロチ通り）一四一番地のこの家を一八三四年に相続する。その後、家が蒙った運命の気紛れ、特に改築改装の物語は筆者の気紛れに合わせて記述していくことにする。母方テクシエ家は「オレロン島出身のプロテスタント」の家系であった。一八五〇年生まれのピエール・ロチことジュリアン・ヴィオーは一九二三年に死亡して、オレロン島のサン＝ピエールにある「祖先の家」に埋葬された。

オレロン島のことは作品『ある少年の物語』に繰り返し描かれている。ロチにとって、この島は切ない恋の思い出と幸福の記憶と結びついている。島から家に持ってこられたものの中には熊手や大瓶や長竿（塩田作りや葡萄栽培(1)の名残りだ）がある。そして、浜辺で拾い集めた「黒い大きな小石(2)」。これらは、冬の寒さをしのぐ暖房の道具として使われる。

夜、就寝までに、それらの石を薪の火がぼうぼうと燃えている暖炉に入れておく。それから、これも島から持ってこられた花柄のインド更紗の袋にしまい込んで、ベッドに持っていく。こうして、寝てる人の足を朝まで暖かくしておいてくれるのだ。

作者によれば、八歳頃に罹患した「猩紅熱」、la fièvre scarlatine というおぞましい響きの名前を持つ病気から回復した後の夏に、「私」はオレロン島に一番長い滞在をした。これが、「海藻、蟹、クラゲ、海の多くのものたち」と本当に馴染んだ初めての機会だった。そして、始めての恋を経験した時だった。ヴェロニックという少女との交流の様子は、姉が書き残した古いノートの中の記述からの引用を交えて（引用という体裁を装って）、語られている。

ヴェロニックはピエールのすぐ傍にもぐり込み、ついには彼の手を捉えて、あとはもう放さない。二人は仲良しの赤ちゃんのように、指をしっかりと絡めて歩いていく、黙ったまま、そして時々見つめ合いながら……それから、こっちとあっちにキス。ヴドリ・バン・ヴ・ビゼ（あなたにキスしたいの）、と彼女は小さな腕を彼に心にしみるほど優しく差し出して言う。そこで、ピエールはキスされるがままになっていて、今度は彼女の丸い可愛らしい小さな頬にキスを返すのだ。

（同前）

ロチの他の作品の恋愛関係の場合と同様、ここでも幼い恋は「私」の出発とともに終わる。そして、帰還した「私」が、残してきた愛する女の身の上を案じて、悲しみに浸るという構造も、持ち帰った物が甘美な回想や物悲しいノスタルジーの道具になるという構造も同じだ。「あのすべてを持ち去り、自分のあとに思い出の世界を付いて来させたい欲求」（同前）が、既にこの少年時代から、その萌芽を見せている。当然ながら、収集したものを分類収納する空間が必要になり、「私」の個人博物館が作られ、展示棚の数の増加とともに、欲求は拡大、増殖していく。精神は収集の魔に覆い尽くされ、部屋は回想の品々に隙間なく埋め尽くされた状態が常態となる。一方で遮断密閉された静かな空間での静思と夢想を好む傾向は、行動と外界の音を求める欲求を生むだろう。

この同じ博物館で、私は三月のある午後、あの反発欲求の最も奇妙な徴候の一つを感じたことを覚えている。後に、完全な寛ぎのあるいくつかの期間に私を音、動き、水兵たちの単純で騒々しい陽気さの方に追いやることになるはずの欲求。

（同前）

さらに、最終的には数々の異国風の部屋となって結実することになる、異国趣味と幻想空間の夢の形成・結合を子供時代の挿話に仮託して語っている。それによれば、「私」は海軍大佐の家の娘ジャンヌと一緒に、シャルル・ペローの『驢馬の皮』上演を企て、共同で背景や人形作りを始める（ジャンヌがパリでその夢幻劇を観てきたのだ）。ジャンヌが飽きてしまい協力を得られず一人になってからも、計画は放棄されるどころか、舞台作りはエスカレートしていき、壮大過剰の様相を帯びる。

私が後に、世界の様々な場所で程度の差こそあれ実現した魔法の家や不思議な豪奢へのすべての夢が、初めて、この『驢馬の皮』の舞台で具体化したのだ。子供時代初期の神秘主義が終われば、私は、私の人生の妄想は全部先ずは、このとても小さな舞台で試され、実践されたのだとほとんど言うことができるだろう。（同前）

このように、作者は後の彼の人生の象徴、精神傾向のすべてが子供時代に準備されていたように、物語を意味付け、構成している。成長した未来の「私」の意識が幼年時代の出来事に投影され、未来の出来事が過去の出来事に予兆され内包されている物語。私たち読者は、繰り返しと再現によって過去の時間と未来の時間が互いに流入、交叉、重層しあう不思議に魅力的で、悲しく懐かしい循環構造、円環構造の物語世界に浸ることになる。

＊　　＊　　＊

『シュレイマ』の中に、「私」がトルコ風の部屋に入っていく夢を見た話が出てくる。作者ロチの年表があるように、ロチの家の年表もある。それによれば、この部屋の始まりは一八七七年、ロチが二十七歳の時である。利用されたのは三階にあった以前ベルト大叔母さんの部屋だった空間で、改築したその部屋に、ロチは一八七六年からこの年にかけてのトルコ滞在で収集して持ち帰った品々を集積して飾る。一八八六年にブランシュ・フラン・ド・フェリエールと結婚したロチは、新婚旅行の地にスペイン、アンダルシア地方を選ぶ(3)。そして、一八八九年には使節団の一員としてモロッコを訪ねる。興味深いのはトルコ風と名づけられたこの部屋の様式や装飾が、この二つの旅行の影響を受けて、スペイン風、ムーア風の思い出に侵犯されていくことだ。残るのは様式の混在、様々な思い出と幻想の堆積なのだ。まさに彼の物語作品が様々な異国の思い出の混在と、見たいものだけを見て、回想したいものだけを回想する幻想の所産であるように。さて、夢の話に戻ろう。トルコ風の部屋に入った「私」が見るのは、ソファに座った老人の「私」なのだ。将来の孤独と死を暗示するこの「生気の失せた、悲嘆に暮れた、呪われた」老人を「私」は「哀れみと嫌悪と恐怖の思い」で見つめる。「私には彼の一生涯が分かった。彼は世界によって自分を費消し、浪費し続けたのだ。そして今や、家族を作ることさえできないまま、一人死んでいくのだ。」(Pierre Loti, *Suleïma.*) 老人の脳細胞の暗い闇を不意に照らすのは、異国での生命力と輝きに満ちていた過去の混沌とした記憶と思い出の断続的な蘇りなのだ。そして、夢の中の「私」は自分の暗澹たる虚しい自己像を払い除けるかのように、陽光燦々たる東洋への最後の出発を、厚く閉ざしてくる闇の中で懇願する。

「あのスタンブルの悲痛な思い出」を喚起する「長剣《ヤタガン》の曲がった刃、金銀を象眼した銃床尾、古い刺繍の奇妙な模様」。そして「ラタキア煙草とお香の匂い」。ロチ=話者は彼にとっての異国様式の部屋の意味を明確に理解している。自己認識ができている。部屋が幻想の維持装置であること、ただし、あくまで幻想であるので実際の何かが欠如した模倣空間であること。彼は思い出が虚しいこと、味わえる甘美も胸締め付ける悲しみも一瞬に過ぎないことを知っている。最後は無力感と懐疑感に捉えられることも知っている。けれども、本来あるべき場所から持ち運んだ品々を眺めて、回想に耽らずにはいられない自分のどうにもならない性向も分かっている。

部屋はいつものようにすっかり閉め切ってあり、漏れた僅かな光がこれらの異なる場所に置かれた珍奇な品々の上にかすかに反映していた。私はそこに、長い間無人のアパルトマンのような見捨てられた感じを見て取ったし、空気中にまだ残るトルコの香りを嗅ぎ取った。それは確かに東洋そのものではあったけれど、光も生命力もない東洋だった。(同前)

変更や拡張や取り壊しといった部屋の運命はロチの美意識、彼の増幅変化する気紛れな夢想に左右される。また、日本寺院や中国風の部屋のようにロチの死後、やむを得ない何らかの事情で消滅した建築物もある。例えば、『二匹の雌猫の生涯』には、寺院建設時の様子が描かれている。「その当時、私は家の一角に、あちらで取り壊された寺院の残骸を使って仏教寺院を建てさせていた。それで毎日、巨大な箱が中庭で開けられて、新たな見事な陽の照るなかで、柱身、丸天井の彫刻、重たい仏壇やとても古い仏像が取り出される間、中国の形容しがたい複雑な匂いを放つのだった。」(Pierre Loti, *Vies de deux chattes.*)

そして、建築工事に伴う雑然とした雰囲気と不思議な興奮と奇妙な高揚感。これが日本寺院と呼ばれることになる建物だけれども、日本的なものだけで成立したわけではないことを文章が示している。そこには中国風のものも混在していたし、さらにはインド、ヒンズー教の要素も加えられていた。『ピエール・ロチの家』(*La maison de Pierre Loti*, Editions du patrimoine, 1999.)にも指摘されているように、ロチの場合、これらの建築物作りの特徴の一つは厳密さや本物の追求ではなくて、それらしい雰囲気、一国に特定はできないけれどいくつもの異国を連想させる幻想の所産を提供することなのだ。この特徴は彼の建築物だけではなくて、彼の文学作品をも規定する。「ロチは歴史的あるいは様式上の事実性は気にかけない。彼が努めるのは効果を得ること、印象を生み出すことなのだ。――これは同様に彼の文学信条でもある。」

異国風の部屋＝幻想の維持装置＝思い出の密閉空間建設に向かう自分の情熱が、抵抗しがたい情熱であることを意識する一方で、改装改築に伴う元あった場所の消失が親密な自分の一部の消失破壊だと痛切に意識されるのだ。

> 私は今や、以前存在していたもの、もっと簡素ではあったけれど、子供時代の思い出に満ちていたものを破壊してしまったことを後悔している。――というのも、私にとって良いものはもはやそれしか、つまり他の場所で費消した私の男の人生を忘れて、ここに子供、まったくの子供の自分を再び見い出せることしかないからだ。(*Suleïma.*)

新しく、部屋という異国の思い出の集積場所を建築するのは、子供時代というもう一つの大切な思い出を破壊することでもある。なにしろ、ロチが大人という未来の時間から振り返ってみる子供時代は、貴重な幻想と期待の出発点なのだから。『ある子供の物語』には、繰り返し訪れる夏の始まりが子供時代の永遠性という幻想を抱かせたことが記述されている。それでいて、時間の無慈悲な流れが夏の終わりをもたらし、ヴァカンスも子供時代もいつかは終わるのだという現実を認識させることも。ロチには常に矛盾した二重の精神の動きが内包されている。彼が構築に情熱を燃やした異国風の部屋の場合も、精神の振幅、往復運動を免れない。読者はロチが保存・建設の喜びに身を任せると共に、幻想と幸福を育んだ幼年時代につながるものが喪失されたことを後悔するのを目撃することになる。ロチの場合、家庭の安寧単調は旅の興奮刺激を渇望させる。せめて、その興奮刺激の記憶を残そうと、喜びの回想を味わうと設えた部屋は二度と享受できない過去を提示して、時間の残酷な非可逆性を思い知らせて、悲しい現実を突き付ける。精神の二重（多重）運動、共鳴運動はロチの作品を覆い尽くしている。ロチの読者が類似、反復、既視感の印象を受ける理由の一つはそこにある。

＊　＊　＊

異国風の部屋がロチの家の中にあって異国の雰囲気を増幅伝達する、彼の思い出や美意識が反映された装置として機能していることは既に述べた。ロチにあっては部屋も文学も同様のものだとすれば、彼の文学作品の中に描かれる家や室内はエグゾティスムの重要な道具立て、現実と思い出と美意識を自在に配分して混ぜ合わせて、伝えたい雰囲気を生み出す装置であるだろう。ロチは作品中の家とその内部の雰囲気を、周囲の雰囲気と連動させて、自分が望む印象を作り出す。外の自然や街の無数の構成要素の中から、伝達したい印象を生み出すのに相応しいと判断されたものが選択されて効果的に配置される。あるいは、内部と外部が相互に際立つように、印象が相互に波及増幅するように描写に工夫が凝らされる。例えば、ロチはカスバの夜と朝の雰囲気の間に、シュレイマの部屋とその部屋での濃密な快楽の一夜を挟み込む。「夜は、もう底がないように見える峡谷の畔の上にある本当に古い小さな通り」にある

「汚く、みすぼらしい」家の中に潜む「ござ、白いマットレスとアラブ式の掛け布団がある屋根裏部屋」。そして、「官能的な微かな疲れ」でまだ反覚醒の感覚に捉えられる早朝の街。「まだ、眠っているカスバは好い匂いがした、朝の空気は澄み切っていて、とても心地よかった。」

さらに、子供時代のオレロン島の回想にカスバの思い出が侵入して、異なる二つの場所が共通の色を介して緊密に結びつく(4)。「アルジェリアのカスバと同じくらい石灰を白塗りされて、海風に立ち向かえるあるいくつかの種類の花々で囲まれた、屋根の低い小さな家々がある村々」。一八八四年にロチの家で改造が計画実行されたアラブ風の部屋は、祖先の故郷とマグレブとの記憶の共鳴の具体的表現となる。白壁に嵌め込まれた陶器。そして、「張り出し窓《ムシャラビ》」、「モロッコの二基の墓碑《ステル》」、「インドの盾」など、つまりは異なる場所の記憶の混在融和が部屋の不思議な魅力を際立たせる。（参照。Thierry Liot, *La maison de Pierre Loti à Rochefort 1850-1923*, patrimoines et médias, 1999.）

ロチがマダム・クリザンテーム《お菊さん》と暮らす日本家屋の屋根は振動しやすさという共通点で、アフリカの打楽器の思い出を呼び寄せる。「何十年も陽に焼かれて乾燥して、タムタムの張り詰めた皮のようにほんの少しの音にも震えるあの薄い木の古い屋根」。(Pierre Loti, *Madame Chrysanthème*.) そして、屋根裏を走り回る音とお菊さんの「ねずみ」という言葉がロチにトルコ語のねずみを意味する言葉を思い出させる。別の場所の思い出が不意の目覚めのように、時空の隔たりを越えて現出する。

> そこで、不意に、その単語が私にここから遠く離れた場所で話されている、まったく違う言語の別の単語を思い出させた。《セチャン！》、かつて他の場所で聞いた単語、同じような状況で、夜怯えた時に若い女の声で私のすぐ側でこんな風に言われた言葉。（同前）

確かに、ロチがいるのは灯明に照らされた「平然たる笑み」を浮かべた「金めっきした仏像」が安置された日本家屋なのだけれど、そこが一瞬イスタンブールの思い出によって侵犯されるかのようだ。異なる場所での思い出の類似。

過去と現在を隔てていた時空間が、呼応しあう記憶を媒介にして無化される。

騎兵ジャン・ペーラルが部屋を借りているセネガル、そのサン＝ルイの街の家は石灰が塗られた白い家だ。「ひび割れた煉瓦壁、乾燥して干涸びた板が白蟻や青蜥蜴の大群の巣」（Pierre Loti, *Le Roman d'un spahi*.）になっている。付近にある唯一の緑は「折れそうな椰子の木」で、太陽の位置に従ってその影が白壁上を物憂げに移動する。枝には青やピンクの小鳥たちが大挙飛来する。空気はいつも「サハラ砂漠からの熱風」で焼かれている。ジャンの部屋は次のように描かれている。

騎兵の住まいは奇妙な住まいだった。茣蓙《ござ》に覆われた腰掛けがこの飾りのない部屋に置かれてあった。マグレブの教父によって書かれた羊皮紙や様々な護符が天井に吊るされてあった。（同前）

この部屋がファトゥー＝ゲーというアフリカ女との快楽の場所であり、この部屋が異国の女の官能の呪縛が内部に満ちて、フランス男を骨抜きにして懶惰な捕囚にする空間なのだ。ジャンは「何だか分からない官能的で背徳的な誘惑、何だか分からない護符の魔力」にすっかり絡め取られている。同棲相手の女ファトゥー＝ゲー、ジャンの部屋、そしてその周囲のすべてが黒の熱い国の、捕獲と蠱惑の共犯関係にあるのだ。

ファトゥー＝ゲーは恋人にどのような雌猫の愛撫(5)をすればいいかを知っていた。彫像の腕のように美しく、銀の腕輪をした黒い腕でどんな風に彼を抱きしめればいいかを知っていた。すぐに熱い欲望を掻き立てて自分の過ちを許してもらえるように、裸の胸をどんな風に彼の上着の赤ラシャに押し付ければいいかを知っていた……（同前）

ロチの家の「ゴチック様式の部屋」の床には揚げ戸《トラップ》がある。これは、財政困窮で家の一部を他人に貸さなくてはならなくなったときに、家族の者たちの通路として緊急手段のように作られた。他の部屋の天井近くの張り出し空間や、さりげなく壁に設けられたどこに通じているかと思わせるような小扉などとともに、その揚げ戸には今では何となく遊戯性や秘密性が感じられて、筆者（＝桑原）は江戸川乱歩や谷崎潤一郎の物語世界を思い浮かべてしまうのだ。ロチの文学作品に描かれた部屋も、まるで作者の内面が投影された、思い出が幽閉された秘密めいた空間のようだ。

＊　　＊　　＊

ロチにとって書くことの意味は、一過性の消失していくものを固定してつなぎ止めること、全てを消し去る時間の流れに抵抗する手段だった。「私はすでに、束の間のイメージを書き留めて固定する必要、事物と私自身のはかなさに抵抗するあの必要を感じていた。それが私にこの日記をこんな風にこの最後の年まで続けさせたのだ……」（*Le roman d'un enfant.*）彼が作品を書いたのは、「私というもののすべて、私が涙したことのすべて、私が愛したことのすべてを、私自身の寿命を越えて引き延ばそうとするため」なのだ。異国の思い出の品々を収集収納展示した部屋をいくつも建築しては、増改築や取り壊しを繰り返したのは、「私」が生きた思い出を、作品を替えて何度も繰り返し書き続けたのと同じ行為なのだ。部屋と文学作品では収蔵の対象は違うけれど、ロチがその二つを作ることに燃やした執念と情熱は物と言葉（文章）の喚起力を信じて、それを最大限に活用しようとした記憶の堆積・延長（延命）行為なのだ。

ロチの家の「ミイラの部屋」には多くの仮装衣装が収納されている。私たちはロチが好んだ仮装の宴の様子を残された写真で見ることができるのだけれど、彼の扮装、変装趣味はアラン・ビュイジヌの言葉を借りれば「複数の私」になる手段なのだ。「彼の仮装趣味はまず『多装趣味』なのだ。それは望ましい別人の明確な姿ではなくて、そうできる度にどのような別人にも一体化できることなのだ。」（Alain Buisine, *Pierre Loti l'écrivain et son double*, Tallandier, 1998.）また、ティエリ・リオの表現によれば、ロチの異国風の部屋は「ミニチュア版の万国博覧会」（前掲書）を思わせる。この多種多様な異国的なものが混在する空間もまた、多重の人格を享受する幻想を与えてくれる装置という点で衣装と同じなのだ。さらに、こうして伝記的、旅行記的、民俗研究的など多様な要素が混在するロチの文学作品は、部屋や仮装と同じ性格を共有することになる。一個の別人ではなくていくつもの「別人」と戯れる作家ロチ(6)。誰でもない無数の「私」こそが本当の彼自身であるようなピエール・ロチ。

昼下がりのロシュフォールの駅前は閑散としていた。(映画『ロシュフォールの恋人たち』を記念して付けられたのだろう)あのカトリーヌ・ドヌーヴさんの亡くなった姉フランソワーズ・ドルレアックの名前を持つ広場は、光り輝く暑熱の静寂に覆われていた。停まっているタクシーは一台だけだ。男は近づいていって挨拶して、ムッシューにオレロン島のNホテルに行きたい旨を伝え、バス時間を見に行った女を手招きした。二人が乗り込んだタクシーが走り出すや、幸福な既視感が男を包んだ。すべてがカヴァイヨンの時とそっくりだった。(所収の『サドの城』参照。)途中、ムッシューはぼくらの予定を訊いて、よかったら二十七日にホテルに迎えに行ってあげるけれど、と言った。それでは十一時にと、男は頼んだ。橋を渡るタクシーの窓に見えてきたオレロン島は、約束された至福と快楽の領域のように見えた。

《注》

(1)今でも、オレロン島特産のワインが作られている。地ビールもある。これらは日光浴やサイクリング(ホテルの自転車は臀部を痛くした)の後の男女の渇いた喉を清涼な幸福感で潤した。それから、二人は夕食までのしばらくの時間を火照った肉体をくっつけて、タヒチのロチとララフュのように午睡の快楽に浸る。ところで、あのタラソテラピーに余念がなかった巨漢のアフリカ人はどうしているだろう。アフリカ大陸のどこかの国の王族の子弟かもしれないねえ、などとぼくらは想像して楽しんだ。この巨人は夕食の場で、不意に思いついたように席を立ち、長い時間連れの女性を一人置き去りにする。永遠に続くかと思えるその孤独の時間を、その女性は食べずにじっと待っているのだ。

(2)ぼくの本棚にはオレロン島のホテル前の浜で拾った、黄色味を帯びた薄い土色の、心なしか島の上半分に形が似ていないでもない、平べったい石が閑居している。

(3)アルハンブラ宮殿の前に立つ新婚夫婦の写真が残されている(参照。Bruno Vercier, Jean-Pierre Melot, Gaby Scaon, *La maison de Pierre Loti*, Editions du patrimoine, 1999.)正面を見据えるロチとその脇で直角な横向き姿を見せる妻ブランシュ。様式性というか人工的な印象を見るものに与える、象徴的な奇妙な写真。結婚相手の条件としてロチが要求したのは、金持ちの娘であることと自分よりも背が小さいことの二つだった。

（4）色の思い出。男は娘の誘惑的な提案でやっとオレロン島行きを決意した。渋々という感じで旅立ちながらも、旅先につくと一番楽しい思いを味わうのはいつも男の方なのだ。ガイドブックの説明とは違い、自転車で一周なんて到底不可能なほど大きなこの島は、ムール貝の身の美しい黄色と娘の水着のオレンジ色とともに今でも絶えず想起されるのだ。さらに、このオレンジ色の記憶は、アジアの島の思い出につながる。ホテルのプールを愉しげに浮遊していた娘の肉体の上下二箇所を覆うオレンジ色の布。コテージの中では、男の欲望によって剥奪されるはかないオレンジ色の防御帯。将来どこかの島での休暇が実現すれば、男の思い出は他の色で彩られることになるだろう。その時は、娘は別の色の水着を買うつもりだと宣言している。その宣言は同時に、新しい素敵な色を堪能したければ、また旅に連れていきなさいという優しい脅迫でもある。

（5）ところで、ジャンの微笑みは「猫のように優雅」une grâce féline だと書かれてある。猫的なものを媒介にして、さらに、ぼくの連想はアルベルト・モラヴィアの小説『豹女』*La femme-léopard* に飛ぶ。登場人物ノラは猫のように謎めいていて捉えがたく、貪欲な性的欲望で不意に男を征服捕獲する。作品の舞台になっているガボンの地は、アフリカの熱い欲望に淀んだような呪術的な雰囲気に覆われている。

（6）『二匹の雌猫の生涯』の次の文章を参照されたし。《Et si par instants je me souvenais, avec une sourde commotion intérieure, d'avoir eu une âme orientale, une âme africaine et un tas d'autres âmes encore; d'avoir promenè, sous différents soleils, des rêves et des fantaisies sans nombre, tout cela m'apparaissaient comme trés loin et à jamais fini. Et ce passé errant me faisait plus complètement goûter l'heure présente, le repos, l'entr'acte, dans cette coulisse tout à fait intime de ma vie, qui est si inconnue, qui étonnerait tant de gens et peut-être les ferait sourire.》（*Vies de deux chattes*, op.cit., pp.67-68.）多重の人生、過去と現在、回想と秘密性。

言葉とレトリックの愛撫

至福の泡

映画『ディア・ハンター』の印象的な一場面。精神破壊を蒙りロシアン・ルーレットに命を張るようになった友人(クリストファー・ウォーケン)を必死で探すロバート・デ・ニーロ。彼にシャンパンを勧めるフランス人とおぼしき男が、いらないと言われると、「シャンパンを断わるのは人生を拒否することだ」、と皮肉な笑みを浮かべる。

確かに光に弾けるシャンパンの泡は、生の喜びに通じ合う。沸々と沸き上がる泡の一つ一つが、絶えることのない希望でもあるかのようだ。さて、そこでだ。フランス語にまつわる話をしていこう。こんなところにもフランス語あるいはフランスに関連することが発見できるのか、と参考にしてもらえれば嬉しい。口中のシャンパンの泡のように、あなたの興味や好奇心を心地よく刺激できればいいのだけれど。

『サン・イヴ街からの眺め』(桜井哲夫著)に、日本製アニメがフランスのテレビに氾濫していることが紹介されている。フランスの子供たちに大人気の『ドラゴンボール』、『バイオマン』を始めとするそれらのアニメの中に、『めぞん一刻』が ***Juliette, je t'aime*** というタイトルで入っている。(あの響子さんがジュリエットということになるのだろうな。)一刻館という下宿屋が舞台のこの漫画の題名「めぞん」が、フランス語の **maison** から来ているのは言うまでもない。作中、五代くんの恋のライヴァル三鷹のお見合い相手は明日菜さん。彼女の二匹の飼い犬にはそれぞれ、フォワグラ、テリーヌという名前が付けられている。(『めぞん一刻』の五代くんと響子さんとの恋は、色んな邪魔が入ったり、擦れ違いや誤解があったりして遅々として成就しない。余談だけれど、二人の恋の遅延は、『感情教育』のフレデリックとアルヌー夫人のそれを連想させる。物語における引き延ばしのテクニックという観点から両作品を比較して遊んだことがあるけれど、こうして漫画からフロベールまで一気に世界を拡げて見ることだって可能なのだ。）

フランス料理に関連の深い単語が出てきたところで、『美味しんぼ』に移ろう。食物がテーマのこの漫画では、フランス料理が何度となく取り上げられ、フランス語もふんだんに使用されている。それも単語の次元に止まらず、文、文章のレヴェルで。《**Je ne sais pourquoi, mais je n'ai jamais eu l'occasion d'en goûter.**》やだぁー、このenて何だっけ、ほらあれよ。そう、中性代名詞。授業中に桑原先生からよく質問される中性代名詞。こんなのが漫画に出てくるんだから嬉しくなるよね。次のような条件法過去形の文も出てくる。《**Si j'avais su qu'il était votre ami, je ne l'aurais pas admis.**》普段目にすることの少ない**les abats**（もつ）という単語も覚えられる。

漫画では、舞台としてフランスが利用されることもある。『パイナップル・アーミー』は依頼があれば戦闘技術を教える戦闘インストラクター、ジェド・豪士が活躍する物語だ。（ほろりとする話も多く、ぼくは不覚にも涙を流したものだ。この頃、涙腺と頭のねじがゆるんでしまって始末が悪い。）彼はパリのフォルショー通りの娼婦たちの要請を受ける。仲間が変死体で発見される事件が頻発しているのだ。訓練場所はブローニュの森。（ぼくは、もう一方の森ヴァンセンヌの動物園在住のピグミー・カバが好きなのだ。そう言えば、パンダの効率的な賢い笹の葉の食べ方を目撃できたのは、この動物園でのことだ。）タクシー乗り場**Tête de station**の表示板が描かれていたりするし、シャルル・ド・ゴール空港の場面には**Navette**（連絡便）という単語が見つかる。こういうのは楽しい。後はミシュランの「パリ・アトラス」で、通りの実際の位置を確認したりすると良い。正確にはフォルショー通りというのは存在しない。作中に付近の地図として描かれているのを見ると、ブランシュ広場、ピガール広場（『ピガール』という映画を観たことがある）、クリシー通りなどがあるから、場所設定としては悪くない。フロショ**Frochot**通りというのが近くにあるけれど、これのつもりだろうか。地図の上で想像の旅を続けるのも一興だ。近くに知っている通りの名前が見つかったりすれば、懐かしい記憶が蘇るかもしれない。アジサイの花とカタツムリが友達であるように、場所と思い出は親密に結びつきやすいのだから。

殺人を請け負って世界を股にかけるスナイパー・ゴルゴ13は、もちろんフランスでも何度となく超一流の狙撃の腕前を披露している。『夜は消えず』という作品の舞台は、「ボルドーの北、シャラント川の上流にあるアングレーム市」だ。アングレームとくれば、ぼくなんかはすぐに、バルザックの『幻滅』とリュシアン・ド・リュバンプレという登場人物を思い出す。一個の地名が劇画とフランス十九世紀の文学作品を結びつけてくれる。『ヒドラ』には、麻薬をめぐるマルセイユ・マフィアの対立抗争が描かれている。マルセイユ港の情景も挿入されているので、ブイヤベースを食べさせるレストランが軒を並べる様を思い浮かべて、新たな旅心に誘われるかもしれない。（時の流れの残酷な早さには感慨を覚えずにはいられない。というのも、収集していたこのゴルゴ13シリーズを古書店に引き取ってもらう予定だからだ。）さらに、本屋さんで『シチリア・マフィアの世界』（中公新書）や『マフィア』（講談社現代新書）といった本に、視線が引きつけられるかもしれない。さらに、『ゴッド・ファーザー』、『スカーフェイス』など、マフィア物の映画に凝りだす道に入り込むかもしれない。（『ゴッド・ファーザー』はぼくの好きな映画の一つです。大学の教師は、この種の映画や寅さんシリーズのような映画を好きであってはならない。というような堅苦しい雰囲気をわたくしの小心な心が察知して、公言するなと規制を強いていたのだ。でもどうせ、真相は「王さまの耳は驢馬の耳」の話のようにいつかは知れるものだから、この際、自分の口からはっきり好きな映画を告白した次第だ。）

暗黒街の事情とか、裏稼業に従事する人たちの生態とかをもう少し垣間見たい向きには、ボワロー・ナルスジャックの作品などがお勧めだ。口語的な言い回しや隠語表現がわんさか。**Il fait froid.**（寒い）という言い方を知っている人は多いだろうけれど、**Ça caille.** はどうだろう。「冷え込むね」、東北弁で言うと「しばれる」という感じかな。表現法や熟語もたっぷり。**Ça ne tient pas debout.**（でたらめだ）、**une vrai soupe au lait**（怒りっぽい人）、**être à court**（金欠）、**pognon**（お金）。**au bas mot**（最低に見積もって）。**divorcer à l'aimable**（協議離婚する）なんていうのもある。自分の身に振りかかることだってあるから、覚えておこう。**Cocaïne** が **coco**。これは日本語で「麻薬」を「ヤク」と呼ぶようなものか。poudreという言い方も出てくる。これは理解しやすいよね、「粉」であるには違いないのだから。cameとかneigeとも言っている。「雪」とか訳さないでよ。こんな時こそ、コンテクストの理解が大事になるわけだ。schnouffというドイツ語から来た言い方もある。（渡辺淳一さんの『シャトウルージュ』には女性の愛の道具のフランス語での呆れるほど多彩な言い方が、検索結果という形で五頁に渡って書き連ねられている。確かに形態・機能にしても、五感を刺激するイメージにしても、これ以上に言語表現意欲を掻き立てる部分はない。）

『メモ・ラルース』という楽しめる百科事典でdrogueの項目に目を通して、次のような雑学を仕入れた。麻薬は禁断症状dépendanceの軽重で、マリファナやハシッシュなどのdrogues doucesと、アヘン、モルフィネ、ヘロイン、コカインなどのdrogues duresに分かれること。さて仕上げに、ゴーティエの『阿片のパイプ』、『ハシッシュ吸飲者クラブ』、ボードレールの『酒とハシッシュ』、『人工楽園』などを読めば完璧。

一九八九年にフランス革命二百周年bicentenaire記念行事が盛大に催されたけれど、歴史に興味がある人には池田理代子さんの『エロイカ』がいい。ナポレオンやジョゼフィーヌの感情生活を、歴史の大きな流れの中において描いた漫画だ。兵士の階級に応じた細密な軍服の描写は、百万言を費やすよりもはるかに雄弁で、直接的だ。まただ、話を同じように締め括るのは気が引ける。でも、言っておこう。十九世紀の文学者たちの作品を読んで、それぞれのナポレオン観を比較検証するところまで行けば理想的です。

フランス人は統計好きというか、はっきり数字で出されないと納得しない国民のような気がするのだけれど、果たしてどうなのかしら。『一〇〇％フランス人、おもしろまじめ統計学』のような本がそれを証明している。この本はニヤッとできるし、恰好の時間つぶしになる。「一五％のフランス人は、鼻に指をつっこむ。」こんな具合に一％から一〇〇％まで、多種多様な事柄が統計で提示されるのだ。「四〇・五％のフランス人は、車の運転中、よく目が見えない。」怖いな、こりゃ。「フランスの犬の六〇％は、一戸建て住宅で飼われている。」大袈裟なことを言うと、フランス人の平均的な生活スタイル・嗜好・思考・精神傾向などを把握することさえできる。当然ながら、性的な話題も満載です。後は、各自秘かに頁をめくってみたら?

『読む辞典フランス』の紹介、日本の文学作品をフランス語訳で読むことの効用というか興味、代名動詞の話。当初の予定では、さらにこうした話題も取り上げるつもりでしたが、今回はこれぐらいにしておきます。あまり長くなると、気の抜けたサイダーのような為体《ていたらく》になりかねないので。

名前の偏愛

電話から聞こえてくるあなたの声は、いつもの快活さに軽くヴェールがかかったように柔らかで、ためらいがちに開きかけている芳《かぐわ》しい花のようでした。

「それに、彼女の鮮烈な魅力はその声にあったのです。声は泉から流れ出る水のようにいとも自然に、軽やかに、響きよく、澄み切って口から流れ出るので、その声を聞く人は性的快感を覚えてしまうほどなのです。しなやかな言葉が小川のせせらぎのように流麗に、口から流れ出るのを聞くのは耳の快楽でしたし、少し赤すぎるその美しい唇が開いて声の通り道になるのを見るのは目の快楽でした。」これはモーパッサンの『イヴェット』からの引用だけれど、読者にとってはこの部分をフランス語で口に出してみるのも一つの快楽になるだろう。

《Son charme le plus vif était d'ailleurs dans sa voix. Elle sortait de cette bouche comme l'eau sort d'une source, si naturelle, si légère, si bien timbrée, si claire, qu'on éprouvait une jouissance physique à l'entendre. C'était une joie pour l'oreille d'écouter les parole souples couler de là avec une grâce de ruisseau qui s'échappe, et c'était une joie pour le regard de voir s'ouvrir, pour leur donner passage, ces belles lèvres un peu trop rouges.》(Maupassant, *Yvette*.)

音を知覚する仕組みは次のように説明される。「耳介《じかい》によって集められた音が鼓膜を振動させる。それから音は耳小骨によって神経に伝えられ、その神経が脳に達する。」（*Le corps*, Ma première encyclopédie, Larousse.）こうした単純な要件の連鎖に過ぎない聴覚機能が聞き手にある種の快感を与える場合がある、というのは不思議と言えば不思議ではある。

さて、言葉と話し方が相手に及ぼす魅力を意識的に方法的に駆使した人物として、前フランス共和国大統領フランソワ・ミッテランを挙げることができる。新大統領を選ぶ第一回投票日に向けて、シラク、ジョスパン、バラデュールの三候補が決選投票に勝ち進むために熾烈な選挙戦を展開していた時期、『レクスプレス』誌（一九九五年四月二十日―二二八四号）は、間もなくエリゼ宮を去りゆくミッテラン氏を特集で取り上げた。九人の論者がそれぞれ「歴史」、「社会主義者」、「ベネチア好き」などの題名でミッテランの人物像を語っている九つの話のなかで、ぼくはとりわけ「誘惑者」という記事に興味を惹かれた。（これを書いたフランソワーズ・ジルーさんは若かりし頃、映画『大いなる幻影』のスクリプターを務めた。彼女はルノワール監督を回想して、スタッフの最高の能力を引き出す才能の持ち主だった、と感謝と敬愛の念を込めて語っている。その後、『レクスプレス』誌の編集長、さらにジスカール・デスタン大統領内閣で女性問題担当相を経験した才能豊かな人物である。朝日新聞社刊『世界シネマの旅2』参照。）それによると、ミッテランにとって政治と女性の二つが人生の最大・最重要の関心事だった。彼の場合、女性との関係においては何よりも「数をこなす」ことが優先課題であった。彼は最初の恋愛で、カトリーヌ・ランジェという女性の手厳しい拒絶に遭った。それが手痛い挫折経験として記憶に刻印されたことが、後の恋愛行動を決定づけたという推測も可能ではある。いずれにしても、彼は次々新しい相手を魅了して、自分の能力を確認し続けなくては安心できないのだ。

「彼にはカザノヴァのような黄金の舌、つまり言葉によって気に入られ、スピーチで魅惑し、口調で心を奪うというあの才能があった。」彼の誘惑術を成立させている道具は次のように用いられた、と想像することができる。大仰な身振りはいたずらに女性の警戒心を呼び覚ますだけだ、だから物腰には抑制を効かせる（geste économe）。茶目っ気のある目（oeil brillant de malice）で見つめて好奇心を掻き立てる。性急な調子で怯えさせたりせずに、落ち着いた柔らかな声で酔わせる（voix feutrée）。魅惑的な言葉で包み込む（propos enveloppant comme un châle）。ミッテランには男性の信奉者も多かった。「スコットランド式のシャワー」（douche écossaise）というフランス語表現は温水と冷水を交互に浴びるやり方を言うのだけれど、ミッテランは好意と冷淡を交互に示すという酷い扱いをしながらも、そのことで彼らを一層魅了し、各人に自分こそ彼のお気に入りだと思い込ませる術に長けていたという。さらに、彼は沈黙の利用法、言葉の巧みな選択、一番効果的な場所と時を捉まえて話す能力などを含めて、テレビに利用されずにテレビを最大限に戦略的に活用できた人物でもある。これについて詳しくは、別の論者による「映像の人」という記事に目を通していただきたい。

その夜のパリの空気は少し上気しているように感じられたけれど、それはぼくらの気持ち良い酔い心地が放射して周りの空気に伝染したのだった。あなたは火照った頬に両手で軽く触れながら、「今日は本当に楽しかった」、と（ケニー・Gのソプラノ・サックスのように）微かに湿り気を帯びた甘いソプラノで二度繰り返した。それから自然に、右腕をぼくの左腕に絡めてきた。

楽器の姿は美しい。永井荷風は『楽器』の中で書いている。「楽器は恋人の絵姿にも等しい。絵姿は口をきかないが、焦《こが》れる人の心を慰める。よしや弾かなくとも、弾き得ずとも、まだ弾く人がいないにしても、楽器ある家は何となくなつかしい。」ピアノやマンドリンや三味線などが置かれてある状況とその形態が想像を掻き立て、記憶を呼び覚ます様子を荷風の文章は伝えている。そして、彼は尺八の音に魅了され、尺八を購入し独習した若き日の思い出を綴っていく。（一九九二年当時のこと。レンヌ通りの斜め向かいにあった楽器店 **Hamm** のショーウィンドーに飾られてある楽器を眺めるのは、ぼくの散歩の楽しみの一つだった。衝動的にクラリネットを購入してしまったのは、その木管楽器の細身の姿態に魅了され、柔らかく愛撫してくれるだろう音声をイメージしたからだ。楽器が素敵な音の反応を返してくれるのは、完璧な技巧と繊細な感覚を有する奏者次第なのだ、という現実を悟り、己の愚を知るのに時間はかからなかった。その Hamm も今は確か移転して、その場所にはない。）さらに、彼は楽器の音に対して覚える感動の源泉を一個人を越えて、連綿と続いてきた人類の流れの中に聞き取る。「其の瞬間の心の状態をば今だにはっきり記憶している。それは始めて聞いて感じる耳新しい物音が決して其の時からではなくて、すでに自分の生まれぬ以前から幾度《いくど》となく聞いた事のあるような心持をさせる事である。幼年時代に経験する諸有《あらゆ》る神秘の感動は、太古から今日《こんにち》まで、滔々《とうとう》として尽きぬ人生《ユウマニテエ》の流れに浮《うか》ぶ人間の霊性の驚きから発するが故であろう。」この『楽器』を始めとして、『鐘の音』、『虫の声』などの題名が示すように、荷風は音に敏感な作家だった。彼がどんな音をどういう理由で好ましく思い、どういう音に不快感を覚えたのか。というような荷風と音との問題に関しては、次の本に面白い例が紹介されているので参照していただきたい。吉見俊哉『本の資本主義——電話・ラジオ・蓄音機の社会史』、講談社。さらに、声による魅惑ということに関してはアンドレ・コルビオ『カストラート』（新潮文庫）を読んでみてはいかがだろう。男性歌手のソプラノとその声を保つための去勢という歴史的事実をめぐる物語の中に、美と残酷の共存を味わうのも一興だろう。

あなたは大勢のなかでは寡黙になってしまうけれど、ぼくは知っています、二人だけの時は澄んだ水に反射する太陽のように目をきらきらさせて、嬉しそうに囀《さえず》る小鳥のようにおしゃべりを始めることを。

ゾラの『ルーゴン家の運命』*La Fortune des Rougon*（La Fortuneを「運命」あるいは「財産」のどちらで訳すべきかの判断について、ここでは留保せざるを得ない）の中に、子供たちが頭蓋骨をボール代わりにして遊ぶ話が出てくる。夜間、大腿骨や脛骨を町中の呼鈴の紐にぶら下げてまわる悪戯っ子も出没する始末。この挿話は、頭蓋骨をサッカー・ボールにして遊ぶのが好きだったと告白する実在の人物のことを思い出させる。それは、ルーマニア人にして、フランス語で書くことを選択した作家シオラン。「墓掘り人はわたしの友だちだった。とても良い人で、頭蓋骨をもらうのがわたしの最大の楽しみであるのを知っていた。誰か埋葬される人がいると、わたしは一個もらえるかどうか知りたくて駆けつけるのだ。」《Le fossoyeur était mon ami. C’était un homme très sympatique et il savait que mon plus grand plaisir était de recevoir des crânes. Lorsqu’il enterrait quelqu’un, j’accourrais pour voir s’il ne pouvait pas m’en donner un.》（以後、シオランに関する引用はすべて、『レクスプレス』誌一九九五年四月二十七日――二二八五号から採ったものである。）シオランは職業を持つことによって必然的に生じてくる自由の拘束を嫌い、無為徒食の人生を送る方を選ぶ。「わたしは自由を守るためだけに、ある程度の窮乏は感受した。無為徒食《パラズィト》の生き方、つまり楽園《パラディズィアック》のような生活、実を結ぶことのない計画に満ちた生き方だけがわたしには唯一我慢できるものに思えた。」《J’ai consenti à une certaine misère rien que pour préserver ma liberté. La vie de prasite, c’est-à-dire la vie paradisiaque–une vie faite de projets non aboutis–m’est apparue comme la seule supportable.》

外国語としてのフランス語を考える時、彼の次のような発言は積極的なとは言えないにしても奇妙に心を捉える示唆に富んでいる。「フランス語は拘束衣が狂人を落ち着かせるようにわたしを落ち着かせてくれました。フランス語は外部から課せられた規律のように作用して、ついにはわたしに実際的な効果を及ぼしたのです。わたしを強制し、わたしに何かにつけて図に乗ることを禁じて、わたしを救ってくれたのです。このような言葉の上の規律に従うことでわたしの狂乱は和らげられたのです。確かにフランス語はわたしの性格に合っているとは言えませんが、心理的な面では、わたしを助けてくれました。フランス語はその後、癒しの言葉になってくれたのです。」つまりは、強制（矯正）と束縛としてのフランス語。それらの負の要因が最後には正の要因になっていく、外国語体験が持つある種の神秘。いずれにしても彼のフランス語は不思議な魅力に満ちている。夏空に気持ち良く響く（ような気がするのだけれど）頭蓋骨の乾いた音のような、彼のフランス語を声に出して読んでもらうといいのだけれど。

気付いていないだろうけれど、あなたの名前を呼ぶときにぼくは特別の思いを込めているのですよ。舌先でそっと押し出すように発音した名前が、耳の内側あたりを震わせて聞こえるその感じが好きだし、呼ばれてこちらを見つめる時のあなたの表情も好きなのです。

窓から詩が見える

ガリマール社は「ジュニア文庫」folio junior の詩シリーズとして「夜」、「海」、「水」、「都市」といったテーマ別のアンソロジーを刊行しているが、その中の一つに『詩における窓』がある。これに想像力を刺激されたので、窓というものがどんな風に詩人・小説家たちの夢想を掻き立てるものなのかを、今から自由気ままに紹介していくことにする。

一

うららうらと窓に日のさす五月かな　（正岡子規）

清岡卓行氏の初期作品の中に、『空』と題された次のような一行詩がある。「わが罪は青　その翼空にかなしむ」。氏はこの詩が七・五・七という十九音からなることに後から気づいたこと、これ以上長く持続発展させることができずに終わった裏には、イメージというものの生命の瞬間性について漠然とした意識が働いていたかもしれないということ、そしてこの一行詩が俳句と近接・交差する作品であることなどを後に述懐している（『桜の落葉』参照）。ともあれ、この詩は一行詩であるがゆえの危うい均衡を保ち、凝縮された詩的イマージュの密度の濃さと衝撃力の強さを示している。

さて、今度はいよいよ窓を歌った詩を見ていただこう。(以後、引用は特別の指示がない限り、すべて『詩における窓』*Fenêtres en poésie* からのものである。)「残酷な備忘録・窓から家を投げ捨てること」。短さでは先の清岡氏の作品にも匹敵するこの詩の作者はジュリアン・トルマとなっている。しかし、この人物が実在したかどうかは疑問視されており、レオン=ポール・ファルグの偽名ではないかとの推測もある。作者の正体が謎めいているように、作品の方も得体の知れぬ奇妙な印象を読者に与えるのだ。

ところで、フランス語には《jeter la maison par les fenêtres》という比喩的な言い回しが実際にある。『グラン・リトレ』の説明によれば、「窓から家を投げ捨てるような人」という使い方をされ、はったり屋、ほら吹きを意味する。先の詩の場合、このような使い古された手垢のついた表現とは違い、詩の言葉は写真と緊密に結びつき、新しいイマージュを獲得し、相互に詩的緊張度を増幅し合っている。(お見せできないのが残念だけれど、半開きの窓から投擲されたとおぼしき家が落下を決断しかねて、未練げに一部を屋内に残すかのように空に浮んでいる写真が載っているのだ。)言われているのは「窓から家を投げ捨てる」という単純極まりないことではあるけれど、その事が直接写真で呈示されると、ある物の一部からその全体を投擲する、小に大を通すその不合理が歴然と露呈して、不安感を喚起するのだ。それはちょうど、ルネ・マグリットの絵を見た後の印象と似通ったところがある。後方には真昼時を思わせる白い雲の浮ぶ青空が広がっているのに、前方には闇に閉ざされた家屋、樹木、窓を照らす明り、街灯の黄色い光が影絵のように描かれた『光の帝国』。窓の外には青空、木、草原という平凡な自然風景が見える一方で、窓の内側の室内にはキャンバスが据えられ、その上に窓外の景色と同じ景色が描かれていて、一体それが絵の中の風景なのか外界の自然なのか区別のつかない『人間の条件』。こうした絵を思い浮かべていただきたい。(参照。石橋浩一郎『イメージの王国—幻想の美学』、講談社。)マグリットの絵にあるのは何の不思議もない事物だし、先の詩に用いられている語自体も簡単なものではある。けれど、どちらの場合も、普通信じられている事物のバランスのとれた組み合わせにちょっと変化が加えられ、見慣れている合理的な事物の連鎖が断ち切られることによって、異様な効果が生じるのだ。夢のような静謐が漂い、あくまで明るくそれでいて不気味な幻想、じわじわ染み入ってくる奇妙な酩酊感に襲われるかのようだ。

『広辞苑』の「窓」の項には「目門」または「間戸」の意であろうか、と記されてあり、万葉集から「まど越しに月おし照りて」という一例が引かれている。窓とはまず、外に漲る光の通り道。カーテンも光の氾濫を完全に遮断することはできないのだ。マックス・ジャコブは詩集『バラード』の中で歌っている。「カーテンが何かを隠していたよ、下手糞な隠し方、まさに夜明けを隠していたのさ、すぐに分かったよ。」

それでは、ベルギーの詩人アンヌ＝マリー・クジェルの「窓」という詩をご覧いただこう。

他の人たちや通行人には
お前はただの窓。
内部《なか》からお前を愛するわたしには
お前はわたしの秘めたる最高の楽しみ。

まなざしを増殖させ
片々たる雲の流れのどれにも境界を設けてしまう女《ひと》、
夕まぐれわたしが恍惚として見入る
景色の女番人。

お前のガラスに額《ひたい》を押し当てると
世界はわたしの瞼の下
お前は無窮の縁に接する

なめらかに滑る境界。

いつまでもわたしの忍耐強い修道女《スール》のままで
一羽の鳥をわたしに施しておくれ、
繰り返し聞かせておくれ
切れ目なく広がる悠久なるあの自然のゆるやかな言葉を。

そして天と地の間に身を置き
宙に浮ぶあの道になっておくれ
そのそばにそっと忍び寄って
わたしは光の飢えを満たすから。

イマージュに富み、荘重かつ清新な詩語で独特の哀愁に満ちた世界観を展開した詩人シャルル・ゲラン。彼もまた、窓から窺われる「夏の麗しき夜の甘美な秘密」に酔い、苦悩が闇に融けてしまうようにと、「生に向かって広々と窓を開け放て」と歌っている。このように窓は外界との交感・交流を促す空間、そして外に展開する自然は人間の生命感の象徴に他ならない。窓とは生の意欲を刺激して、生の実感を喚起する生に向かって開かれた場所なのである。

ルイ・メルシエという詩人は、精妙で美しい比喩を用いた窓の詩を書いている。彼によれば、老醜に蝕まれた顔の中で目だけがいつまでも「生気あふれる青春のきらめき」を宿しているように、窓は家という顔の中で冴えた瞳と「今なお光を帯びたまなざし」に、晴れやかな表情を浮かべている。人間が目を通して「光のもたらす溢れんばかりの聖なる贈物」を受容し、瞳に「生の色合いのすべて」を反映させるように、家は窓という目を通じて、「自然が開示する豊饒な美」に触れて、自然の啓示を得るのだ。

壁に穿《うが》たれた窓は開け放たれている時は言うまでもないことだし、窓ガラスやカーテンや鎧戸を閉ざした時でも、洩れてくる光や物音を完全に遮断することはできない。だから人は内にありながらも、窓を介して常に外界とのつながりを意識せざるを得ない。窓には内と外の二律背反あるいは二重性が包含されているのだ。この点、ボードレールの詩『窓』は、窓が持つ内と外の問題が巧緻なる高度の表現にまで到達した、絶好の例だろう。

開け放した窓を通して外から内を見つめる人には、閉めきった窓を見つめる人ほど多くの事物が見えることは決してない。一本の蝋燭に照らされた窓程奥の深い、謎めいた、豊かで、密やかな、眩いものはない。陽光のもとで目にできるものは、窓ガラスの後ろで行われていることに比べて常に、興味に欠ける。この黒々とした、あるいは光に照らされた穴の中には生が息づき、生が夢想し、生が苦悩しているのだ。

＊　　＊　　＊

ここでは、視点が単なる屋内というものから人間の内面、詩人の内なる想像力へと転移・拡大されて、自在で柔軟な深みのある詩的情調を獲得している。詩人は「自分以外の他の人々の生に没入して、それを生き・苦しんだことに満足しつつ」、現実は夢を生きる手助けになりさえすればそれでいい、と言うかのように詩編を締め括る。現実よりも夢想の方が優位に置かれたのである。

一九三五年に生涯を閉じた詩人フェルナンド・ペソア。彼は十六世紀のカモンイス以後ポルトガルが産んだ最高の詩人と言われている。作品は大部分が死後出版された。その詩風は端正な詩句の中にみずみずしい情感を湛え、現代詩の特質をすべて内包する詩人と称えられている。彼が語りかける窓の歌に耳を傾けてみよう。「そこに住み、私には正体の分からぬ人の全生活に私が引きつけられるのは、不思議なことながら、まさに遠くから見えるあの明りによってなのだ」、「しかし今、私にとって重要なのは彼の窓の明りだけなのだ」、「光は私にとって直の現実なのだ」等々。

ここには一見ボードレールと同質の詩想が展開されているように見える。けれども、窓を契機にして内なる夢想に向かうのでなく、窓こそ夢そのもの、窓こそ唯一の現実・唯一の生と言い切っている点で、はるかに大胆で徹底している。以上、クジェルやメルシエの詩では外なる自然光に、ボードレールやペソアでは室内の人工光に焦点が当てられているという違いはあるものの、光そのものには肯定的・積極的な意味付けがなされている点ではどちらも共通している。それでは、光あるいは光の通り道である窓は、どの詩人に対してもあくまで翳りのない明澄・好意的な素顔を見せ、常に生の充足感を喚起してくれるのだろうか。

それから部屋を出る前に、窓の方にちらっと目をやる。ちょっとばかり苦々しい気持ちで、しかし目に映るものの存在を決してあまり信じようとせず、外にもまた、いつもと同じように何一つありはしないのだということを確かめるのだ。

作者紹介によると、この詩の作者トニー・デュヴェールは一九四五年生まれ。不幸な少年時代を送った。ここには、窓外にいつもと変わらぬ重苦しい現実しかないことを知る人の言い知れぬ、救いようのない倦怠感と無気力が、簡素な抑制の効いた文体で表現されている。

近親相姦・戦争・麻薬などの暗い体験のうちに二十七年の悲しく短い生涯を閉じた、オーストリアの詩人ゲオルグ・トラクルの『窓辺にて』という詩を次に掲げよう。窓の外に展開する自然の豊饒さ、光の洪水、生の横溢と、室内に佇む夢想家の癒しがたい悲哀・孤独が、見事なコントラストで捉えられているのを味わっていただきたい。

屋根の上には空の青、
流れゆく雲、
窓の前には春の露に濡れた一本の木、

陶酔のうちに空へと飛翔する一羽の鳥
木に咲く花々の失せし香り――
心は感じとる、これが自然なのだと。

静寂が広がり、焼けつくような真昼時。
ああ、自然はなんと豊饒なのだ。
私が夢に夢を重ねるうちに、人生は逃れ去る、

人生は外の世界の――どこか
遠く孤独の海によって私から隔てられている。
それを心は感じ取り悲嘆に暮れる。

見てきたように、デュヴェールの作品において、窓はただ毎日同じように繰り返される生、砂をかむような空しい生の姿を反映するだけだ。光も、白々と乾ききった現実を暴き出すだけだ。トラクルの詩編でも、外界の光の乱舞と生の饗宴はその眩さに戸惑う人に、鬱々たる焦燥感のような感情を掻き立てるだけなのだ。

さて、ここら辺で日本の詩人に登場願おう。「憂鬱なる桜が遠くからにほいはじめた／桜の枝はいちめんにひろがっている」と始まる萩原朔太郎の『憂欝なる花見』(『萩原朔太郎詩集』、現代詩文庫、思潮社)と題された詩もまた、鬱然たる詩情を奏でている。外にあるのは「幸福なる人生」と「なんというよろこび」。「密閉した家の内部」に住む《私》には「花見のうたごゑは横笛のようにのどかで／かぎりなき憂鬱のひびきをもって聞こえる。／いま私の心は涙もてぬぐはれ／閉ぢこめたる窓のほとりに力なくすすりなく。」かくして、生命感の充溢の象徴たる光の通路となっていた窓は、索漠たる現実を露呈させる窓、光あふれる世界に参加できない人の心に寒々とした寂寥感を吹き込む

窓へと変化する。

次は、窓を探す男を歌ったコンスタンタン・カヴァフィの作品。

閉ざされたこれらの部屋で重苦しい日々を過ごすおれは、手探りで探し当てようとする、おれに勇気を回復させてくれる開け放たれた窓を。だが窓はない、あるいは少なくともおれには窓がどこにあるのか分からない。それに恐らくこのままの方がいいのだ、光はきっと別のひどい苦しみに他ならないだろうから。光によって新たにどんな醜悪な事実が、おれの目に暴き出されるか分かったものじゃない。

ギリシア人の両親を持ち、エジプトのアレキサンドリアで生まれたこの詩人の『窓』では、慈愛に満ちた光の代わりに、残酷な事実を照らし出す苛酷な光が予感されている。窓を求めながらも、それを開けたときに溢れ来る光と露呈される現実を思って恐怖に竦《すく》む男の、自嘲に満ちた不気味な暗いユーモアが漂っているようだ。後は、このまま閉ざしきった窓の内にその身を自閉するしかない男の、悲しげなかすかな呟きを無情に飲み込む、暗く陰鬱な闇が残るだけ。

二

静物のこころは怒り／そのうわべは哀しむ／この器物《うつわ》の白き瞳《め》にうつる／窓ぎわのみどりはつめたし。

（萩原朔太郎）

窓には、窓ガラスやカーテン、さらには鎧戸などが欠かせない。これらの事物もまた、詩人たちに美しいイマージュを囁かせる。「鎧戸よ、お前たちはあばら骨／海に向かって十字架に架けられた人の。／窓よ、お前たちの開いたガラスの腕の間から／あばら骨の数を数えてみるのだ。／太陽と波との縞馬、／縞馬よ、天井へと突き飛ばせ／角と海藻と亡霊たちを／深き天井の水の中に。」こんな風に語りかけるのはジャン・コクトーだ。

ところで、トルコの詩人ナズィム・ヒクメットは書いている。「ガラスのない窓はレンズのない眼鏡と同じように／ぼくを辛い気持ちにする。」ここから、窓ガラスを歌った作品に目を転じてみよう。ガラスはその性質からして、硬質で鮮明なイマージュを喚起する。

例えば、アルベール・メラは窓ガラスに対して、「抱《だ》きの上に置かれたこの透し絵」とか「刺繡のように精妙複雑な複写」というイマージュを用いる。一方、アンドレ・カレールは窓ガラスを「透化した沈黙」と表現する。そして、次はロベール・マレの詩編。

鳥には窓ガラスが見えなかった
余りに全速力で飛んできたので
透明さにぶつかって死んでしまったのさ

蝶におなり、飄々たる心持が
お前をして羽で愛撫させるだろうから
致命的な窓ガラスの優しさを

ぼくは自殺する鳥になる
ガラスが割れて目覚めさせるのだ
頑迷なる家々の眠れる人たちを

驚異が埃をかぶっている家々の。

窓ガラスは透明な障害物。目に見えない壁。向こう側がすべて見通せても、透明な硬い幕が遮断しているのだ。

聖職者にして外交官、形而上学派の中心的存在だったイギリスの詩人ジョン・ダン。彼はガラスの硬質に着目して、ガラスに名前を刻みつけるという行為を軸に美妙・犀利な恋歌を奏でる。名前を刻み込まれたガラスには刻み手の断固たる精神と、刻み付けた道具と同じ強靱な硬度が付与される。そして、刻む者の眼差しはガラスとそこに彫られた名前に生命を吹き込む霊妙な力なのだ。ガラスは心と同じように透明で、隠すことなく愛の告白を聞かせる。ガラスに映ったお前自身の姿を、お前の目に反映させるのだ。「ここでお前が私を見れば、ここで私はお前のもの。」

ピエール・ド・マソ・ド・ラフォンはダダイズムの参加者たちとの出会いが機縁となり、後にこの運動の歴史を綴ることになった人物だ。一九六七年（死の二年前）に、『アンドレ・ブルトンあるいは革命党員』という著書を出している。彼の詩『田園』は、月光が冴え冴えと反射する窓ガラスを夢のように美しく映し出す。「無音の大きな家の窓ガラスに／夜風の愛撫／月の涙に濡れた悲しげなガラスの水たまり。」

それでは風に揺れるカーテン、室内の明かりを朦朧と和らげて映すカーテンに、詩人はどのような夢想を育むのだろうか。アンダルシア生まれのスペイン詩人、孤独と夢の詩人ルイス・セルヌーダはやさしい呟きを洩らす。「雲のように窓ガラスを／見守るカーテンは／少年にお月さまの魔法の言葉を囁きかけるのです(1)。」そして、ロマン派の詩人アルフレッド・ド・ミュッセは『隣の女』という一編の恋歌(2)を奏でる。

隣の女のカーテンが
ゆっくりと持ち上がる。
ぼくは思ってみる、あの女《ひと》が
新鮮な空気をちょっと吸いにくるのだと。

窓が半分開けられる
ぼくは心臓が高鳴るのを感じる。
あの女《ひと》は多分知りたがっているのだ
　ぼくが待ち伏せしているかどうかを。

でも悲しいことに、これはただの夢
隣の女《ひと》が好きなのは一人の愚鈍な男
それにカーテンの隅を持ち上げたのは
　ただの風。

カーテンが一瞬の風に揺らめいたように、風のそよぎが甘美な恋の夢を覚ましてしまうのだ。

＊　　＊　　＊

ここからは、話は主に小説作品に描かれた窓が中心になる。窓に関しては歴史的に色々興味深い話があるのだが、フランス革命当時に制定・施行された「戸・窓税」はその一つだろう（松原秀一『ことばの背景―単語から見たフランス文化誌』参照）。窓を穿ち、光の恩恵に浴するのも、なかなかお金のかかることだったのである。『十九世紀のパリ生活に見るパリ人、一八一四年～一九一四年』（*Le Parisien chez lui au XIX siècle, 1814-1914*, Archives Nationales, 1977.）。この研究書の中では、バルザック、ウジェーヌ・シュー、ゾラ、プルーストなどの作品に現れるパリの街・パリ風俗に関する記述・当時の古文書類の記述・建築物の平面図・絵や写真のパリの姿などが比較対照され、、十九世紀のパリが多面的に再現されている。それを覗いて見ると、当時は洗顔後の残り水や尿瓶の中身などを窓から平気で投げ捨てていたことが分かる。所収のリトグラフ『雨、それとも予期せぬ贈物？』には、窓から尿瓶の中身を投げ散らす人物と、それに驚き慌てるパリ紳士が描かれている。付けられた説明にはこうある。「尿瓶の中身を便所に捨てるより、時として窓から捨てる方が好まれる。通行人にはお気の毒。一八三一年十一月三十日の公安法規によって、公道沿いの建物には樋が義務づけられるようになったことを思いだしていただきたい。」

バルザックの『羅紗商・まり打つ猫』にも同じような場面が見られる。店先に佇み、しきりに窓の辺りを窺うように見上げる見知らぬ男。男は早起きの店員に見つかり、屋根窓から髭剃り後の水を浴びせられる。「この奇妙な歩哨を指差した後で、一番陽気らしい店員が一旦引っ込むと、硬い金属片から最近柔らかな革製に変わった、ある道具を手に持って戻ってきた。それから全員がこの野次馬を見つめながら、意地悪い表情を浮かべ、その匂いでついさっき三つの顎が剃られたばかりであるのが分かる白っぽい細かな雨を男に浴びせかけた。」（以後、バルザック作品からの引用はすべて以下の版からのものとする。*La Comédie humaine*, La Pléiade.）この男は画家のソメールヴューで、彼の恋する娘が窓辺に顔を出すのを秘かに待っていたのだ。苦労が報われ、娘のオギュスチーヌが姿を見せるのだが、ここで作者は彼女の部屋の窓を詳しく紹介している。「この時、ほっそりとした白い手が四階の粗末な十字形の桟つき窓の下半分を、あの溝を使って明かり取り窓の方に押し上げた。溝についている留め金はすり減った状態で、支えておくべき重い窓ガラスが不意に落下することがしばしばある。」これは、ギロチン窓と呼ばれる種類の上げ下げ式窓なのである。

同じくバルザックの『アルベール・サヴァリュス』には、窓から恋する男を見ようとするロザリーという娘が登場する。彼女は父親のワットヴィル氏を何気ない風を装い巧妙に唆して、見晴らし台を作らせる。これは、隣に越してきた正体不明の謎の青年アルベールに好奇心を刺激され、その私生活を隣家の窓越しに自由に思うままに探るためなのだ。さらに彼女はブザンソンの地方雑誌に発表されたアルベールの小説『恋ゆえの野心家』を貪り読んで、彼の秘密・感情生活の襞に分け入ろうとする。その告白小説の主人公ロドルフは湖上の船から見た窓辺の女に魅惑されたあまり、旅程を変更してそのジェルソーという村に滞在する決心をする。

船がその前を通過した時、その家の最上階にある部屋の奥から女性の顔が現われ出て、湖上を走る船を楽しそうに眺めた。若者の一方が、見知らぬ女の何気なく投げた視線を強く心に受けた。

『アルベール・サヴァリュス』には、ハンスカ夫人との恋の思い出が濃厚に投影されている、と言われている。バルザックは一八四四年二月二十九日の手紙で、ヌシャテルでの夫人との最初の出会いの印象を回想している。それと先の引用文を比べてみるのも興味深い。「どんなに小さな小石も縦長の花壇もが私の記憶に刻み込まれているあの中庭の奥で、窓辺に浮んだ顔を見た時、私の心の中に起こった感激を、ああ、あなたはまだ御存知ないのです。」

窓枠の中に見える人の姿は、ちょうど額縁に嵌《は》まった絵と同じように際立った、鮮明な印象を残す。バルザック『二重家庭』に登場する司法官グランヴィルもまた、窓辺に佇む女に魅了された一人である。窓は美の最高の演出者なのだ。

けれども九月末頃のある朝、カロリーヌ・クロシャールのお茶目な顔が部屋の薄暗い背景から輝くばかりに浮き上がり、窓格子のまわりに絡みついた萎れた葉や遅咲きの花々の中央に彼女がとても晴れやかな顔を現わした。ついに日常的な情景の中に、心優しいお針子が花づな模様で飾ったモスリン地にぴったり結びついた影と光、白とバラ色のコントラストと肘掛け椅子の茶や赤の色調が見えたので、見知らぬ男はこの生きた絵の美しさをじっと食い入るように、隅々まで見つめた。［中略］確かに見知らぬ男は、カロリーヌと素早い一瞥を交わしただけだったが、その一瞥で二人の心はそっと触れ合い、二人は共にお互い相手に思いを抱く予感を覚えたのだった。

狂信的なほど信仰に凝り固まった妻との結婚生活に絶望したグランヴィルは、こうしてカロリーヌとの二重生活を営むようになる。さて、十年以上の歳月が流れ、物語の結末近くでもう一度、闇に浮ぶ窓を興味深げに見つめるグランヴィルの姿が描かれる。その窓に映る「健気なほど一所懸命に針仕事に精を出しているらしい人影」に、何日か前から気づいていたのだ。ところで、カロリーヌとの二重生活は恋人との彼女の出奔で終止符を打たれてしまっている。この時のグランヴィルは幸福な夢を破壊され、儚く消える人間的な感情を疑ってかかる厭世家になっている。しかし、彼はその家から出てきた医師ビアンションの話から、窓の住人がカロリーヌその人であることを知るのだ。彼女が賭博好きで浪費家でならず者の恋人に献身的に尽くした挙げ句、今は病床にあり、食物もなく、子供をかかえて絶望の淵にあるという。ここで一気に、物語の初めと終わりで描かれる窓の対照的な意味が鮮明化する。幸福の序曲を奏でていた窓と、不幸の終曲を象徴する窓。

三

この四角い窓を、私の目はのぞく位置にあった。窓というにはあまりに小さくて、透き見穴か眼鏡というのだろうが、なぜか私には窓と感じられた。すみれの花が外をながめるような窓だ。　（川端康成）

窓は秘密を沈黙のままに隠す場所。バルベイ・ドールヴィイの『深紅のカーテン』以上に、窓のこの働きを効果的に利用している物語はない。作中には、すでに指摘したボードレールの詩想を思わせる文章が見られる。

他の人たちがみんな疲れ切った動物の微睡みに浸りきっている時に、一人の人間が――それが単なる歩哨であれ、――徹夜している姿にはいつでも、何かしら厳かな感じがある。しかし、灯った明かりが人が生きて思索していることを示すカーテンを降ろした窓の後ろで、何の目的でその人が徹夜しているかが分からないことで、現実の詩情に夢の詩情が加味されるのだ。少なくとも私はといえば、今まで窓を、――夜、明かりの灯った窓を―通りすがりの寝静まった町で見ると必ず、その光の額縁に無数の思いを馳せずにはいられなかった、――それらのカーテンの後ろに様々の私生活やドラマを想像せずにはいられなかった……（Barbey d'Aurevilly, *Le Rideau cramoisi*）

箱馬車の車軸の故障で修理を待つ間、闇に沈むその町で唯一つ明かりの灯る窓に見入っていた「私」は、同乗者のブラサール子爵の不審な態度に気づく。子爵はその窓に異様な関心を寄せている様子なのだが、何故か動揺する気持ちを押し隠せずにいる。彼は以前ナポレオンとルイ十八世に仕えて、規律無視と豪胆な性格で名を挙げた。戦場ばかりか異性関係でも大いに勇名をはせたダンディーな男だった。彼は「私」にせがまれて、少しずつ告白を始める。それによれば、その窓は彼がずっと昔、その町の駐屯部隊に配属されていた頃、下宿していた部屋の窓だという。その窓の深紅のカーテンの後ろで、両親の目をかすめて下宿の娘アルベルトと、「共犯関係における秘密の快楽」を味わっていたのだ。こうして、恐怖と甘美の混じった戦慄的雰囲気のうちに、物語が語られていく。「酸が鋼鉄を腐食するように私の人生に作用して食い入った事件であり、私という浮気男の快楽のすべてに永遠に消えない黒い汚点《しみ》を残すことになったこの出来事」が。この作品では、窓が物語に欠かせない役割を担っている。明かりの灯った窓への言及はそのたびに読者の興味を増幅させ、語り手兼聞き役の「私」と同時に読者の想像力をも巧妙に刺激せずにはいない。物語が終わった後でも、読者の心にはこの窓の明かりがいつまでも、かすかな秘密めいた余韻として残る。

さて、窓は時として幻想への入口ともなれば、怪奇や恐怖を演出したりもする。堀辰雄の『窓』を取り上げてみよう。A氏の遺作展覧会ために、「私」は氏晩年の絵『窓』の出品依頼で、所有者のO未亡人を訪ねる。夫人は絵が変質したことを理由に貸し出しを断わる。眼病で視力が定かではないけれど、その変化を心で感じ取れるのだ、と彼女は言う。訝《いぶか》しがる「私」を夫人は絵の前に案内する。「その絵はどこから来るのか、不思議な、何とも云えず神秘的な光線のなかに、その内廓だか、部屋だかわからないような場所の、宙に浮いているように見えた。――というよりも、文字通り、そのうす暗い場所に開かれている唯一の『窓』であった！　そしてそれの帯びているこの世ならぬ光は、その絵自身から発せられているもののようであった。或いはその窓をとおして一つの超自然界から這入ってくる光線のようであった。——と同時に、それはまた、私のかたわらに居る夫人のその絵に対する鋭い感受性が私の心にまで伝播《でんぱ》してくるためのように思われた(3)。」

バルザック、フィラレト・シャール、シャルル・ラブーの三人の作品を計十編収録した『恐怖物語集』*Contes bruns* は一八三二年二月に出版された。これは同じ年に再版が出るという大変な人気と売れ行きで、大成功をおさめた。その中の一作、シャルル・ラブーの『検察官』。ドゥザルー氏は功名心と出世欲に駆られる余り、馬方のピエール・ルルーという可哀想な男をさしたる証拠もなしに殺人の罪で、死刑台に送った。彼はある夜、窓越しに凝視する目に気づく。「思索を中断して、彼は正面の窓越しに、空に輝く星を見つめていた。窓ガラスに沿って視線を降ろしてきた彼の両目は、彼を見つめる大きく開かれた二つの目に出会った。彼は、蝋燭の光がガラスに反射して揺らめき形を変えて、こんな幻影を生むのだと思って、蝋燭の位置を代えてみた。しかし、幻影は彼の目に、益々明瞭になってくるばかりだった。」その後、検察官は意識の外に追放したいと願っていた者のあの顔・血まみれの首がいつの間にか潜入して、自分に接近するのを恐怖に怯えた目で目撃することになる。

テオフィル・ゴーティエの『ミイラの足』には次のような場面が描かれている。骨董商の店でミイラの片足を購入した「ぼく」の許に、足の本来の所有者、古代エジプト王の娘エルモンティス王女が片足を取り戻しに窓から侵入してくる。

突然ぼくには、部屋のカーテンの襞が動くのが見え、それから片足でぴょんと飛び跳ねる人のたてるような足踏みの音が聞こえた。[中略]カーテンが半分開いて、考えられる限り最も奇妙な人物が進んでくるのが見えた。(Théophile Gautier, *Le pied de momie.*)

王女は片足に向かって、あんなに綺麗に磨き上げ、香水で洗って可愛がってあげたのに、いつも逃げ出す悪い子だと恨み言を言う。ミイラの足の方は、骨董商があなたに求婚を断わられた腹癒せに私を売り払ってしまったのだ、と言い訳する。そのやり取りに耳を傾けていた「ぼく」が今度は王女に親切なところを見せる。美しい女が片足では悲しすぎるので、片足の代金五ルイはいただけなくとも無料《ただ》で喜んで返す、と言うのだ。元通りに足を装着し終えた王女は感謝のしるしに「ぼく」を、彼女の父親の許に連れていく。まさしく、不思議は窓からやってくるのである。

長い滞仏経験もある十九世紀の画家にして作家ジョージ・デュ・モーリアーは、恋人らしき人に向かって甘美な誘いの言葉を囁く。「ぼくらはこの長椅子に座って、この窓からお気に入りのものをすべて見ることができるのさ。」ところが、マルセル・ベアリュの場合はモーリアーと違い、窓は愉快な夢の通路から一転して死の世界への通路となる。マックス・ジャコブの友人でもあり、何よりもドイツ・ロマン派の作家たちやシュールレアリストたちを愛し、愛と生を愛した詩人ベアリュには、『夢うつつの物語』という作品がある。中の一編『禁じられた窓』にはこう書かれている。「先生の住居に入る時、彼女は何世紀にも渡る湿気が魔法の巣を張り巡らしたような地下埋葬所に入っていくような気がした。最初の窓は果樹園に面し、二番目の窓からは川が眺望でき、三番目の窓からは山が見えた。四番目の窓は閉まっていた。――その後ろには深淵が隠されている、落ちたくなければ決してその窓を開けてはならぬ、と彼女は言われていたのだ。」

三つの窓の外にはそれぞれ人々が登場して、何やら意味ありげな光景が展開される。これにもすっかり見飽きてしまった彼女はある朝、禁じられた窓が半ば開いているのを見つける。視界に入ってくるのは恐ろしい地獄の光景ではなく、明るく縹渺たる草原と散歩を楽しむ若い女たちの姿だ。ある夕暮れ、愛する騎士が現われる。彼女は禁じられた窓を乗り越えて、騎士に向かって走り出す。

> 実際、騎士は彼女の方に進んできて、彼女を抱きしめる。ところが彼女には喜びも熱い思いも全く感じられないのだ。

それから、騎士が再び馬にまたがる時、彼女には男と動物とがまるで霧から作られているみたいだ、というのが分かる。彼らの厚い体を通して景色が透かし見えるのだ。／彼女は震えながら家の方に戻る。しかし、正面は内側から押したときの墓石がきっとそうであるようにびくともせず、ぴったりと閉ざされている。

ここには、音が感じられない死んだような静寂と、外と内、死と生とのぞっとするような逆転の構図が呈示されているかのようだ。外の明るい開放された空間が死の世界のような閉ざされた場所に、そして閉ざされた自由のきかない内なる場所が生の世界に一変するのだ。夢幻的な雰囲気のうちに、冷たい死が忍び寄っていたのだ。閉ざされているべき四番目の窓が半開きになっていたのは黄泉《よみ》の国からの誘いかけ・死の運命の象徴だったのか。窓を飛び越し、死の世界に足を踏み入れた瞬間から、彼女には屋内＝生の世界に戻ることは不可能だったのだ。

谷崎潤一郎『天鵞絨の夢』（『潤一郎ラビリンス』Ⅵ、中公文庫）では、温秀卿という人物が造営した人工楽園が舞台になっている。楽園内にある橄欖閣という五重塔に幽閉された女奴隷の告白を聞いてみよう。「印度人はそう云いながら、未だ嘗て開かれたことのない二つの窓の錠を外して、扉を左右に開きました。同時に、今まで月下の湖水にばかり親しんで居た私の瞳は、其処に素晴らしい光の海が展けて居ることを知ったのです。廣い廣い庭の林泉の彼方此方に、蜿蜒と連なって居る宮殿の数々、――その楼閣にも廻廊にも満天の星より多い燈火が点々として、月の光と明るさを争って居るではありませんか！　あゝ！　あの無数の燈火は毎夜々々こゝに斯うして輝いて居たのでしょうか。［中略］たった今、殺されてもいゝ覚悟で居たのに、ふいと命が惜しくなって、もうどうしても此の塔を逃げ延びたい一念がむらむらと燃え上がりました。あ、此の一念！　此の一念が私の胸に萌すのを恐れたればこそ、此の二つの窓は今日まで鎖されて居たのでした。」窓から見てはならないものを見て、女はかえって生への執着を強める。しかし、彼女の願いは厚い壁に閉ざされたまま、女の嘆声は闇に無情にのみ込まれるばかり。

谷崎潤一郎はまた、『金と銀』（『潤一郎ラビリンス』Ⅹ、中公文庫）の中で、殺人決行日の殺人者の心理とその目に映じた窓外の自然を次のように描いている。「大川は朝眼を覚ますと、寝台の窓を開いて、裏庭に咲いて居る花壇の花をうっとりと眺めた。此の一夏の間、倦む色もなく咲き通して来た百日草と蝦夷菊の花が、煙草の吸い殻のように萎れてくちゃくちゃになって脂色《やにいろ》に褪せてしまった傍に、新鮮な葉鶏頭の花と向日葵《ひまわり》が水で洗った如く冴えて居る。五六本のカンナの茎からは、きのう咲いて居た黄色の花が悉く散って、今朝は中央の一本に深紅の花が唯一つ開いて居る。その赤い色を大川はじっと視詰めた。ちょうど此の花のように見事に綺麗に、無邪気にやって除《の》けようと思いながら。」美しい花壇の風情に見入るその目に、男の冷然たる酷薄な心情が一際燃え上がるように浮かぶのである。

ところで、見慣れた平凡な光景も限られた狭隘な視界を通して眺めると、急に新鮮で神秘的な感じ・秘密の色を帯びてくる。例えば、三島由紀夫『午後の曳航』の登少年は、大抽斗《おおひきだし》の覗き穴から母親の裸体や、母親と船乗り竜二との房事を透き見するのだけれど、窓もまた盗み見るには恰好の空間になるだろう。実際『エミリーの窓』という映画にも、望遠鏡を使って窓越しに女の姿を見つめる隠微な愉しみに捉えられた人間が描かれていた。また谷崎潤一郎に言及することになるけれど、彼の『蘿洞先生』には覗きの場面が出てくる。この先生は面会を申し込んでいた記者の質問に、「うー、ああ」と生返事を繰り返すだけで、要領を得ないこと甚だしい。面会は完全に失敗だ。先生の愛想のない曖昧な態度に憤懣やるかたない記者は、少しでも私生活の一部を知ろうと帰りがけに裏庭に忍び込む。

> 問題の窓の下まで這って行って、こっそり首だけ出してみると、好い塩梅《あんばい》に二枚のカアテンがまん中でよじれて微かに割れている。その割れ目へ片眼を附けて中を窺うと、［中略］――此の光景を物の半時間も覗いていた記者は、変な気がして、コソコソ逃げるように裏庭を出た。（『潤一郎ラビリンス』Ⅱ、中公文庫）

室内に何が見えたかは、作品をご覧いただきたい。読書とはそもそも一種の覗き見行為、隠微な快楽ではあるまいか。

窓から見える自然の景観を描いた文章を引用する。シャトーブリアンは『墓の彼方からの回想』の最終章を、次のような文章で締め括る。

この一八四一年十一月十六日、この最後の言葉を書いている今、外国伝導公園に面する私の西の窓は開け放してある。朝の六時、薄明るく霞んで大きさが増した月が見える。東の空に登る最初の黄金色の光にやっと、鮮明な姿を見せ始めた廃兵院の尖塔に向かって月は沈んでいく。まるで旧い世界が終り、新しい世界が始まっていくかのようだ。曙の光のかげが見えるけれども、私はそこから登る太陽を目にすることはあるまい。私はただ自分の墓穴の縁に腰掛け、その後、手に十字架を持ち、永遠の国へ敢然と降りていくだけだ。(*Chateaubriand, Mémoires d'outre-tombe.*)

これは、静謐な空気に満ちた夢の象徴的な景色なのである。

最後に、フェルナンド・ペソアに再登場願おう。彼の詩『一番高い窓から』には、自分の手を離れていく詩を見送る詩人の心情が、叙情を湛えた抑制の効いた口調で美しく歌われている。「我が家の一番高い窓から／白いハンカチを振って私は別れを告げる／人類の方へと出発する私の詩に向かって。／／私は嬉しくもないし悲しくもない。／これが詩の運命《さだめ》だから。／書き上げた詩はみんなに見せるのが義務だから／詩をそれとは別の使い方をすることなど私にはできないのだから、／まさにそれは花がその色を隠すことができないのと、／川がその流れを隠すことが、／木が実をつけるのを隠すことができないのと同じこと。」

それでも、詩人は自分の詩がどんな人の目に触れ、どんな人の手に落ちるのかと、その行く末を思い悲しみに捉えられる。しかし、花は人の観賞に供せられるために摘みとられ、川は停滞することなく流れゆく運命に従っているように、自分も己の運命に従ったのだ、と思い直す。さらに詩人は、死んだ木が大地に還って自然の一助になるように、色褪せ萎れる花が花粉を永遠に残すように、自分を殺して自分の詩に永遠なる生の希望を託そうとするのだ。「私は死して、残る、大自然のように。」

《注》

（1）月光は時として、人間の狂気を呼び覚ます。谷崎潤一郎『月の囁き』をお読みいただきたい。あるいは、谷崎氏の『アヴェ・マリア』には月明かりの光景が描かれている。「私は立ち上がって窓の外へ首を出した、おもての空地には鮮やかな月かげがさし、その青白い光の中に群衆が黒く輪をえがいて居る。［中略］一人の女が腰を振りながら奇妙な踊りをおどって居る。」

（2）ところで、ゴーティエはスペインで耳にした次のような恋歌を紹介している。「お前の唇は二つのカーテン／深紅のビロードの、／カーテンとカーテンの間から、／愛するお前よ、イエスと言って。」（*Voyage en Espagne.*）

（3）堀辰雄の作品には窓が散見する。「私たちの前方には、全部硝子張りの、異様に大きな建物が、聳えていた。しかもその硝子はほとんど全部割れているのだ。［中略］彼女はその異様な建物の前にじっと佇んでいた。私はやがて、彼女が身をこごめて、彼女の足もとにある一つの石を拾い上げるのを見た。それから彼女は狙いをつけ、まだ一つだけ割れずに残っていた硝子に向って、その石を満身の力でもって投げつけたのであった。」（『水族館』）

「彼女は歩きながら、飾窓に映る自分の姿を見つめた。そうして彼女は、いますれちがったばかりの二人づれに自分を比較した。ときどき硝子の中の彼女は妙に顔をゆがめていた。彼女はそれを悪い硝子のせいにした。」（『聖家族』）

「……そんな或る夜に見たところの一つの夢であった。いつもは開けて置く筈の窓をどうしてだかその夜は閉めておいたと見える。そとは月夜らしく、その閉じた窓の隙間から差しこんでくる月光が彼のベッドのまわりの床の上に小さな円い斑点をいくつも描いていたが、それは彼自身がそこへ無神経にしちらした痰のように見えた。」（『恢復期』）

ジャガイモ好きの兎

ギリシア神話における神々の恋や確執、英雄たちの冒険などはいずれも大いにぼくの興味を引くのだが、変身譚もまた奇妙に心を捉える。アラクネーという機織《はたおり》自慢の少女がいた。ところで自信は往々にして傲慢に通じるものらしく、ある日、少女は技量ならアテーナー女神にだって勝てると不遜な言葉を吐く。これを噂で耳にして業腹な思いを味わった女神は、老婆に変装して少女を訪ね、忠告する。技自慢は人間たちの間だけに止めて、神様に大言の許しを請うのが身のためだと。老婆心は少女の怒りを招くだけであり、彼女の自信は微塵も揺らぐ気色もない。少女は実際女神と技比べすれば、優劣が自ずと分かるはずだ、と不敵な挑戦の言葉を口にする。かくして女神が真の姿を現し、競技が始まる。相手の布の完璧な仕上がりに憤懣抑え難い女神は、少女の頭をたたいてしまう。少女は悔しさのあまり自ら木にぶら下がって縊死を選ぶ。憐れに思った女神は救命の交換条件に、少女に魔法の草の汁をふりかけて、永遠に木に吊り下がった生き方と形態を余儀なくさせるのだ。「すると見るまに彼女の髪はすくんで消え、頭も縮んでゆけば、体全体も小さくなり、手足の指は八本の細い脚に変り、残りの部分はみな塊《かたま》って大きな腹になった。今でも彼女は細い糸を口から吐いて、きれいな露の模様を朝ごとに織り出している、彼女はつまり蜘蛛（ギリシア語ではアラクネー）になって、女神からなお許された昔の技のあわれな名残りを繰り返しているのだった。」（呉　茂一『ギリシア神話（上）』）

これ以外にも神々の嫉妬や怒りを蒙って、動物に変身させられる者たちの例は多い。このようにギリシア神話は言うに及ばず、『古事記』、『今昔物語集』、ラ・フォンテーヌの『ファーブル』、さらに進んで柳田国男の収集になる日本の民話など、いくつもの作品の中で生彩に富んだ姿を見せてくれる動物たちは、ぼくを大いに楽しませてくれる。さて、そこでここ数年読んだ日仏の小説・詩に登場する動物たち、ぼくの好奇心を刺激した動物たちを紹介していくことにする。

一　犬と猫

私は犬のくせにレタスが好きだった、今でも好きなのはそのせいだよ。
（村上　龍）

見れば町の街路に充満して猫の大集団がうようよ歩いて居るのだ。猫、猫、猫、猫、猫、猫、猫。どこを見ても猫ばかりだ。
（萩原朔太郎）

人間と犬とは古くから、親密な関係にあったわけではない。三つの頭と一本の蛇の尾を持つとされるギリシア神話の犬ケルベロス。これに典型的に見られるように、犬は長い間その野生本能・攻撃性が人間たちに意識されていた。また、ペルシア人の間では、死骸を食らい、死体処理を仕事とする動物と見なされてもいた。（参照。Jean-Paul Clébert, *Bestiaire fabuleux*, Albin Michel.）

まずは、村上龍氏の『海の向こうで戦争が始まる』に言及しよう。これは海岸で夏の日差しを浴びながら一組の男女が交わす会話と、二人の目に映る島が彼らに喚起する様々なイメージや物語とを交錯させつつ描いた作品だ。ゴミ処理施設の周辺に堆積・散乱するゴミの山。そこには、捨てられた桃の種子を拾い集める少年たちがいる。買い取ってくれる男がいるのだ。彼らは一匹の牝犬を撲殺する。「その牝犬は舌を出して喘いでいた。舌の先から白く濁った唾液を、地面の表面に固まった卵黄の上に垂らしている。眼球はキラキラ濡れていて視界は霞んでいるのだろう、少年の方を見ても表情を変えない。［中略］／分厚いゴムのチューブが破裂したような音がした。赤毛の牝は鋏を頭に生やしたまま、一声も吠えることなく倒れた。その上に被さっていた黒い牡が喉の奥から絞り出すような叫びをあげ、狂ったように暴れ始めた。」ここには澱んだ臭気と腐乱のイメージ、どろどろした欲望と破壊衝動が満ちている。

「私は、犬に就いては自信がある。いつの日か、必ず喰いつかれるであろうという自信である。私は、きっと噛まれるにちがいない。自信があるのである。」心憎いばかりの書き出し。これは太宰治『畜犬談』の冒頭部分だ。この後、犬の被害にあった友人のことに話が及び、犬に対する呪詛が続き、彼らの神経を逆撫でしないためにとった卑屈な懐柔策が語られる。大宰一流のことさら深刻ぶった誇張された文体、妙な言い方になるけれど真面目に道化た口調が読者の笑いを誘うのだ。

もしこれが私だったら、その犬、生かして置かないだろう。私は、人の三倍も四倍も復讐心《ふくしゅうしん》の強い男なのであるから、また、そうなると人の五倍も六倍も残忍性を発揮してしまう男なのであるから、たちどころにその犬の頭蓋骨を、めちゃめちゃに粉砕し、眼玉をくり抜き、ぐしゃぐしゃに噛んで、べっと吐き捨て、それでも足りずに近所近辺の飼い犬ことごとく毒殺してしまうだろう。

ところが低姿勢の慰撫が逆に効を奏したのか、彼は嫌っていた犬どもに好かれてしまい、果ては家までついてきた「胴だけが、にょきにょき長く伸びて、手足がいちじるしく短い」、「亀のよう」な一匹の犬を飼う破目になる。後の顛末は作品をお読みいただきたい。

今度は詩に歌われた犬だ。萩原朔太郎は「ああ、どこまでも、どこまでも、／この見もしらぬ犬がわたしのあとをついてくる、／きたならしい地べたを這ひまはつて／わたしの背後《うしろ》で後足をひきずつてゐる病気の犬だ」と書いた。「――おれの魂は大分すりへらされた／注文しておかなければならない／私はすぐ電話をかけて魂を五百匁だけ注文する」、と黒いユーモアを愛した夭逝の詩人野村吉哉はこう吐き出す。「吠えるな、喧ましい犬共だ／俺が犬であつたなら／だまつてゐてガブリと咬み付く犬になる。」一方が鬱々として晴れない心情を投影され、惨めな影を引きずる犬だとすれば、もう一方は一転して己の弱者の泣き言を押し殺し、無言の冷徹な怒りを爆発させたいと願う犬。

＊　＊　＊

象。——「同様に意気に満ち悠揚として、彼らは通りすぎて行く／果てしない砂漠に引かれた一本の黒い線のように。／この総身重き旅人たちが地平線に消えると／砂漠は不動の状態を取り戻す。」（ルコント・ド・リール）

＊　＊　＊

トルコ人は猫を、ノアの箱船に乗船していたライオンのくしゃみから生まれた動物だと考えていた。その猫は十六世紀には、グノーシス派の人々によって女性特有の官能性・柔軟・手管などと結びつけられるようになる。ビロードのように柔らかい脚から危険な爪がいつ現われるとも分からないその動き、優美と獰猛が秘められているその物腰がいかにも女性的だと見なされたのだ。（参照。ジャン＝ポール・クレベール、前掲書。）

ボードレールの『悪の華』には、『猫』と題された詩が三編ある。猫賛美とも言えるこれらの詩の中で、詩人は猫を「知と快楽の友」と表現する。猫の声の響きは「媚薬のように私を楽しませ」、そこには「ありとあらゆる恍惚が内包されている」と詩人は歌う。さらに続けて、猫の深く冴えた眼差し、柔らかな毛触りとその体に秘められた香気から、恋人の肢体を思い浮かべる。ここには、明らかに猫＝女体というエロティックな詩想が透かし見える。触覚・嗅覚・視覚などの感覚を総動員して、巧みに歌い上げられたこれらの詩編からは、猫＝女体の冷たい情熱と冷徹な官能が匂い立ってくる。

谷崎潤一郎の『猫と庄造と二人のおんな』は秀逸な作品だ。庄造の元女房の品子が、孤独な生活の慰めに猫のリリーを譲ってくれないかと、後釜におさまった福子に手紙で申し出る。猫を手許に引き取り、庄造の猫愛玩を利用して彼をおびき出し、縒りを戻す計略なのだ。猫の譲渡拒否は、御亭主の愛情が妻よりも猫のリリーに多く傾いている徴《しるし》だし、動物だと思う軽侮と油断は自分の場合のように御亭主をリリーに奪い取られる破目になる、と品子は書き送り、福子の嫉妬心を煽るのだ。

そして庄造が口をもぐもぐさせながら、舌で魚を押し出してやると、ヒョイとそいつへ咬み着くのだが、一度に喰いちぎって来ることもあれば、ちぎったついでに主人の口の周りを嬉しそうに舐め廻すこともあり、主人と猫とが両端を咬えて引っ張り合っていることもある。その間庄造は「うッ」とか、「ペッ、ペッ」とか、「ま、待ちいな!」とか合《あい》の手《て》を入れて、顔をしかめたり唾液《つばき》を吐いたりするけれども、実はリリーと同じ程度に嬉しそうに見える。

「リリーも母親が見ている時は、呼んでも知らんふりをしたり、逃げて行ったりしたけれども、さし向いになると、呼びもしないのに自分の方から膝へ乗って来て、お世辞を使った。」このように、事実、二人の女が猫に嫉妬するのもむべなるかなと首肯されるほど、庄造と猫のリリーの間には何やら男と女を思わせるような、エロティックな雰囲気がぼおっと漂っている。谷崎の文章はその辺の微妙な空気を伝えて間然とするところがない。

『青猫』という詩集や『猫町』という作品のある萩原朔太郎は、「猫のやうに暗鬱な景色」、「猫が人間の姿をして、街路に群集して居る町」、「このへんてこに見える景色の中へ/泥猫の死骸を埋めておやりよ」、と独特の暗鬱とした不気味な心情を奏でる。

ところで、人間に忠実なのは犬だけの特性ではない。猫も主人に忠実な姿を見せることがある。ゴーティエの『カピテーヌ・フラカス』に登場するベエルゼビュトは犬のミローと共に、スィゴニャックという地方貴族の孤独な生活を慰める健気《けなげ》な存在だ。また、セリーヌの亡命の旅の同伴者だった彼の飼い猫ベベールは、ドイツ三部作『城から城』、『北』、『リゴドンの踊り』に登場し、作者の密やかな内面を照らし出す働きを担っている。(参照。フレデリック・ヴィトウー『セリーヌ——猫のベベールとの旅——』、村上香住子・訳。)

さて、次は詩人ジャック・プレヴェールに登場願おう。彼の作品にただよう黒いユーモアはアラゴンやブルトンを始め、デスノス、スーポーといったシュールレアリストの連中との交友関係から生まれたとも考えられる。彼の詩

『猫と鳥』の猫は、村で一羽だけの鳥を半分食って傷つけ死なす。葬儀が執り行われる。かわいらしい棺を運ぶ少女は、いつまでも泣いてばかり。次のような、さりげない口調が一層残酷さを際立たせるかのようだ。

これが君をそれほど悲しくすると知っていたら、と猫は言う
ぼくは鳥を丸ごと全部食べてしまっていたのに
それから君にお話ししてあげたのに
鳥が飛び去っていくのを見たと
あまりに遠いので
決して戻ってくることのないあそこ
世界の果てまで飛び去っていったと話してやっていたのに
そうすれば君の悲嘆も少なくて済んだのに
ほんの少しの悲しい思いと心残りの気持ちだけで済んだのに

物事は絶対、中途半端はいけない。

（作品だけではなく、現実生活での猫の話も面白い。村上龍氏と村上春樹氏の対談集『ウォーク・ドント・ラン』。これによると、村上龍氏の最初の飼い猫の名前はルキノ・ヴィスコンティ。二番目のはフェデリコ・フェリーニ、この猫は死んだので、次のはロベルト・ロッセリーニという名前だそうだ。村上春樹氏の主張では、飼い猫は二匹ぐらいが適当で、それ以上になるとスキンシップが行き届かなくなる。龍氏は夢に見ていたほどの高価な銅製のフライパンを手にいれた。それがある日、配偶者によって猫のおしっこ用の砂の洗浄・乾燥に利用されている事実を目撃して、茫然自失に続いて激昂に捉えられた。ぼくも、ペット・ウサギは一匹でいいな。ウサギであれ他のペットであれ増やしたら世話と愛情がおろそかになるし、もとからの先住ウサギの嫉妬と脚蹴りが凶暴化し、頻度が増すことが予想さ

れるので。)

二　通常、犬猫よりも大きな動物たち

カンガルーはいったい何を考えているんでしょう? 連中は意味もなく一日中柵の中を跳びまわって、時々地面に穴を掘っています。それで穴を掘って何をするかというと、何もしないのです。ただ穴を掘るだけです。ははは。

(村上春樹)


しかし、鯨はそのナイフをつかむと父親にとびかかり/背中に通るまで突き刺した。

(プレヴェール)


鯨と言えば、聖書の中の次のような話が思い出される。ニネヴェの町に赴いて説教することを神に命じられたヨナは命令に背き、遠くタルシスへと逃れようとしたために、神の御意志により鯨に飲み込まれる。また、ユダヤ教のラビたちの手になる物語やタルムークと呼ばれる古代ユダヤの律法集には、一二五〇キロメートルもの長さの鯨とか、船が頭から尾までそれに沿って進むのに三日間も要する鯨など、誇張に満ちた話が散見されるという。さらに、十三世紀に流行した鯨=島の神話もぼくを大いに喜ばせる。聖ブランダン司祭がそれと知らずに、その背中でミサを唱えた鯨は敬虔にも、司祭たちが立ち去るまでじっと辛抱し解散を待って、海へと沈み正体を明らかにした。

ともあれ、この巨大な動物は何故か詩想をそそるものらしく、鯨を歌った詩は少なくない。エピグラフに掲げたプレヴェールの詩『鯨釣り』の鯨は、突如として人間に対して反撃に転じる。しかし、すぐに冷静さを取り戻し、今度は自分の家族が捕鯨船に乗った人間たちに皆殺しにされることを恐れるのだ。クロード・ロワ描くところの鯨は、自

分の容貌が笑い顔と見なされることを慨嘆している。「みんなはぼくが笑っていると言うけれど、／鯨でいるのも、／大変な苦労なんだよ。」続いてはロベール・デスノス。彼には動植物を歌った *Chantefables et chantefleurs* という詩集があり、そこには鯨も登場する。「貝たちのまっただ中／鯨は眠る／海上を航行する／船や商船の航跡の下で。」大きな体躯に小心が同居していると考えられるのだろうか、何故か鯨はユーモアの恰好の提供者なのだ。

お次は鰐《わに》の番だ。テーベやモエリス湖周辺に住んでいたエジプト人らは、鰐を大いに崇拝していた。大きく裂けた口を持つこの爬虫類に大人しく手で触られるままでいることを教え、金のイヤリングを施したり、前脚に鎖飾りやブレスレットをつけたりした。死んだ鰐は香油などで防腐処置を施して、立派な棺に収めたという。村上龍氏の『コインロッカー・ベイビーズ』に登場するアネモネという娘。彼女の友だちは鰐のガリバーだ。

ガリバーはアネモネにだけ体を触れることを許した。アネモネは必ず低く這ってガリバーの部屋に入っていった。鰐は地面に這いつくばっているので、いつも他の動物や人間から見下されている。見下されるのは人間でも不快なので、鰐と同じ高さに這えば仲間だと思うかも知れない、アネモネは考えたのだ。ガリバーは音楽が好きだった。アネモネはドライバーの先で歯に詰まった肉片を掃除してやりながら様々な音楽を聞かせた。ガリバーが最も好んだのは、デヴィド・ボウイのバラード〝天王星〟だった。

アネモネは刑務所に収監中の恋人キクを追って、東北の町へと車にガリバーを積んで高速道を飛ばす。ガリバーが落下し、車に轢かれて粉砕されるシーンは迫力に満ちた忘れ難い印象を残す。「反対側の車線で鈍い音がした。鰐が快晴の空に舞い上がった。落下の瞬間に、鰐は空中で二つに千切れ、頭部は植え込みの潅木に引っ掛かり、胴体は道路の真中に飛んで走ってきたタンクローリーに再び撥ね上げられた。鰐の破片が噴き出す血はトラックの車輪で運ばれ道路に赤い平行線を何本も描いた。」

大詩人ヴィクトル・ユゴーの絢爛にして雄渾な詩風は、彼をして辺りを払わんばかりの堂々たる鰐の姿を歌わせる。「まるで山もその鰐の重さに窒息するかのよう、／［中略］その口は溶岩が噴き出す深き穴、／森の中、鰐の滑走の跡は／岩や柏の粉砕されし様にて示される」。

＊　＊　＊

虎。――「わが沈黙は／闇の動脈を引き裂く剣。」（シャルル・ドブザンスキ）

＊　＊　＊

ここからは、羊・山羊・騾馬という似たような動物を取り上げよう。村上春樹氏の『羊をめぐる冒険』では、動物が一風変わった趣向として用いられている。「僕」の飼い猫の名前はいわしだし、羊探索に出発した「僕」と彼女が札幌で宿泊するホテルはいるかホテルだし、さらには羊博士、羊男と呼ばれる者たちさえ顔を見せるのだ。読者には先刻御承知のことであろうけれど、羊は村上氏にとってひどく愛着のある動物なのだ。『シドニーのグリーン・ストリート』にも羊博士と羊男が登場するし、さらにこの中では酒場の名前が羊亭という凝りようだ。羊男は『図書館奇譚』でも、独特のイメージを残す。『シドニーのグリーン・ストリート』を少し覗いてみよう。私立探偵の「僕」のところに羊男が訪れる。羊男の耳をコレクションにしている羊博士に奪い取られた自分の耳を取り戻してほしい、と仕事の依頼に来たのだ。

> 羊男は羊のぬいぐるみを着ていた。ぬいぐるみといってもちゃちな布製のものではなくて、ちゃんとした本物の羊の毛皮だ。尻尾だって角だってついている。手と足と顔の部分だけが空いている。目には黒いマスクをつけている。いったい何の必要があって男がこんなかっこうをしているのか、僕にはよくわからなかった。

羊博士は耳の返還を拒否する。けれども、実は羊男になりたい気持ちを認めたくなくて羊男を憎むようになったのだろう、と願望・憎悪を指摘されて、最後には羊男になる決心をする。このように、動物の登場・動物的なるものの出現に伴って立ち昇るナンセンスの香りは、読者を魅了する。

ギリシア神話では、貪り食おうとする父親クロノスの追求を逃れた子供のゼウスを育てたのは、アマルテという雌山羊だ。さて、ドーデの『スガンさんの山羊』の雌山羊はというと、自由をあくまでもとめすぎて、死という高価な代償を支払うことになるのだ。「ブランケットは戻りたいと思った。しかし、杭や綱や囲いの垣根を思い出して、もう今となってはあんな生活に慣れることはできない、それなら残った方がいい、と彼女は考えた……ラッパはもう鳴らなかった……後ろで葉擦れの音が聞こえた。振り向くと闇の中に、ぴんとまっすぐに立つ短い二つの耳と光る目が見えた……狼だった。」

ゴーティエの『スペイン紀行』を読む楽しみの一つは、動物たちを活写する作者の生彩溢れる柔軟な文体を味わうことにある。一旦つむじを曲げたらどうにも手の打ちようがない騾馬を見物しよう。

「騾馬のように頑固な」という諺は本当に本当で、これには敬意を表するだけだ。騾馬を拍車で突っついてみるがいい、彼女は立ち止まってしまう。細い棒で打つがいい、寝てしまうから。手綱を引っ張れば、ギャロップで駆け出す始末。山中での騾馬は全く手に負えない。騾馬は自分の重要性を感じ取り、それにつけこむのだ。時々、道の真ん真ん中で突然立ち止まり、頭を宙に上げ、首を伸ばし、歯茎や長い歯が見えるほど唇を引きつらせて、不明瞭な溜息、しゃくり上げるようなすすり泣き、絞め殺される子供の悲鳴そっくりの聞くもぞっとする恐ろしい鳴き声を発するのだ。こうして発声練習をしている最中に騾馬を打ちのめしたとしても、結局は一歩も前進させることはできない。

（ゴリラについても書きたかったのだ。日だまりの中に腰を降ろして佇む黒き巨体には、どことなく大人・哲学者の風情が感じられる。それに、ピエール・フェランの詩によれば、我々人間はゴリラの仲間の中で弱虫ゴリラが霊薬で変身させられた存在であるらしい。パンダについても書きたかったのだ。ぼくはヴァンセンヌの動物園で背を向けてエサを食べるシャイなこの哺乳類を観察したので、自信をもって言える。つまり、パンダの笹の葉の食べ方は賢い効率的なやり方なのだ。具体的に教えてあげる時間がないのが残念だ。）

三　鳥・虫、あるいは小さきものたち

するとその王様は一羽のカラスになった／カラスはうつろな声で鳴くと／双子宮の方に飛んでいった。
（モーリス・カレーム）

顔は押し潰されたとも膨れ上ったとも見える一塊の肉のかたまりになり、腹部からは内臓が流れ出して、一面に蛆がうごめいていた。
（谷崎潤一郎）

空の住人である鳥は惑星と結びつけて考えられていた。太陽はエジプトではハイタカの姿で表されたし、ヴェーダ時代のヒンドゥーの民には巨鳥、一般には鷲、時には白鳥の姿で思い描かれていた。太陽と月は、空を飛翔する二羽の鳥なのだ。また、鳥は自由の象徴でもあり、人間は昔から鳥のように天空を駆ける夢を追った。バビロンの伝承によれば、王ネムロドは腐肉の切れ端を付けた槍が固定してある箱に乗って空を飛んだ。槍に結びつけられた禿鷹の群れが競ってその肉を食らおうとするので、その動きが箱を空中移動させたのだ。

ところで、プレヴェールの詩『鳥を愛しすぎる灯台守』の灯台守は、鳥の命を救おうとする余り逆に鳥を一度に大量死させてしまうのだ。鳥たちが灯台の明かりを目差して大挙飛来して、衝突死する。鳥が大好きな男はこの惨事に耐えられず、明かりをすっかり消してしまう。ところが、今度はそれが原因で、島々の鳥を大量積載してきた貨物船が遭難する。何千という鳥が溺死する。この灯台守が味わう残酷な運命、不条理な結果にはどのような慰めの言葉もない。

ブリューゲルの絵『死の勝利』や『十字架を担うキリスト』などの中で、死肉を貪る機会を窺うかのように絞首台の周辺を旋回している黒い鳥はカラスだろう。彼らの漆黒の羽は、死の闇を思わせる。ドーデの『三羽のカラス』を見よう。

まったく見事な鳥たち、肥えて、光沢があり、栄養がたっぷり行き届いた鳥たちだ。やつらの翼には、一枚たりと欠けている羽はない。しかしながら、この鳥たちは戦闘のまっただ中で生きているのだ。やつらは、それこそまさに戦争のおかげで生きているとさえ言えるのだ。しかし、やつらはずっと遠くから、非常に高い所から、銃弾が飛んでこない所から戦いを見物し、連隊が打ち倒され、負傷者も死人も見分けがつかないほど同じように不気味にごちゃごちゃになる時に、やっと初めて降りてくるのだ。

彼ら黒衣のものたちは、戦場の肉処理人。死傷したかに見えるフランス兵に狙いをつけて、警戒怠りなく少しずつ獲物へと接近するのだ。

村上龍氏が描くのは、ゴミ処理場に群がるカラスだ。「いくらかの群れがあり、それぞれにリーダーらしいひときわ大きな一羽がいる。それぞれの群れはゴミの山に舞い降りて食物を捜す時間が決まっているらしい。一定の時間が来ると、あっさりと次の群れに場所を空け渡して飛び立ってしまう。そして、空中でしばらく旋回し、木の上で休息し、羽についた小虫を取ったり、嘴《くちばし》を木の幹で拭いたりしている。その周期はゴミ処理施設の巨大な焼却炉の開閉時間と関係がある。焼却炉が開かれると、嵐のような燃焼音が一帯を支配する。そのたびに一群のカラスは叫び声と共に空へ飛び立っていく。」(『海の向こうで戦争が始まる』)

村上春樹氏の『とんがり焼き』は奇妙な作品だ。新とんがり焼き募集に応募した「僕」は、電話をもらいその会社に出向く。専務の説明はこうだ。貴君の応募作は好評・不評が相半ばの状態で、採用決定はとんがり鴉さまの御意見を聞いてからにしたいと。その鴉は昔からとんがり焼きだけを食物にしてきた特殊な鴉で、叫び声がどうも「とんがり焼き」と言っているらしいのだ。「とんがり鴉は普通の鴉よりずっと大きく、大きなもので体長一メートルくらいあった。小さいものでも六十センチくらいはある。よく見ると彼らには目がなかった。目のあるべき場所には白い脂肪のかたまりがくっついているだけだ。おまけに体ははちきれんばかりにむくんでいる。」新とんがり焼きが投げ込まれた部屋では、とんがり鴉たちの大乱闘・大混乱が展開される。

貪欲・陰険なカラスには別れを告げ、今度はゴーティエが目撃した鳥の蝮襲撃場面を見よう。

見事な蝮が横を通り抜けていったが、こいつは自分の土地にぼくらが腰を落ち着けた事に驚き、不満だったようで、無礼にもひゅうひゅうと音を出して威嚇したので、腹に槍杖の一撃を浴びる破目になった。この場面を非常に注意深く見守っていた一羽の小鳥が、蝮にもう戦う力がないのを見て取るやいなや、喉毛を逆立て、翼をばたばた鳴らし、怒りに燃える目で奇妙なほど興奮し叫びさえずり、駆けつけてきて、毒蛇の輪切りにされた断片の一つが痙攣し捩じれるたびに後ずさりして、それからまたすぐ攻撃に戻り何回か嘴で蛇を突き立てた後、三、四ピエ上空へと飛び上がっていった。ぼくは、この蛇が生存中あの鳥に一体何をしたのか、蛇を殺すことでぼくらがどんな恨みを晴らしてやることになったのかは知らない。しかし、ぼくは今までこれほど大きな喜びを味わったことはない。(『スペイン紀行』)

遠藤周作氏の『男と九官鳥』。老人患者が持ち込んだ九官鳥の院内飼育を禁止しようとする主任看護婦に対する反発と老人への同情心から、患者仲間三人が鳥の世話を買って出る。しかし、最初の興味は失せ、糞の始末に嫌気が差し、なかなか言葉を喋らない鳥にすっかり音《ね》をあげる。そして、ついに老人に九官鳥を返還するのだが、老人のベランダからある日「マ・ヌ・ケ」と言う鳥の声が聞こえてくる。言葉を覚えないことに業を煮やして、日頃馬鹿にして鳥に投げつけていた言葉、全く教えるつもりのなかった言葉が皮肉にも自分たちに投げ返されてくるのだ。そして急に老人が死亡して、鳥は三人の手許に残される。「我々三人にとって中川さんが死んだあと九官鳥は日毎におもくなっていくのです。重いという言いかたは変かもしれませんが、本当に実感なのです。ベランダにおいた鳥籠のなかで胸毛をふくらましたこの黒い鳥は私たちに中川さんの頬にうかんだうすい笑いや自分たちの利己主義を不意に蘇らせるのです。」生者に対して「カアちゃん」という言葉や、「ゴロゴロ、カァ」という痰を吐く声を繰り返しては死者の思い出を日々突きつける運命を担った残酷でシニックな九官鳥。

＊　＊　＊

ライオン。「彼は賢者の誇り高き眉と／強者の泰然たる爪を持つ。」（ヴィクトル・ユゴー）

＊　＊　＊

ここからは虫たち、小さなものたちのささやかな声に耳を傾けよう。エスカルゴは食用に供されるためだけの存在ではない。詩人にとっては、詩を殻に包んで運んでくるものたちでもあるのだ。エスカルゴ・かたつむりと言えば、プレヴェールの『葬式に出かけるかたつむりの歌』が即座に思い浮かぶ。秋の一夜、枯葉の葬儀に出発した二匹のかたつむりの滑稽で、ちょっぴりほろ苦い、夢のようなお話。到着した時には春真っ盛りで、枯れていた木々の葉も今は緑。落胆するかたつむりにお天道様は、ビールの一杯でも飲んでパリ行きの観光バスにでも乗ったらとのお勧めだ。葬式に出かけるかたつむりもいれば、デスノスの次の詩に見るようにお天気を心配するかたつむりもいる。「お天気かしら、／かたつむりは独り言／というのも、私にとってお天気は／嫌な天気と同じこと。／雨降りが好き、／これが私の体質。」

伝承によれば、セイロン島には巨大かたつむりが生存していた。あまりに大きいので中に人間が住めたし、チーズの中に巣くったネズミのようにそれを食して生きることができた。これほど巨大なかたつむりは想像する術もないけれど、先に紹介したかたつむりは大変に可愛らしい存在だ。

「僕が偉いと思うのはその砂粒の置き方である。どういうことかというと、地上まで砂粒を運んできた蟻は決してその砂粒を手近なところにひょいと放り出して引きあげたりはしないのである。そんなことをしたら巣の入口のまわりに砂山ができちゃっていろいろ困ったことになるということが、蟻にはちゃんとわかっているのである。だから蟻は穴を出て三十センチか五十センチくらい歩き、適当なところを見はからって砂粒を置き、また穴の中に戻っていくのである。その『見はからって』という感じが蟻の後姿ににじみ出ていて、傍で見ていて好感が持てる。」(村上春樹、安西水丸『村上朝日堂』)

彼らの整然とした行列や画然たる役割分担などは、確かに感嘆を誘う。その反面、蟻塚の下に蝟集するこの小さなものたちが集団でうごめく様は、何やら不気味な、じわじわ広がる恐怖を掻き立てずにはいない。たとえば、『海の向こうで戦争が始まる』の病院にいる男の目は、訪ねた女に次のような連想を生じさせるのだ。「男は目を充血させた。まるで赤い蟻が巣に集まったみたいだわ。」同じくこの村上龍氏の作品に登場する洋服屋の独白を聞こう。この男は、蟻の集団に対して抑えきれない破壊衝動に襲われる。

昔、母親が使って空になった化粧クリームの瓶で蟻を一匹だけ飼っていた。なぜ一匹だけ飼っていたのかは憶えていない。とてもいい名前をつけてやっていたのだがそれも思い出せない。だが、可愛がっていた。[中略] 蟻は何日か経つと地中に穴を掘っていた。小さい頃の彼はその蟻が自慢で、ある日友達を呼んで見せた。しかし、その友達は感心するかわりに、こんなのどこにでもいるよ、と言うのだった。そして、大きな蟻の巣の場所を教えてくれた。その巣は今でもはっきり憶えている。本当に大きな巣だった。共同墓地の裏手にあった。ポロポロに乾いた赤土の表面に無数の穴があって、常に何百匹の蟻が出入りしていた。洋服屋は汗を拭い苦笑しながら、あの時の蟻の巣とこの群衆はそっくりだと思った。何百匹の蟻を見た時、俺は変に苛だってしまった。大事に育てていた蟻がこんなところに無数にいるのが何となく面白くなかったのだろう。蟻の巣を踏みつけて壊した。

『人間と蟻』の作者ノディエは、人間が侵入する以前の地上は動物たちの平和な楽園だった、と語り始める。人間たちは動物たちの平和共存の声を無視して、武力と知力にものをいわせて徐々に勢力を拡大していく。動物たちの一部を味方に取り込み、隷属化を潔しとせず反抗するものたちを駆逐し、傲り高ぶり彼らの天下を謳歌する。この人間の慢心の鼻をくじくのは図らずも、蟻という小さな存在なのだ。「その間に、蟻のテルメスは地下道という地下道に降りていっては、蟻全員を招集した。彼女は不屈の忍耐心を発揮して、人間の住む都へと一つに集まる道を何本となく遠くから穿ち続けた。彼女は後ろに無数の蟻を従えて、都の建築物の下に到着した。そこで、羊の群れよりもびっしりと密集した十万の黒い軍団は四方八方から骨組みの各部分に入り込み、あるいは円柱の土台に集まり周辺の地面を掘り始めた。」

兎。「ある夏の日／兎は入り込んだ／村の大通りへと／それはまるで池の上で／お月様が跳ね返っているかのよう」（ジャン・フェロン）

＊　＊　＊

冒頭で書いたように、ギリシア神話の蜘蛛が美しい糸を紡ぎだす存在だとすれば、次に取り上げるのは腐敗物の中を生存の場とする何やら薄気味悪い蜘蛛。「その疣《いぼ》を持つ蜘蛛は、食物とする肉に一定の腐乱基準が必要らしくて全ての死体に巣くっているわけではない。匂いを出し始めたという程度でもだめだし、ドロドロと形を崩した半固体になってしまってもいけない、ちょうど眼球が黄色く発酵して、空気を震わしてかすかに熔けかかっているもの、その目の中から体へと入っていく。肉を足で引っ掻き、酸性の唾液で繊維が壊れ始めた汁を吸う。次から次へと豚の中へ入っていき、骨の隙間を縫って、無数の錯綜したトンネルを作る。」（村上龍『海の向こうで戦争が始まる』）

ベルギーの作家リュシー・スペドが歌うユーモア溢れる百足《むかで》の詩。「結婚式に招待された百足は／一度も到着したことがない／というのも、彼の靴紐全部を結び／終えることができないので……」

さて、虫たちの攻撃と言えば、『出エジプト記』に描かれたバッタによる災厄が思い出される。無数のイナゴの襲来に空は俄《にわか》にかき曇り、その立ち去った後には一木一草たりと果実や実りが残されているものはない。ドーデの『イナゴ』に見られるように、自然の生物たちの暴風のような気紛れの前に、人間たちは為す術もなく茫然と立ち尽くすだけだ。「しかし、これらの恐ろしい動物はどこにいたのだろう。暑さに震える空、雹をもたらす雲のようにびっしりと厚い赤褐色の雲、森の何千という小枝を震わせる嵐のようなすさまじい音を立てて地平線から向かってくる雲以外には何も見えなかった。イナゴだった。乾いた翅を広げ互いに支え合い、一団となって飛んできた。ぼくらがいかに叫ぼうが奮闘しようが、雲は平野に巨大な影を投げかけつつ、相変わらず前進してくる。まもなく、雲はぼくらの頭上に達した。その縁《へり》に一瞬、総が、裂け目が見えた。俄雨の最初の粒のように、はっきりと何匹かが赤褐色のまま離れ、続いて雲は割れ、この昆虫たちは雹のように音を立ててびっしりと降ってきた。見渡すかぎり畑は、バッタ、巨大な、指ぐらいの大きさのバッタに覆われた。」

ところで、拷問に動物を利用するのは、洗練された素晴らしい趣向だ。拷問も、単に肉体的苦痛を与えるだけなら簡単で面白くない。肉体的苦痛と同時に精神的苦痛をプレゼントして、視覚・嗅覚・触覚などすべての感覚に訴えて最大限に恐怖心を煽ってこそ、加虐的な妙味が楽しめるというものだ。村上春樹氏が『村上朝日堂』でお勧めする拷問法は次のようなものだ。人間がすっぽり一人入るぐらいに大きく、出られないぐらいに深い壺を用意する。底から口に向かってある程度勾配をもたせたその壺を、毛虫で一杯に満たしそこに裸の囚人を投げ込む。読者は結果を想像して笑うなり、ぞっとするなりご自由に。鼠を用いた拷問もある。フランス世紀末の特異な作家オクターヴ・ミルボーの『責苦の庭』（国書刊行会）。この中で、処刑人の一人は殺すことこそが芸術に他ならないと主張する。そして、鼠の責苦というものの説明に及び、拷問の傑作だと賛美する。彼によれば、出来るだけ屈強な抵抗の大きそうな若い囚人を素っ裸にして、背中を曲げ跪かせ、鎖で固定して、手足の自由を奪った状態に置く。「そこで底に小さな穴のあいた大きな壺――植木鉢さ――その中に特大の鼠を入れる。二日ぐらい餌をやっていないやつがいい、凶暴にしておくためだ。それからその鼠を入れた壺を吸玉みたいに囚人の尻にべったりと密着させる。囚人の腰に回した皮革に頑丈な紐で固定させるわけだ。」「さて、壺の穴の中からコンロの火で熱した棒を入れた。鼠は鉄の棒が熱いし、ぎらぎらする光もまぶしいから逃げようとする。あわてふためいて走りまわり飛んだり跳ねたり、壺の内側をぐるぐる回り、囚人の尻にはいあがり、駆けまわる。それもはじめはくすぐったいくらいだが、やがて手足で引きさき、鋭い歯で噛みつく。血だらけの肌に穴をあけて出口をさがそうとする。」

鼠はどこから入るか言わなくてもわかるだろうが、手足と歯で穴を広げながら人体の中に入ってゆく。ああ！　ああ！ああ！　鼠のやつ、地面を掘るみたいに一生懸命穴を掘る。そのうちに息がつまって死んじまうけれど、そのときは受刑者のほうも三十分ばかりなんとも言いようもなければ比較のしようもない責苦のあとで、出血多量で死んでしまう。さもなければ苦痛のあまりか、あるいは恐ろしい狂気の充血かで死ぬ。

四　怪獣あるいは異形のものたち

食人鬼《オグル》には七人の娘がおりました。まだほんの子供でしたが、この女食人鬼らは全員そろって大変美しい肌をしておりました。というのも父親と同じように、人間の生肉を食していたからです。（シャルル・ペロー）

あれは木綿地の白い肌着をきた肥りすぎの赤んぼうだといってるよ、それもカンガルーほどの大きさの。それが空から降りてくるんだというってるねえ。そのお化け赤んぼうは、犬と警官を恐がるというよ。名前はアグイーだって。

（大江健三郎）

ヒエロニムス・ボスやブリューゲルの絵を跳梁する何とも説明しようのない奇態な怪物たちは、暗澹たる時代状況の反映・民間伝承の忠実な表現・集団意識の象徴的な形象かもしれない。ともあれ、怪物というのは表現者の意識下の想念を浮上させ、想像力を妙に刺激し、ペンや画筆に独特の冴えを与えるものらしい。

谷崎潤一郎の『乱菊物語』は、室町時代の瀬戸内の島々、室津の港、京の都などを舞台にした作品だ。そして、たおやかな深窓の姫君を紹介すると称して金銭・物品を騙《かた》り取る一団あり、器量美しき上臈《じょうろう》の掠奪あり、匂い立つ美貌の遊女かげろうと内通する小島の領主が裏で糸を引く海賊一族の跳梁跋扈《ちょうりょうばっこ》あり、馬の尻の穴に侵入したり鼠に変身して悪さを働いたりする変幻自在の術僧あり、という具合に心躍る魅力あふれる伝奇小説だ。この中に、海鹿《あしか》と馬の合の子という海鹿馬《あしかうま》という動物が登場する。「見ると、鐙も鞍も置いてなくて、わずかに轡と手綱とが付いてある裸馬のような怪獣は、大きなギョロリとした眼を光らせて、ふうふう息をしながら、乗り捨てられた楠の大木の陰に、海鹿と同じように仰向きになって、四つ脚の膝をぺったり腹の上に折って寝ころんでいる。」この海鹿馬という奇想の産物は、『乱菊物語』という波乱万丈の物語世界にいかにも相応しい。作品に登場する動物が普通、人間との関わりが少なく予想外のものであればあるほど、読者はダイナミックで破天荒な印象を享受できるのだ。

谷崎潤一郎にあっては、動物が異国への憧憬・見果てぬ夢の象徴としての役割を担っている場合が見られる。『鶴唳』の鶴は、支那の国への見果てぬ夢に取り憑かれた靖之助の憧れの象徴と言える。『白狐の湯』の角太郎。冴え冴えとした月光に照らされて湯浴みする狐に魂を奪われたまま、それを憧れの女性ローザさんだと信じて疑わない彼にとって、狐は西洋美に対する妖しい夢想そのものといってもいい。（澁澤達彦氏『狐媚記』の妖しい色を帯びた物語世界で遊んでいただきたい。人間が狐を生むという話が語られている。）また、『人魚の嘆き』における、芳烈な快楽にも倦んだ南京の貴公子。彼にとって、西洋人から買い求めた人魚は「現実を離れた、奇しく怪《く》しい幻の美」そのもの、「欧羅巴人の理想とする凡ての崇高と、凡ての端麗とが具現化」されたものに他ならない。

> 折々、貴公子は遣る瀬なげにガラスの壁の周囲を廻って、せめては彼の女に半身なりとも、甕の外へ肌を曝してくれるように頼みます。しかし人魚は、貴公子が近寄れば近寄るほど、ますます固く肩を屈めて、さながら物に怖じたように水底《みなそこ》へひれ伏してしまいます。夜になると、彼の女の眼から落つる涙は、成る程異人の云ったように真珠色の光明を放って、

暗黒な室内に蛍の如く瑩々《えいえい》と輝きます。その青白いあかるい雫が、点々とこぼれて水中を浮動する時、さらでも夭《よう》こうな彼の女の肢体は、大空の星に包まれた嫦娥《じょうが》のように浄く気高く、夜陰の鬼火に照らされた幽霊のように悽く咒わしく、惻々として貴公子の心に迫りました。

この後、貴公子は人魚から恋の告白を聞くことになる。けれども、人魚は神に呪われ、人間を愛することを禁じられた身の上で、海底で生きるしかない。結局、貴公子は人魚の懇願に負けて、彼女を大洋に戻すためにヨーロッパ行きの船に乗る。

ル・クレジオが創造したナジャ・ナジャという少女は不思議な魅力的な存在だ。空間・時間を自在に移動できるし、自然や動物たちと自由に交感できるし、透明人間になることもできるのだ。一読をお勧めしておく。

さて、谷崎の『人間が猿になった話』は懸想した猿の執拗な恋慕に負けて一緒に山奥へと出奔する芸者お染の物語だが、このように動物や怪異なる存在に恋される人間がいるのである。その例をゴーティエの『スピリット』に見てみよう。ある夜、ギィ・ド・マリヴェールは食後の物憂い甘美な弛緩状態の中で、彼にご執心のダンベルクール夫人の招待に応じるのになかなか重い腰を上げられずにいる。躊躇を繰り返した挙げ句、決心して部屋を出ようとしたその時、彼はかすかな溜息を聞くのだ。これが、スピリットと呼ばれる存在からの接触の始まりとなる。この見えない存在は以後、マリヴェールとダンベルクール夫人の交際・二人が親密さを増す機会を様々な手段でことごとく邪魔する。そして、ある日ついに彼は、この存在が鏡に浮かび上がるのを目撃する。美しい女性の姿。スピリットというのは、マリヴェールを秘かに熱愛していたのに若死にした女の霊的存在とも言えるものなのだ。彼女の告白を聞こう。

「私は少しずつあなたの心をどうであれ、地上の枷《かせ》から引き離していきました。あなたを一層引き止めておくために、あなたのお家の中に、あなたがお家を好きになるような漠たる魔法を振りまいたのです。お家の中であなたは自分の回りに何か手ごたえのない声のない愛撫のようなものを感じて、そのことに言うに言われぬ幸福感を覚えていたのです。よく分からないままに、あなたには幸せが私の住みついたこの仕切り壁の間に閉じこめられているように思えたのです。」人間と霊との恋の顛末は実際、作品にあたって享受していただきたい。

ハイエナ。「死せるものすべてを／ハイエナはご馳走にする／しかし、くたばったハイエナの死体を／啄《つい》ばむ禿鷹は一羽もいない／ジャッカルでさえ食いつきはしない。」（ベルナール・ロレーヌ）

＊　＊　＊

＊　＊　＊

人間は自分の大きさを基準にして動物たちを見て、それで納得している。犬や猫は自分よりも小さいし、象やキリンは格段に大きい。そういうものだ、何の不思議もない。ところがこの認識がこわされた時、つまりは人間の何倍もある蟻が出現したり、金魚鉢で飼えるような小さい鯨が泳いだりということになると、恐怖や滑稽感に捉えられたりする。『ガリバー旅行記』の小人国や巨人国は本来の大きさのバランスが逆転した世界だけれど、その中で動物は果たしてどのような姿を見せてくれるのだろうか。「それらの鼠たちの大きさときたら、まるで大きなマスティフ犬くらいあり、その敏捷で獰猛なことはマスティフの比ではなかった。だから、眠る前に短剣を帯びたベルトをはずしていたら、それこそ間違いなくばらばらに噛《か》み潰《つぶ》され食われているはずだ。死んでいる鼠の尻尾の長さを測ったら、二ヤードに僅か一インチ及ばなかった。まだ血を流して横たわっている鼠の死骸を、ベッドから引きずり落とす段になると、さすがに胸がむかついた。」読者はスウィフトの法螺《ほら》話を存分に楽しめばいい。

狼男のような異形のものは、ジキルとハイドのような二重人格、その悪の面、平穏な人間性の裏に潜む得体の知れないものに対する恐怖の産物でもあろう。人間を突如として捉える凶暴性・攻撃性を動物の姿に形象化したものであろう。メリメの『ロキス』は、熊男の怪奇譚である。リトアニア方言の一つに関する資料収集のためスゼミオト伯爵の招待を受けて、その屋敷に滞在中の言語学者の「私」は、事件の予兆とも言うべき事柄を耳にしたり、目撃する。伯爵の母堂は熊に襲われて以来気が触れて、生まれた我が子を熊と信じ込んでいる。「私」が最初の晩に目にした木を登る怪しい物影。異様に鋭い目を持つ、容貌魁偉な伯爵。犬や馬は自分を見ると怯えるという伯爵の話。パンパスで食料が尽きた「私」がガウチョらと同じように馬の血を絞って殺し、その血を飲まざるを得なかったという話をする。その話に異常な興味を見せ、血の味について熱心に問う伯爵。こうして、伯爵とイウィンスカ嬢との婚礼の夜、惨劇が起こる。抑制の効いたメリメの文章は読者の緊張感を高め、一気に結末へと導いていく。

『今昔物語集』の世界に出没する鬼。怪異なるものは説明を超えているのか、怪しきものの存在は暗示に止めた方が効果的なためか、ともあれ鬼の正体が詳述されることは少ない。中で、「近江国安義橋なる鬼、人をくらふこと、第十三」には、珍しくその姿が次のように描かれている。

男馳せて、見返りて見れば、面《おもて》は朱の色にて円座の如く広くして、目一つあり。長《たけ》は九尺許《ばかり》にて、手の指三つ有り。爪は五寸許にて刀の様《よう》なり。色は緑青《ろくしょう》の色にて、目は琥珀《こはく》の様なり。頭の髪は蓬《よもぎ》の如く乱れて、見るに心肝迷《こころきもまど》ひ、怖しき事限無《かぎりな》し。

「猟師の母、鬼と成りて子をくらはむとすること、第二十二」、これも面白い話だ。樹上で鹿を待つ兄が何者かに髪を掴まれ持ち上げられる。向かいの木の上にいる弟に、鬼が喰おうとしているのに相違ないからと救助を求める。弟は見当をつけて、怪しきものの腕を射落とす。帰宅した二人がその鬼の手を見ると、彼らの母親の手であることが分かる。不審に思いながら、呻き声のする母親の部屋の戸を開けると、「おのれ、よくも」と掴みかかろうとする。二人は手を投げ入れて、戸を閉ざして逃げる。鬼と言えば、馬場あき子さんの『鬼の研究』という広範にして興味深い本の中で、この話も論及されている。彼女は、「同じ生活のなかに在った老母が、実は鬼の目でもって兄弟の隙をみつめていたということが、安易な日常性、生活性をぶちこわしている。それゆえにこわいのである」、と書いている。鋭い指摘だと思う。

種村季弘氏の『増補ナンセンス詩人の肖像』の中に、「奇妙な動物誌」と題された章がある。そこに、ルイス・ブニュエルの映画『皆殺しの天使』の一シーン、熊と三匹の小羊が戯れ合っている場面を論じたアド・キルーの言葉が引用されている。孫引きになるけれど、それを紹介しておく。「子供たちは動物に魅惑を感じる衝動をどうしても抑えることができない。どうしてそうなのか、お考えになったことがあるだろうか？　わけは簡単で、動物たちが非合理な存在だからである。動物は生きていて、人間の諸機能と同じ機能をそなえていながら、何をやりだすか予測がつかない。［中略］動物たちはあらゆるコラージュの不可欠の要素である（マックス・エルンストを見よ）。あらためていうまでもないその奇矯な外見にかてて加えて、あるべきでない場所に移されると、彼らは超現実性の雰囲気をかもしだすのだ。」

確かに、プレヴェールやデスノスの詩に見られるごとく、動物たちの登場によってもたらされる奇妙な感じ、理由のないおかしさはナンセンスそのものと言ってもいい。彼らの形態がグロテスクだったり巨大だったり、日常見慣れたものから距離があればあるほど、またその行動が不合理であればあるほど、滑稽感が増幅される。動物の出現によって人間関係の生臭さが希薄になり、作品が風通しの良さを獲得するというか、明るい幻想性を帯びることもある。あるいは逆に、人間生活に深く関わる犬や猫などは、裏側から人間心理を照射する役目を担わされることがある。また、俳句などに顕著なように、動物たちは俳人の自然観照・人生達観に欠かせない存在でもある。そんな俳句を三句掲げて擱筆とする。

居直りて孤雲に対す蛙かな　蕪村

狼の声そろふなり雪のくれ　丈草

海くれて鴨の声ほのかに白し　芭蕉

配達されるゴシップ

優雅な時間とゴシップ雑誌を愛するうさぎは、漆黒のヴェールが降りたかのような夜の闇の中で、突然バリ島の魅惑に捉えられた。

ゴシップ雑誌は、気軽に楽しみながら摘み食いできる色とりどりのパーティー料理のように、消費される。読者には大歓迎のゴシップを、喜ばない人たちもいる。好奇の目と覗き見趣味の対象にされて、露出の意志のなかった個人的な何かを写真で曝され、文章で解説・露呈された当事者たちだ。中には憤激・激怒・痛憤・憤怒の余り、裁判訴訟に訴えるスターもいる。Vで始まるフランスのゴシップ雑誌は、判決結果を誌上公示するのに大忙しの様子。どこかで、この事態を楽しんでいる余裕の雰囲気さえ感じられる。謝罪広告（日本式に言うとこうなるけれど、謝罪表現は皆無であり、あくまで判決事実の記載に過ぎない）は表紙か、「読者の手紙コーナー」の一部を割いて掲載される。「クリスチアン・クラヴィエ並びにマリー＝アンヌ・シャゼルの要求による判決公告」というような見出しの後に、次のような文章が続く。「ナンテール大審裁判所第一法廷は、二〇〇二年一月十四日の判決により、プリスマ・プレス社に、週刊誌『ヴォワシ』二〇〇一年二月十二日から十八日付け六九二号への『クリスチアン・クラヴィエとマリー＝アンヌ・シャゼル、彼らはもうオーケーーーじゃない！』と題された記事掲載による両名のプライバシー及びイメージに払われるべき名誉を侵害した廉で、マリー＝アンヌ・シャゼル並びにクリスチアン・クラヴィエに対する損害賠償の支払いを命じた。」

有名人の私生活を暴いて収益を得ることを至上命題にしているタイプの出版社には、このように、訴訟など恐れない徹底した詮索好きの精神と気概が必要なのだ。さらに言えば、逆にこの種の訴えはプリスマ・プレス社の思う壺なのだ。賠償金はイタイけれど、雑誌の宣伝にもなる。というのも、ゴシップ好きの読者の注意は再び、判決公告に明示されてある問題の号に引きつけられるし、噂依存症候群の読者はその後の両人のプライバシーを誌上で窃視する断固たる決意を固めるかもしれないからだ。訴訟費用による損失は、部数を伸ばして取り戻せばいいという大様さがゴシップ雑誌経営者の必要条件である。

裁判には弁護士が必要である。ゴシップ雑誌には、誌上をにぎわす常連スター・一際喜ばれる顔触れが必要である。さて、そこで『アリー・マイ・ラヴ』のアリーは、テレビ・ドラマの中では弁護士として裁判に駆りだされるが、アリー役の女優キャリスタ・フロックハートはゴシップ週刊誌の便利なネタとして重宝されている。これはゴシップ記事の効果的な常套手段とも言えるのだが、スターの役柄に絡めた見出しや文章を配することが読者の目を引きつける。ハリソン・フォードとの交際を報じる記事は、「アリー・マクビールとインディー・ジョーンズ？　まさか、そんなのありー？」という調子。

ゴシップ記者はフランス語の音遊び・言葉遊び・駄洒落の才能を遺憾なく発揮しなければならない。ゴシップ記事愛好者はそれらの遊びの文体を寛容に楽しむ態度に徹することが肝要である。比較語（moins, plus など）の多用が目立つ。対照化効果を生むのに有効だ。「彼女は冒険家により多く会えるように、『アリー』の撮影日を減らす。」

肥満。体に蓄積された脂肪が体形の膨張曲線化を招くこの豊満現象が、（少なくとも自分の肉体に生じるのは）避けたいと現代女性たちは願うものらしい。そこで、ゴシップ雑誌はアリーを、肥大とは対極にある極細の実際例として誌面に載せる。ただし、それは模倣すべき羨望の的として紹介するわけではなくて、揶揄の対象としてなのだ。例えば、ニューヨークのマリブの浜を走る彼女の写真に付けられた説明文の一部。「体重が着ている服より軽いのに、ジョギングなんて必要？」（ここでも比較級が用いられている。）彼女に関しては、カカシ体型だけの話題には止まらない。彼女のすべてがゴシップ雑誌の好餌にされる。「キャリスタは優しい妹」というキャプションが付された写真がある。彼女の兄思いに対する賛美を装いつつ、記事が目論んでいるのはスターの家庭の汚点を意地悪く暴露することなのだ。というのも、兄ゲイリーがヘロイン所持で逮捕されていたことが読者には分かるし、彼女の献身援助（費やしたお金二十五万ユーロという具体的な数字が巧妙に記載されてある）にもかかわらず、再犯で三年の保護観察処分を下されたことまで知らされるからだ。

ゴシップ雑誌の要諦は対照化・特集・一括紹介にある。ゴシップ・マニアの中には、ダイエット効果が出過ぎたキリン脚体型だけを見せられて、増幅を止めないブタ胴体型を見せてもらえないのでは、精神のバランスがとれないと不満を漏らす輩もいるかもしれない。ゴシップ雑誌はマニアのいかなる窃視要求にも応えられるようにしておかなくてはならない。雑誌が提供するのは、スターたちの独自の体重管理、体型による人生哲学、「計量パスする七つの流儀」だ。（このように、恋人と別れた女たちの「自己回復の六つの流儀」とか、「クリスチーヌ・オルバンを熱愛する五つの理由」という具合に、したり顔でもっともらしく列挙・計数化するのはゴシップ雑誌の得意手の一つだ。）体の線と素行維持に全力を傾注する「モノマニアック」（ジュリアン・クレール、ミシェル・ドラッカー、アントワーヌ・ド・コーヌ）。十キロ減量でユーモア精神も減少してしまった「元デブ」（マドンナ、マチルド・セニエ、ゲリ・ハリウェル）。痩せ体型維持願望に苦しめられる「いやいや小食派」（オフェリー・ウィンター、フラヴィー・フラマン、ヴィクトリア・ベッカム）。痩せに駆り立てられる「徹頭徹尾フェザー級」（ジャン＝リュック・ドラリュ、シャルロット・ゲンズブール、ヴァレリー・ルメルシエ）。テレビの新顔へヴィー級「元・異常肥満者」（ソニア・デュボワ、ローラン・リュキエ、マルク＝オリヴィエ・フォジエル、バンジャマン・カスタルディ）。体重が増えてしまう「どうしても痩せない派」（ソフィー・ギルマン、ティエリ・アルディソン、ジェラール・ドパルデュー。メニューを読むだけで太る美食の愛好者たちだ、と説明されている。）熱烈な人生享楽欲求を信条とする「陽気な女楽天家たち」（クレマンチーヌ・セラリエ、イザベル・メルゴー、カトリーヌ・ジャコブ。ダイエットに時間を割くには人生は短すぎる。それに柔らかな丸みが自分たちの魅力なのに、それを減らしてどうするの、というわけだ。カトリーヌ・ジャコブは『お腹がぺこぺこ』という映画で、男を取り戻すために激烈ダイエットに励む女を演じている。その無意味さが嘲笑されているわけだ。）

ゴシップ雑誌はあの手この手で読者の嗜好を満たさなくてはならない。次のような特集が組まれる。禿頭のスターたちを分類した「禿に微笑む成功」。最小限の衣服で肉体を最大限見せる「可愛い子ちゃんたち」。まだゲット可能かもしれない「若くてハンサムな独身男たち」。美しさであれ成功であれ、過剰が幸福をもたらすとは限らない「もうたくさん」。「偽のロマンチック」（その外見にだまされてはいけない女たち特集。ウィノナ・ライダー、ジュリア・ロバーツ、サンドラ・ブロック、メグ・ライアンなど）。家事好き有名人特集。口でかスター特集。あなたのご近所に住むスターたちの生活ぶり・奇行。ファッション傾向別スター分類（先駆者派・追随派・ダンディー派・ずれてる派。さて、マドンナ、シャルロット・ゲンズブール、ソフィー・マルソーはそれぞれどのグループに配属されているかな。推理してみては）。確立した独自のスタイルやルックスをみだりに変えようなどと気紛れを起こさないように（誰だか分からなくなく危険があるのだ）、忠告されるスターたち特集。子供の頃から大人びていた、人生の重み引き受け派スター特集。奇人たちが大勢を占めるメディア界にあって、心から優しい、人格円満な稀有の少数派「ブラウン管《カトディック》の聖人たち」。「効果的な涙の独特な使用法を実践する女たち」。

ゴシップ雑誌は（ぼくのような例外的な男性読者よりも）女性読者を念頭に置いて、誌面作りに精勤しなくてはならない。女性たちが好むと考えられる美容・ファッション・食・旅行などの記事に惜しまず頁を割くのが、大事な販売戦略である。美容やファッションの頁には、美しい女性の肉体が写真で掲載されていたりするので、男性読者の目を惹き付け、窃視や熟視に誘う可能性だって大きい。（毎週その魅惑の罠に捕捉されるぼくという実例が、それを証明している。）美容に関しては、美肌・美乳・美尻など要するに若く美しい肉体を維持・管理する方法やエステ用品・化粧品の効用紹介が中心になる。女たちの美しさ願望を高揚させるわけだ。官能の暗示、性的興奮の予感も忘れずに感じとらせなくてはならない。皺対策クリーム、皺埋め剤（フランス語でcomblerという言葉が使われている）。各種オイル（例えば、髪用オイル。「タヒチの女たちは、肌と同じく髪の毛を綺麗に健康に保つことが大切であることを、ずっと昔から知っています。」心憎いねえ、このエグゾティックな文章の味付けは）。ヴァレンタイン・デーの必須アイテム（愛する男性を巧みに誘惑してベッドに誘導したり、ベッド・インした後の営みを甘美で刺激的なものにする）。疲労回復やリラックス効果、あるいは愛の行為を活性化する前戯効果があるマッサージ法。ジヴァンシーの化粧部門の美術監督ニコラ・ドゥジェンヌ氏が東京で日本女性をモデルに実演してみせた、新作ファンデーションの宣伝。ジュリア・ロバーツのようなとはいかないまでも、白く美しい歯にするためのテクニック。痩身エステ。香水。ケイト・モスやミシェル・ファイファーのようなセクシャルな唇にする方法。スキン・クリーム紹介（あなたの容姿がニコル・キッドマンかジェニファー・ロペスかによって選択を変えなければならない。という具合に女優たちを例に出して商品説明するのは、ゴシップ雑誌の得意なやり方である）。インド伝統の美容術（またもや、エグゾティスムのエキス効果。セックス美容法（週三回のセックスで年七五〇〇カロリーが燃焼されるので、ジョギングで一二〇キロメートル走ったのと同じ効果がある、と説明されている。キスは人体に口唇の満足をもたらすので、それで大食欲求が抑制される、という説明もある。さらに、女性が仰向けでパートナーの胴に脚で巻き付く体位は血行促進効果あり）。海藻香りが濃厚に頁に漂う。『カーマ・スートラ』の国の美容術は、自然に読者を誘惑術・性愛術の連想へと誘う）。

食の記事は、毎週何か素材の一つを取り上げ、それを活かした料理例をレシピ付きで紹介する。あるいは、従来からある料理の新しい調理法が提案されることもある。セプ（キノコ）、アンディーヴ、コーン、リンゴ、ホタテガイ、スカンポ、スパイス、クレープ、ジャガイモ、クレマンチーヌ、マスタード、牡蠣《カキ》、レモン、ウィスキー、ガーリック。お魚料理、くし刺し料理、鍋料理、クレープ、蒸し料理、シュークルート、若い雌鳥肉料理、復活祭料理、映画に出てくる料理レシピ。

旅行記事の主調音をなしているのは異国趣味だと言ってもいい。ゴシップ雑誌ではそれが特に強調されている。モーリス島、タヒチ、タイのリゾート地、ブルゴーニュ地方のシャトーホテル、どこであれ、そこに待機する得も言われぬ多彩な快楽、五感を喜ばす数々の至福。これが、欲望を刺激する文章と写真で紹介されるのだ。（ジェームズ・ボンド役ピアース・ブロスナンのパリ滞在が記事になっている号がある。ところで、映画『００７』は異国趣味を巧みに利用している。風景の美と美しい女性の肉体の美を享楽しながら、ボンドに伴って五感の快楽を享受する幻想をほしいままにしながら、一種の旅行案内として観るのも一つの見方だ。）

スターの色恋沙汰（結合と破局の二重奏、嫉妬や掠奪恋愛の変奏、恋人たちの熱烈休暇の間奏）こそが、ゴシップ記事の華であり、読者の購買欲を刺激する中心的な誘因だ。つまり、そこには、下半身にこそ人格は宿るというかあるいは、下半身に人格を期待してはいけない、という哲学的人間観が華々しく披瀝されている。「フレデリック・ディフェンタルとクレア・ケイム、彼らの道は分かれる」、「ジュリア・ロバーツ、恥知らずな提案」（相手の男の妻に離婚承諾金として十万ドル提供）、「ミレーン・ファーマー、恋する女」、「《スター・アカデミー》のカリーヌ、キューバで恋人ハミッドと」、「ブルース・ウィリス、パパ役と恋人役」、「ブルック・シールズ、クリスのおかげで蘇る」、「ジャン・デュジャルダンとガエル、シャバダバダ」、「マリアンヌ・ドニクールとダニエル・オトゥーユ、ことの終り」（破局の間隙をついて、オトゥーユさんの恋人の地位に再復帰を願っているらしいエマニュエル・ベアール）、「マチルド・セニェとアントニー・ドロン、本当にぴったりの仲」、「サンドラ・ブロック、ボブに夢中」、「ニコル・キッドマンとトム・クルーズ、不可能な和解《レコンシリアシオン・アンポシブル》」（映画『ミッション・インポッシブル』に引っかけているのは言うまでもない）、「ニコル・キッドマンの新しい男」（小男トム・クルーズの次に彼女のハートと肉体を捉えたのは、彼女の背丈に見合った大柄なイタリア男らしい）、「ブリトニー・スピアーズとジャスティン・ティンバーレイク、海、太陽、そしてセックス？」。

ゴシップ雑誌は官能を期待させる香水のように、誌面に性的なニュアンスを漂わせておかなくてはならない。ほのかな暗示であれ、直接的な指摘であれ、あらゆる手法を用いて読者の性幻想を掻き立てる遊びに興じなくてはならない。「女優シャネン・ドハーティが恋人とホットな夜を過ごすために、セックス・ショップでお楽しみの道具を購入」、「アニタさんがチューリッヒ近郊にオープンした女性用セックス・ショップ」。読者の多様なフェティシズムに対応する各種サイトの案内も必要だ。好奇心に訴えるクイズ形式も効果的（ハイレグの美尻を並べて、女優の誰それの桃のような双丘はどれかと問う問題）。広告の頁にも性的刺激が満載されている（物干しの紐に二枚の白いショーツが間を置いて留められている。一方の大きめのショーツの下の空間に月曜日と書いてあり、もう一方の小さな布きれの下には日曜日と書かれている。一週間で驚異的なダイエット効果が期待できる薬品の宣伝なのだ。でも、これは最小になった日曜日の白い覆いに隠された、あるいはそこからはみ出す秘密の領域を想像させずにはおかない）。

現代フランスのゴシップ雑誌は、知性と教養の雰囲気を纏わなくてはならない。文学や映画の頁が用意されているのは、そのためだ。「卑見お勧め本」のフレデリックさんの文章はひねりが効いていて、諧謔的で、ユーモアもあるし言葉遊びもある。個人的な興味・関心を出発点にも中心点にもして、同一作者の他の作品に対する目配りも忘れないようにしながら、その本の内容と性質が要領良く面白く紹介されている。例えば、エリック・ローラン『触らないで』の紹介。「本屋さんに入って、『触らないで』と書かれた本が見えたら、言うことに従わないように。」

そして、最後にゴシップ雑誌にはゴシップ愛好読者が必要である。さらに望ましいのはゴシップが好きなことに加えて、工夫した文体・遊びの文体を楽しめる読者、遠い異国から（日本からぼくがしたように）講読予約を申し込んでくるような物好きな読者が存在してくれることである。

※ *Voici* の二〇〇一年十月八日〜十月十四日第七二六号から二〇〇二年四月十五日〜四月二十一日第七五二号までを参照させていただきました。

あとがき

この本に収録されている文章は書きおろしの「配達されるゴシップ」を除き、すべて大学の紀要類（福岡大学人文論叢、福岡大学研究所報、福岡大学研究部論集、福岡大学L・Lニューズレター、福岡大学人文学部ノヴィス・新入生のための人文学案内）に以前発表されたものが基になっている。（今まで発表の機会を与えてくれた福岡大学に感謝の意を表します。）この指摘だけに止めて、初出一覧を載せるのは控えさせていただく。いずれの文章も、程度の差こそあれ変更を施してある（タイトル変更、加筆修正、特にフランス語の引用などの大幅削除、注の取り扱い変更等々）。それは一般の読者を想定した上での、出来るだけ読みやすくして興味を引くための配慮・工夫だけれど、効を奏しているかどうかは本を購入してくださる読者の判断に俟つしかない。

ところで、作家の生涯を誕生から死まで年代順に辿る方法がある。これはこれで有効だし面白い。しかし、それとは別に、一人に限定しないで何人かの作家たちの人生をある年齢を基準に横並びにして概観するという趣向はどうだろう。五十歳の時、澁澤龍彦さんは大相撲観戦と九州旅行に出かけている。五十歳のピエール・ロチは日本の冬を過ごし、アンコール・ワットの寺院を訪ねた。金子光晴の五十歳の年は終戦に欣喜雀躍する年になる。後に彼が「ぼくのうさぎさん」と呼ぶ大川内令子との恋が始まる三年前にいる。五十歳のジョルジュ・サンドは娘夫婦と喧嘩別れした。これが、長きに亙《わた》った恋の相手ショパンとの破局のきっかけとなった。五十歳の谷崎潤一郎は「改造」に『猫と庄造と二人のおんな』を発表。同棲していた森田松子と一年前に結婚している。愛する肉体を所有して、足偏愛《フェチ》・性の探求・作品の円熟化を享受する時間がまだ三十年近く残されている。シャラントン病院を釈放された五十歳のサドは、別人のように老いた体を、パリの敷石の上で引きずっている。夏目漱石と坂口安吾は共に、五十歳に一年残してこの世を去った。五十歳のバルザックは死の一年前にいる。ウクライナに滞在。病状は悪化の一途で、彼はハンスカ夫人の肉体を存分に愛することもできない。五十歳の萩原朔太郎が中川与一ら十数人と中禅寺湖畔に旅行した時の写真が残されている。稲子と離婚後六年が過ぎ、大谷美津子と再婚する三年前にいる。五十歳のテオフィル・ゴーティエは、愛する女カルロッタ・グリズィ宅（スイス近郊にある）に滞在する至福を手にする。五十歳のマルグリット・デュラスは作家デビューから二十年後ぐらいの時期にあり、ヤン・アンドレアとの恋が始まる十六年前にいる。

さて、二〇〇二年五十歳を迎えたぼくは、福岡大学に職を得て二十三年になった。唯一確かなのは、本書を出版してもらえる幸運に恵まれた年齢だということだ。妄想の肥大拡散症状がはなはだしくなる一方だ。せめて、それに耽溺することが、ストレスを増大させるだけの平板な現実を忘れる有効な手段だと思うことにしよう。人生の残り時間は不明である。運命の気紛れが、バルザックのように後一年しか残していないかもしれないし、ゴーティエの場合のように後十年を贈与してくれるかもしれない。あるいは、サンドと同じなら二十年以上、デュラスと同じなら三十年以上の時間が待機しているかもしれない。これからの出会いや別れ、恋と快楽、優雅な旅や食事などを色々想像することは可能だ。でも、あれこれ煩わずに淡々と謙虚に、運命の不意打ちを受容しよう。運命が用意しているものを、新しい本の頁をめくるときのワクワクする気持ちで期待し享受するがいい。

顔の見えない漠然とした読者に向けて文章を書くのは難しい。それは、匿名のイメージできない誰かにメールを書き、発信するのが困難なのと似ている。それが架空の存在であれ現実の存在であれ、特定の読者を想定しないと、特別な対話者を念頭に置かないと創作欲が湧かない、文章が書けない。少なくとも、ぼくはそうだ。作者がその文章を発信する一人の相手を経由して、その文章が多くの個人に受信・歓迎されることになるのが理想なのだけれど。いつも思い描くのは、澁澤龍彦さんが『裸婦の中の裸婦』に登場させた魅力的な女性対話者のことである。読者がぼくの文章の中に想定された魅惑の女をイメージすることで、素敵な雰囲気を感じ取り、心躍る優雅な時間を享受できれば嬉しい。

最後に謝辞を述べておきたい。その絵を表紙カヴァーに使うことを快諾してくれた画家の末安美保子さんに、心から感謝申し上げます。今、絵は研究室の壁に小さな明るい空間を作り、静謐な情趣を演出してくれています。（末安さんの絵や個展に関する情報は、福岡市の「ギャラリーおいし」電話０９２・７２１・６０１３にお問い合わせください。）この本の出版を担当してくださった大学教育出版の佐藤守氏、デザインを引き受けてくださった坪田和之氏にお礼申し上げます。それから、滑らかで柔らかな溌剌たる精神と肉体を想像させて、ぼくを書くことの快楽へと誘惑する、想定された唯一の美しい女＝読者に最大限の感謝と喜びを。

二〇〇二年九月十九日　夏が退場を逡巡しているかのような福岡にて。

桑原　隆行

■著者略歴
桑原　隆行（くわはら・りゅうこう）
1952年岩手県生まれ。東北大学大学院文学研究科博士後期課程を経て、現在、福岡大学人文学部教授。
19～20世紀フランス文学専攻。関心領域のキーワード風の紹介——旅行記の構造、異国趣味、書簡、恋愛物語の文法、文学史の裏面、誘惑のレトリック、肉体の記憶、快楽としての文学など。

主な著書
『危機を読む』（共著、白水社）

フェティシズムの箱

2002年9月30日　初版第1刷発行

■著　者——桑原　隆行
■発行者——佐藤　正男
■発行所——株式会社 大学教育出版
〒700-0953　岡山市西市855-4
電話（086）244-1268（代）　FAX（086）246-0294
■印刷所——互恵印刷（株）
■製本所——日宝綜合製本（株）
■装　丁——ティー・ボーンデザイン事務所

ISBN4-88730-497-8